中央大学人文科学研究所　研究叢書76

近代を編む

英文学のアプローチ

秋山　嘉　編著

中央大学出版部

目　　次

I　集成を編む／読む

II　時代を編む／読む

I　集成を編む／読む

第1章　集注版シェイクスピア全集という理念

金 子 雄 司

は じ め に

　18世紀から19世紀初頭にかけて出版された30種に及ぶシェイクスピア全集本にはいくつかの特徴がある。編纂者がタイトルページに明記されていることはその最たるものである。編纂者名はそれ以前の全集本にはなかった。いわゆる集注版（variorum edition）と後に称されることになる全集本もまた特徴のひとつである。その最終形であり、かつ、18世紀シェイクスピア編纂本の金字塔と見做されるのが1821年出版のボズウェル＝マロウン（Boswell=Malone）版である。全21巻であり、マロウン没後ジェームズ・ボズウェルが完成した。ちなみに、この人は『ジョンソン博士伝』の著者の息子である。この全集は第3集注版とされる。第1集注版は1803年、第2集注版は1818年に出版された。「いわゆる」と断り書きが付く理由は、これらの3全集本のどこにも集注版という表記がないためである。これら3全集のタイトルページには "with the corrections and illustrations of various commentators" との文言があるだけだ。*OED* によれば、「シェイクスピア全集集注版」（"variorum edition of Shakespeare"）という表現の初出は1822年となっているものの、「集注版古典」（"the *Variorum* Classics"）という表現がシェイクスピア全集出版に関して1766年にある編纂者によって用いられている[1]。

　第1集注版はジョンソン（Samuel Johnson）版（1765年刊）がベースとなっ

ているスティーヴンス（George Stevens）版（全10巻、1773年刊）に基づく。
スティーヴンス版は1773年に出版されるが、1778-80年に第2版、1785年
に第3版が出版される程の売れ行きであった。その後、15巻全集として
1793年に第4版として出版された。更には、1803年には全21巻に拡大され
て第5版として出版される。この版ではリード（Isaac Reed）が増補・改訂を
行う編纂者であった。この第5版が一般に第1集注版シェイクスピア全集と
される。この全集は1813年に再版された。これを第2集注版と称している。
そして、第3集注版シェイクスピア全集が1821年に世に送り出されたので
あった。既に触れたが、この版はボズウェル＝マロウン版と呼ばれている。
本文を1790年刊マロウン版に依り、ボズウェルが全集編纂の責任を負った。

　以上の考察は形式的に過ぎるとの批判は当然のこととしてあるだろう。だ
が、これらの全集本の内容を勘案すれば、常識的には19世紀初頭に出版さ
れた全集本3種を集注版とすることは妥当であろう。というのも、これらの
集注版全集以前に出版された全集本を点検すると、集注版へと向かう編纂方
針が認められるからである。つまり、19世紀初頭の集注版3点は、18世紀
後半に出版された全集の総決算と見ることが出来るからだ。先ず、ジョンソ
ン版のタイトルページにはこうある――「様々な注釈者の訂正と説明を伴
う」"with the corrections and illustrations of various commentators"（1765年版
タイトルページ）。上記のスティーヴンスとリード編纂本以外にも同様の文言
が認められる。1784年刊ストックデイル（John Stockdale）版には "with
explanatory notes compiled from various commentators" とある。そして、マ
ロウン版（1790年）では "collated *Verbatim* with the most authentick copies,
and revised: with the corrections and illustrations of various commentators" と
なる[2]。

　このように見てくるならば、シェイクスピア作品集注版という編纂上の理
念がジョンソン版に始まり、マロウン版で一応の完成形をなしたといえるで
あろう。19世紀に入るやいなや、これらの編纂本を土台として、質量共に
拡張された集注版が出版されたことになる。このような観点から、小論はジ

ョンソン版とマロウン版を点検しながら、集注版の理念を探る。

1

1756年『シェイクスピア全集企画書』（以下『企画書』と略す）(*Proposals for an edition of Shakespeare*) の結びのパラグラフで、ジョンソンは次のように書いている。

> The former editors have affected to slight their predecessors: but in this edition all that is valuable will be adopted from every commentator, that posterity may consider it as including all the rest and exhibiting whatever is hitherto known of the great father of the English drama.[3]
> （訳：これまでの編纂者たちは先行する編纂者たちを軽んずることをよしとしてきた。だがこの版では、価値がある全てをあらゆる注釈者から採ることになるであろう。そうすることにより、後世の読者がこの版本には全てが収められており、かつ、英国演劇の偉大なる父についてこれまで分かったことを何でもこの版本には収めてある、と知ることが出来るようにするためにである。）

とは言え、ジョンソンが以前の編纂者たちを無条件に評価している訳ではない。

> . . . to declare the truth, Mr Rowe and Mr Pope were very ignorant of the ancient English literature; Dr Warburton was detained by more important studies; and Mr Theobald, if fame be just to his memory, considered learning only as an instrument of gain, and made no further enquiry after his author's meaning when once he had notes sufficient to embellish his page with the expected decorations.[4]
> （訳：……実を言うと、ロウ氏、ポープ氏共に英国の古い文学にはとても無知であったし、ウォーバートン博士はより重要な研究に囚われていた。シオボールド氏は―仮に、彼の死後の名声が正当であるとして―学問を私利私欲の道具としてのみ考慮に入れていたのであり、編纂本のページを所期の飾り物で飾り付けるに

十分な注釈を用意しさえすれば、作者シェイクスピアの意味するところを更に探ろうとは全くしなかった。)

ジョンソン以前の主要なシェイクスピア全集編纂本の編者に対する彼の認識がこの引用の通りであるにせよ、1番目の引用と矛盾しないところが編纂者としてのジョンソンの際だったところである。

　既に触れた通り、ジョンソンがこの『企画書』を発表したのは1756年のことであったが、編纂本が出版されたのは1765年であった。だが、この『企画書』発表より11年前の1745年に、彼は全集刊行を計画していたのである。それが『悲劇「マクベス」についての所感』と題する小冊子であった[5]。このタイトルページからも分かるとおり、ジョンソンの念頭にあったのは1744年刊ハンマー (Thomas Hanmer) 版であった。ただし、この全集は実際には出版されなかった。というのは、版元ケイヴ (Edward Cave) が版元トンスンからシェイクスピア作品版権侵害を訴えられたからであった。トンスン一族は1709年発布になる著作権法の大きな受益者であった。つまり、1709年にロウ版全集を出版して以来、それに続く全集本（ポープ版1725年、シオボールド版1733年、ウォーバートン版1747年、ジョンソン版1765年など）の本文の版権をトンスン一族は有していたのである。ロウ版本文（基本的にシェイクスピア第4フォリオ版本文）が公認本文 (textus receptus) として、版元トンスンが関わる全集本出版には用いられてきたのであった[6]。

　出版は幻に終わったものの、自身の後の編纂本の『マクベス』で、この1745年刊行小冊子でサンプルとして記された注をジョンソンは採用している。そして、小論の文脈においては、以下の引用で「編纂原理」とも称すべきことをジョンソンは明示している。法により出版者の権利が護られる事態が出来した一方で、護られる側の一種の職業倫理を説いていると読んでよいだろう。これはシェイクスピア全集出版の歴史の上で画期的である。ジョンソンは編纂者の伝統的な姿勢について述べる。

There is no Distinction made between the antient Reading, and the
Innovations of the Editor; there is no Reason given for any of the
Alterations which are made; the Emendations of former Criticks are
adopted without any Acknowledgment, and few of the Difficulties are
removed which have hitherto embarrassed the Readers of *Shakespear*.[7]

（訳：古版本の読みと編纂者の新たな読みの区別がなされていない：本文に変更
を加えてもその理由が一切明かされていない：以前の編纂者による校訂を無断で
借用している：シェイクスピア読者がこれまで難儀してきた難解な箇所の解明は
ほとんどなされていない。）

　ジョンソンにとって2度目の企画である全8巻全集が版元トンスンを中心と
する11名の版元連合から出版されたのは、予約を募った1756年から9年経
った1765年10月のことであった。販売は好調であり、翌11月には増刷さ
れた。そして、1768年には重版の運びとなる。更には、スティーヴンスが
編纂に加わって10巻本の増補版が1773年に出版された。続いて、リードが
編纂者となり、この全集の改訂第2版が1778年に出版されることになる。
そして興味深いことに、マロウンがこのジョンソン＝スティーヴンス版につ
いての増補2巻本を1780年に出版する。『1778年刊シェイクスピア劇集・
補遺』[8]である。これには、以前の版に含まれる注釈からの抜粋、シェイク
スピアの詩、いわゆる正典以外の7篇の劇、マロウン自身の注が含まれた。
この一連の流れで気付くことは、1768年のジョンソン版（第3版）以降、版
元としてトンスンの名が姿を消すことである。この事実が、その後の集注版
全集の隆盛に関係していると推測される。
　さて、論考をジョンソン版出版に戻そう。予定から大幅に遅れて、ジョン
ソン版全集（全8巻）は1765年にようやく出版されたのであった。『企画書』
によれば、1757年のクリスマスまでに刊行の筈であった。だが、大幅に遅
れたばかりか、出版された全集の内容は1756年『企画書』が高らかに宣伝
した編纂法の中核にはほど遠い結果であった。最大の欠点は、「作品本文の
校合を新たに完璧に行う」との宣言は反故にされたことである。特に、シェ

イクスピア・フォリオ版の校合を行う、という計画は画期的であった。しか
し、これは全く行われていないのであった。ただし、クオート版は多少用い
られている。その代わり、ジョンソンが採った方法とは、彼以前の殆ど全て
の編纂者と同様に、以前の編纂本の本文を用いることであった。具体的に
は、ウォーバートン版（1747年）とシオボールド版（1757年版第2刷）を用い
たが、両者から選択的に本文を採用する際の原理は明かされていない。『企
画書』で謳ったことのうちで、実現されなかったことは他にもまだあった。
シェイクスピアが読んだと推測できる書物を全て読み、作者がそれをどのよ
うに作品に組み込んだかを探ること、など。シェイクスピアと同時代の作品
でシェイクスピアに影響を与えたと思われるものの探索はジョンソン以前の
版本でも試みられたことはあった。とは言え、『企画書』におけるジョンソ
ンの姿勢は明らかに歴史的文脈にシェイクスピアを据えようとするものであ
り、単に類似点の指摘に止まらない。このような歴史的文脈という視点を全
集編纂に持ち込もうとしたのは、恐らく、1755年出版の画期的『英語辞典』
編纂からの経験に基づくと考えてよいのではないか[9]。

　上に述べたように、ジョンソン版全集は『企画書』の内容に照らしてみる
ならば、本文編纂についての方針は空証文であった。だが、それまでの編纂
者たちによって本文編纂の中心課題であるかの如くに扱われていた「推測に
よる校訂」（conjecture）及び「校訂」（emendation）あるいは両者を併せた「推
定による校訂（conjectural emendation）に対して、それまでの編纂伝統とは異
なる姿勢を見せている。

Conjecture, though it be sometimes unavoidable, I have not wantonly nor
licentiously indulged. It has been my settled principle that the reading of
the ancient books is probably true, and therefore is not to be disturbed for
the sake of elegance, perspicuity, or mere improvement of the sense.[10]
（訳：推測による校訂—時として不可避であるにせよ—については、これという
理由もなしに、あるいは、破格に施すことをしなかった。これは私の固い持論な

のであるが、古版本の読みが正しい蓋然性はあるが、それゆえに優雅、平明さ、または、意味の改善のためだけにそれを乱すべきではない。）

ジョンソンは1765年編纂本に付した序文（"Preface"）で、集注版こそシェイクスピア編纂本のあるべき姿であるかの如く、次のように述べている。

The compleat explanation of an authour not systematic and consequential but desultory and vagrant, abounding in casual allusions and light hints, is not to be expected from any single scholiast. All personal reflections, when names are suppressed, must be in a few years irrecoverably obliterated; and customs too minute to attract the notice of law, such as modes of dress, formalities conversation, rules of visits, disposition of furniture, and practices of ceremony, which naturally find places in familiar dialogue, are so fugitive and unsubstantial that they are not easily retained and recovered. What can be known will be collected by chance, from the recesses of obscure and obsolete papers, perused commonly with some other view. Of this knowledge every man has some, and none has much; but when an authour has engaged the publick attention those who can add any thing to his illustration communicate their discoveries, and time produces what had eluded diligence.[11]

（訳：理路整然とした文章ではなく、漫然としていて摑み所がなく、その上何気ない引喩と軽い仄めかしに溢れる文章を書く―このような作者を完全に説明し切ることを単独の注釈者に期待することは出来ない。個人のあらゆる見解は、その名が明かされなければ、数年のうちに取り返しが付かないほどに忘れ去られるに違いない。また、社会の仕来りは法の注目を引くにはあまりに些末すぎる―例えば、服装の慣習、社交的会話作法、訪問マナー、家具の適切な配置法、儀式の作法などは当然の如く親しい会話にあるべきものだが、これらはあまりにもその場限りで目に見えないものであるがために容易に留め置くことも、また、回復させることも難しい。意味不明で、うち捨てられている文書から知りうることは偶然により収集され、別の見解により人々の中で吟味されることとなるだろう。この種の知識について誰もがなにがしかの知見を持つが、多く持つものはいない。

作者が大衆を引きつければ、作者の意図するところにいかなることでも付け加え
ることが出来る人々は自分の発見を伝えるであろう。そして時が経つにつれて、
人々の賢明の探求が及ばなかったことを招き寄せるであろう。）

1765年ジョンソン版に見られるこのように大きな欠点について、ヴィカ
ーズの分析が全てを物語っている。

Johnson set himself the ideal goal, far beyond his own abilities, or indeed
those any other editor of his day, or ours. It is not surprising that he did
not perform all that he had promised; but, as even his friendly critics
observed, the discrepancy was glaring.[12]

（訳：ジョンソンは理想の到達点を自らに課したのであった。それも自分の能力
を遙かに超えた到達点を。あるいは、同時代の、または、現代の、いかなる他の
編纂者の能力も及ばない到達点を。『企画書』で約束したこと全てを履行しなか
ったことは驚くに当たらないことだ。しかし、彼に好意的な批評家たちでさえ認
めているが、その食い違いは目を覆うばかりであった。）

ヴィカーズの指摘の通り、結果として出版されたジョンソン版が『企画書』
に掲げた理想に遠く及ばないものであったのは、その通りであろう。だが、
そうではあるにせよ、ジョンソンが編纂上の理想として掲げた項目が、後の
シェイクスピア作品編纂者たち（18世紀のみならず、20世紀に至るまで）のガ
イドラインとなったことは歴史的事実である。手短に言えば、① シェイク
スピア・第1フォリオ版こそ編纂の底本にすべきこと、② それに先だって
刊行されたクオート版を含めて本文校合を行うこと、③ 推測による校訂に
は慎重を期すべきこと、④ シェイクスピアの学問・読書歴についての探索、
自己の注釈と共に先行編纂本の注釈・批評を批判的に収録すること、などが
『企画書』で掲げられたことであった。

2

　集注版の流行を示す資料として興味深い広告がある。1779 年出版の『古劇
6 篇』（*Six Old Plays*）である。これはシェイクスピア作品粉本とされる古い劇
6 篇を集めた 2 巻本である。そのタイトルページと対のページに付されてい
るジョンソン＝スティーヴンス＝リード版（1778 年）の新刊広告は注目に値
する[13]。その特徴を列挙すれば—— ① "With the Corrections and Illustrations
of" に続いて、総勢 51 名の人名が列挙されている。ロウから始まりポープ、
シオボールド、ハンマー、ウォーバートンと 1709 年から始まった編纂本出
版順に編纂者、批評家、学者が年代順に並んでいる。これらの人々の編纂
本、著作から引用・借用していることを謳っている。その上で、ジョンソン
とスティーヴンスの注が加わることを宣伝していること、② 先行編纂本全
集のいくつか付された序文を含むこと、③ シェイクスピア肖像を 2 種掲載
していること、④ シェイクスピア自筆文字のファクシミリ版を収めている
こと、⑤ 昔のモリスダンスの図版を収めていること、⑦ 版元として、ニコ
ルズ（John Nichols）、エヴァンズ（T. Evans）及び版権所有者（proprietor）たち
が連名で挙げられていること。ちなみに、ここに印刷されている版権所有者
は総計 33 名に上る（ニコルズ、エヴァンズを含む）。これは既に集注版と呼ぶ
に相応しい編纂形式である[14]。編纂者スティーヴンス自身は『刊行企画書』
（*Proposals*, 1766 年）でこう述べている——"... no edition with notes critical
and explanatory can be furnished by the application of one man but what will
be found defective in as many particulars." （訳：校訂・解釈に関する注を備えた
編纂本であればどのようなものであれ、単独の編纂者の熱意によって提供されるもの
は、必ずや数多くの項目での注に欠陥があるものだ）[15]。衆智という言葉が適切か
どうかはさておくとして、シェイクスピア編纂本全集は集注版が主流になる
理由が、この引用にあることは否定できない。この傾向についてスティーヴ
ンスが次のように述べてもいる。

Many notes were admitted into the last edition (which seems to have been published on the plan of the *Variorum* Classics) out of compliment to the acuteness with which a false reading or interpretation is sometimes defended; . . ."[16]

（訳：最新刊の編纂本全集には多くの注が採り入れられているが——この版本は古典作品集注版という計画に基づいて出版されたもののように思われる——それは誤った読み、もしくは、解釈が時として正当とされる際の鋭さに対してのお世辞からのものである。）

　さて、ジョンソン＝スティーヴンス版の意思を継ぐかのように、マロウンは 1780 年に 2 巻本『1778 年刊シェイクスピア劇集・補遺』を出版したことは既に述べた。ジョンソン＝スティーヴンス版編纂方針に従って、それ以前の編纂本などからの注、釈義、解説などを更に加えた上に、詩・ソネット集及びシェイクスピア作とされる劇 7 篇を追加した（ちなみに、1783 年には『補遺・第 2 版』を出版する）。ただし、当時の英国でシェイクスピア集注版の拡張傾向に対する批判は当然のことながらあった。1 例を挙げれば、次のような批判である：これは *The English Review*（1784 年 3 号）掲載になるケイペル版（1767-8 年）の匿名書評であり、同時に、集注版（特に、スティーヴンス版1778 年）批判である。当然のことながら、読者には前者を薦めている。以下のような評言が述べられている——"Dr. Johnson, from an excess of candor, and perhaps from a diffidence of the industry he had employed upon the subject, adopted a multiplicity of notes from various writers into his edition."（訳：ジョンソン博士は、過度の公平無私の精神と、恐らくは、編纂という問題に注いできた努力に自信が持てないために、先行する様々な書き手から多数の注を自らの編纂本に採り入れたのであった）[17]。この書評執筆者によれば、先に触れた 51 名の編纂者、批評家、文学者をタイトルページに列挙していることなどは、注釈の単なる「冗長」であるに過ぎないことだろう。

3

　集注版に対するそのような批判に応じたのが、上記マロウン『1778年刊シェイクスピア劇集・補遺』2巻本であると見做すことも出来る。なぜならば、序として流用されている『読者に寄す』にマロウンの意図が明確に述べられているからだ。

If, though the most eminent literalti of Europe for above two centuries were employed in revising and expounding the writers of Greece and Rome, many ancient editions of classick authors have yet within our own memory been much improved by modern industry, why should it create surprize, that a poet, whose works were originally printed with so little care, whose diction is uncommonly licentious, and whose dialogue, agreeably to the nature of dramatick composition, is often temporary and allusive, should still stand in need of critical assistance? [18]

（訳：もしわれわれの記憶に残っている古典作者たちの数多くの古代の版本が近代の研究により格段に改良されているのであれば―ただし、ヨーロッパの名だたる文学者たちが2世紀以上にもわたって、ギリシャ・ローマの作者の作品について改訂と解釈に従事させられたのではあるが―以下のようなことがなぜ驚きであらねばならないのか、つまり、ある詩人がいて、その作品は最初ろくに注意も払われずに印刷されたこと、その詩語法は途方もなく破格であり、そのセリフは劇作詩法に従ったものではあるが、束の間のものであり、かつ、引喩に富んでいる。このような詩人は批評的支援を必要とすべきではないのか？）

　さて、19世紀初頭に出現して、18世紀シェイクスピア編纂の総決算と看做しうるシェイクスピア集注版全集の背後にある理念を探ることが小論の目的である。そのために、ジョンソン版から始まる集注版の原型を辿ってみた。マロウン編纂本（1790年全10巻）について、デ・グラツィアはその著書で次のような分析をする。その理論の前提を見るために引用する。

New interest emerged in this edition that became and remained funda-
mental to Shakespeare studies. It was the first to emphasize the principle
of authenticity in treating Shakespeare's works and the materials relating
to them; the first to contain a dissertation on the linguistic and poetic
particulars of Shakespeare's period; the first to depend on facts in
constructing Shakespeare's biography; the first to include a full chro-
nology for the plays; and the first to publish, annotate, and canonize the
1609 Sonnets. While it is always possible to locate adumbrations of these
interests in earlier treatments, it is in this edition that they are first articu-
lated – and articulated together as an integral textual schema.[19]

（訳：シェイクスピア研究においてそれが重要となり、そして、そうあり続けて
いる新たな関心がこの版本に出現した。シェイクスピア作品とそれに関係する材
料の扱いに、正統性の原理を強調した最初の編纂本であった：シェイクスピア時
代の言語学的及び詩的特徴に関する論文を版本に含めた最初であった：シェイク
スピア伝記を構成するに当たり事実に基づくこと最初であった：包括的な劇創作
年代を著した最初であった：1609 年刊ソネット集を出版し、注を付し、正典と
した最初であった。このような関心の先魁はそれ以前に著された諸説にもあるこ
とを指摘するのはいとも容易いが、それらが初めて明確に示されたのが―そし
て、総合的な本文編纂スキーマとして―この版においてなのである。）

デ・グラツィアはマロウンの編纂本に見られる編纂史上「最初」である 6 点
を以て、マロウンがシェイクスピア研究における「啓蒙」(Enlightenment)
の原動力になった、との説を唱えて久しい。この言説の発表以来約 30 年経
過した。この言説に対する反応は賛否共に大きいものであったのは事実であ
る。1 世代を経た現在、改めてその言説の内容を少し検討してみる[20]。

　先ず、マロウンがシェイクスピア作品本文の正統性 (authenticity) を求め
た点について、歴史的に見ておきたい。1790 年に彼は編纂本全集（全 10 巻）
を刊行する。そのタイトルページを以下に示す。

The | Plays and Poems | of | William Shakespeare, | in ten Volumes; |

Collated *Verbatim* with the most Authentick | Copies, and Revised: | with
the | Corrections and Illustrations | of | Various Commentators; | to which
added, | an Essay on the Chronological Order | of his Plays; | an Essay
Relative to Shakespeare and Jonson; | a Dissertation on the three Parts of
King Henry VI.; | an Historical Account of the English Stage; | and
Notes; | by Edmond Malone.

内容を項目別に整理すれば――① "collated Verbatim with the most Authentic
Copies"（最も真正なる印刷本と 1 語 1 語の校合）、② 諸家による校訂と釈義の引
用、③ 作品創作年代に関する試論、④ シェイクスピアとベン・ジョンソン
についての試論、⑤『ヘンリー六世』3 部作についての論文、⑥ 英国演劇
史、⑦ マロウン自身による注釈、の 7 項目が謳われている。デ・グラツィ
アが指摘するとおり、とりわけ注目に値するのは ① であろう。つまり本文
の正統性、正統的本文を編纂上の原理にした最初の編纂者であるのがマロウ
ンである、ということなのである。ただし、この言説内容に踏み込む前に、
歴史的事実について触れておくのがよいであろう。

　既に述べたとおり、小論の目的は、18 世紀後半から、盛んに出版された
集注版シェイクスピア全集の流れを辿ろうとするものである。その点からす
れば、非集注版のケイペル（Edward Capell）版をここで取り上げるのは的外
れであるのかも知れない。有り体に言えば、デ・グラツィア説に強い違和感
を覚える部分があるために、ケイペル版を取り上げざるを得ないのである。
確かに、マロウンはシェイクスピア作品本文を公認本文ではなくて、フォリ
オ版、クオート版の調査・校合結果を基礎にして本文編纂を目指した。その
ことに異論などないのであるが、ケイペル版をどのような文脈に置くかにつ
いて、デ・グラツィア説には同意できないところがある。つまり、マロウン
版に先立つこと 22 年、1767-8 年にケイペル版が 10 巻本として出版された。
ただし、注釈・関連資料を収録した『シェイクスピア作品注釈と異文』(*Notes
and Various Readings to Shakespeare*) は複雑な出版事情があったために出版がか

なり遅れたのであった。ケイペル版は本文と注釈が同一ページに印刷される
のではなくて、別巻として注釈本が出版された（その予定であった）。その第
1部は1774年に出版されるも、売れ行きが芳しくなかった。結果、ケイペ
ルは販売を撤回して、その損害を版元に弁償する羽目になった。次に1779
年に2巻本セットの注釈本予約出版の購入予約を募るものの、販売実績は振
るわなかった。彼は1781年に没したが、その遺志を継いでコリンズ（John
Collins）が3巻本セットとして1783年に出版する運びとなり、結果的に3
巻本の注釈書となった。第1巻、第2巻は『シェイクスピア作品注釈と異
文』として、第3巻は『シェイクスピアの学堂』（*The School of Shakespeare*)
となった[21]。

　ウォーカー（Alice Walker）によれば、編纂者ケイペルはシェイクスピア作
品についての編纂を体系的に行った最初の人であった。

> What is important is that he revolutionalized textual theory by laying
> down the principle that the 'best' text (i.e. the one closest to manuscript or
> to the best manuscript) should be made the basis of an edition, thus
> breaking with the traditional method of patching up the Folio text with
> only a selection of quarto readings.[22]
> （訳：重要なことは、彼が本文理論に革命を起こしたということである。それは
> 「最善」本文—即ち、草稿もしくは草稿のうちの最善のもの—が編纂本の基礎に
> なるべきであるとする理論を提唱することによってである。而して、クオート版
> の読みの選択のみによってフォリオ版を継ぎ接ぎするという伝統的手法と決別し
> たのである。)

ケイペル版が20世紀に入ってから（そして、現在まで）高い評価を受けてい
る最大の理由は、シェイクスピア作品本文を公認本文ではなくて、作品の最
初期印刷本に基づくべきであるとしたことにある。シェイクスピア作品本文
の正統性を、マロウンが最初に確立したかの印象を与えるデ・グラツィア説
のこの点を素直に首肯できない所以である。要するに、18世紀シェイクス

ピア全集編纂・研究におけるマロウンを啓蒙思想の担い手と見做し、19世紀初頭に現れる膨大な集注版全集を経て、20世紀初頭に擡頭することになる新書誌学へ繋いでみせる、文化物質主義的言説であろう[23]。

　言うまでもないことだが、デ・グラツィア説に反対することがマロウン版を評価することと矛盾しはしない。シェイクスピア集注版全集を18世紀シェイクスピア学の決算であると見る立場に立てば、マロウン版の重要性は明らかだ。既に触れたが、マロウンは1780年に2巻本『1778年刊シェイクスピア劇集・補遺』を出版した。これはマロウンが編纂者として、ジョンソン＝スティーヴンス版の方針を受け継いで、更に発展させるという意思表示に他ならない。序文として『読者に寄す』を流用していることは既に触れたが、これを読んで気付くことのひとつは、学恩を受けた人々に、その名前を挙げて謝意を表していることである——"I cannot conclude this Advertisement without expressing my warmest acknowledgements to the Dean of Carlisle, . . ." (viii) 以下4人の名前が続く。この傾向は1790年刊マロウン版序文で更に強調される——"My thanks are particularly due to Francis Ingram, . . ." (lxxviii) 以下6名の名前が続く。けれども1709年出版になるロウ版以降、このマロウンによる『読者に寄す』及びマロウン版全集に至るまで、出版された他のシェイクスピア全集に同様の文言を見付けることは希である。近・現代学術書の序文では、著者が学恩に対する謝辞を述べることは、序文スタイルのある種のルーティンとなっていることは否めない。だが、マロウンにおいては、先人の学問を受け継ぎ、それに自らの成果を加え、後世にこれを伝える意思を示すものであるとしてよいのではないか。別の視点から見ると、英語・英文学科（English Department）が大学で正規学部・学科となるのが1830年代であることを考えると、マロウンに代表される集注版全集という形での、母国語による文学教育・研究制度への先魁と見ることが出来るかも知れない[24]。

4

　先に引用した 1790 年版タイトルページに戻って、マロウンの意図と業績
を改めて見ておきたい。このタイトルページはマロウン版全集をまことに簡
潔にまとめている——① 既に 1780 年刊『1778 年刊シェイクスピア劇集・
補遺』で行ったことであるが、詩作品を正典に加えたこと。特に、ソネット
集は 1609 年版を採用したこと、② 最も「真正」である最初期印刷本を徹底
的に校合した上で改訂を施したこと、③ 諸家による訂正と用例を引用する
と共に自らのものを追加したこと、④ 作品制作年代についての試論、⑤シ
ェイクスピアとベン・ジョンソンについての試論、⑥『ヘンリー六世』3 部
作論、⑦ 英国演劇史、⑧ 注釈。ところで、① については、既にデ・グラッ
ティア説に言及しつつ、ケイペル版が先行していたことを述べたので、ここで
は繰り返さない。マロウンの「真正」な本文が何を目指すのかを知る上で有
用な箇所を引用する。いくつかの作品に関して、第 1 フォリオ版と最初期ク
オート版が存在する場合、両者間に見出されるヴァリアントについて述べて
いる箇所である。

　　It may perhaps be urged that some of the variations in these lists, are of
no great consequence ; but to preserve our poet's genuine text is
certainly important ; for otherwise, as Dr. Johnson has justly observed,
"the history of our language will be lost ;" and our poet's words are
changed, we are constantly in danger of losing his meaning also. Every
reader must wish to peruse what Shakespeare wrote, supported at once
by the authority of the authentick copies, and the usage of his
contemporaries, rather than what the editor of the second folio, or Pope,
or Hanmer, or Warburton, have arbitrarily substituted in its place.[25]

　（訳：これらの一覧表に見られる異文のあるものは、それ程重大ではないとい
うことがあるいは主張されるかも知れない。だが、われらが詩人の真正なる本文

を保存することは間違いなく重要なのである。その理由は、ジョンソン博士がい
みじくも述べたとおり、さもなくば「われらの言語の歴史が消え去るであろう」
からだ。その結果、われらが詩人の言葉が変えられることになり、われわれは彼
の意味するところをも失う危機に常に曝されることになる。それも、第2フォリ
オ版編者、もしくはポープ、もしくはハンマー、もしくはウォーバートンが恣意
的にその箇所に置き換えたものではなくて、真正なる印刷本の権威と彼の同時代
作家たちの語法の両方に支えられつつ、読者はすべからくシェイクスピアが書い
たことを精査することを願わなければならない。)

　ここでマロウンが主張していることは、その後のシェイクスピア作品編纂法
で謳われたことと大筋で重なるものである。クオート版に「善本」と「悪
本」のカテゴリーを導入したことを別にすれば、20世紀初頭に擡頭した新
書誌学派の本文理論とほぼ同じ編纂法であると言える。その学統にケイペル
の業績も先魁として当然のこととして含まれる[26]。
　マロウン版の際だった特徴のひとつとして挙げることが出来るのは、シェ
イクスピア作品創作年代推定の仕事である。1778年刊ジョンソン＝スティ
ーヴンス版に創作年代に関する『創作年代試論』("An Attempt to Ascertain the
Order in Which the Plays Attributed to Shakespeare were Written")を寄稿し、更に
これを1780年『補遺』に、最終的には1790年刊10巻本全集にも収めたの
であった[27]。マロウン以前の全集本で作品創作年代に関心を寄せた編纂者は
少ない。ロウ版、ポープ版、ジョンソン版でも創作年代についての言及はあ
るものの、独立した立論はしていない。ただし、ケイペルは違っていた。彼
は「創作年代概要」("Scheme of their Succession; drawn from what has preceded,
and from Evidence touch'd upon in the 'Notes'")と題する一覧表を掲載している。
2ページに満たない分量であるが、各劇作品の創作年表と解説である。その
解説冒頭には、こうある――"It is offer'd with some confidence on the part of
the drawer-up; and will (at least) be found sufficiently just for that critic to
work by, whose object is – weighing this Author's pieces, and adjusting the

comparative merits of them: . . ."[28]（訳：この表は作製者のなにがしかの自信を以
て提示されるものである。そして、批評家がこれで作業をするのに十分役に立つだろ
う——その目的はこの作者の作品を比較考量し、それらの比較上の価値を見定めるこ
と）。ケイペル「創作年代概要」とマロウン「試論」を比較するのには、そ
の分量からしても、無理がある。ただ、マロウンほどに徹底したものでなか
ったのは確かであるにしても、ケイペルにも真正なる本文策定に有用である
べき創作年代推定の意志があったことを忘れるべきではないだろう。

お わ り に

　既に触れたが、デ・グラツィア説では 18 世紀におけるシェイクスピア編
纂本全集の歴史上、マロウン版を革命的転換点（啓蒙）であったとすること
が最大の主張である。ただし、小論の目的がその所説を否定することにある
のではない、とも既に触れた。マロウンの全集本編纂法の最大の特徴は偉大
な劇作家・詩人としてのシェイクスピアに相応しい全集本にすることであっ
た。デ・グラツィア説が唱えるところの、全集編纂においてマロウン版が有
する「最初」であるいくつかの試みのほぼ全ては先例があることは小論で触
れた通りである。つまり、本文の真正性については、ケイペルが先行した。
伝記についてはロウが先に全集に含めた、ことなどが挙げられよう。既に引
用したが、デ・グラツィアはこう述べる。

　　このような関心の先魁はそれ以前に著された諸説にもあることを指摘す
　　るのはいとも容易いが、それらが初めて明確に示されたのが——そし
　　て、総合的な本文編纂スキーマとして——この版においてなのである。

ここでのデ・グラツィアの言説には少し無理があるように思われる。つま
り、その直前にマロウンが手掛けた啓蒙的「最初」の編纂方針を 6 点列挙し
ておいて、それに続く文章では時系列を無視しているかの如き言説を述べて

はいまいか。つまり、時系列上の「最初」が最重要であるとは限らない、と読めるのである。

　シェイクスピア全集を編纂するに当たり、編纂者マロウンが従うべきとされるような、系統だった理論としての編纂上のスキーマがあったと考えることには無理がある。もしあったとしたら、それは「古典作品集注版」(the Variorum Classics)[29]に倣うということではなかったろうか。シェイクスピアをギリシャ・ローマ古典と同列に据えるために、古典作品集注版に必要とされる構成要素の充実をマロウンは図った。シェイクスピア作品本文を編纂するに当たり、18世紀の編纂者たちは古典作品編纂法をモデルとしながらも、クオート版とフォリオ版に認められる数多のヴァリアント解明に様々な方法で臨んだ。例えば、印刷工程が本文編纂上の重要な要因であることをケイペルは認識していた。

　話を小論の冒頭に戻すならば、集注版とはある作品集編纂中の時点より前の様々な編纂本、評論を集めただけのものではない。そこには編纂者の選択が当然の如く働いているのだ。複数本文間の異文の解明、シェイクスピア同時代文献の取捨選択、シェイクスピア作と擬せられる作品の鑑定、シェイクスピア作品創作年代特定、そして何よりも難解な語・句・行に対する釈義、など全ては作品の真正性（authenticity）に向かうための方法であった。即ち、真正性は編纂者の選択にかなり左右されるものであった。シェイクスピアを歴史的文脈に据えるためには、多様なアプローチを必要とするという認識を如実に物語っているのが、ジョンソン版のタイトルページにはじめて使われた文言——"with the Corrections and Illustrations of the Various Commentators"——である。この文言はジョンソン＝スティーヴンス版、マロウン版、第1～3集注版に受け継がれる。要するに、シェイクスピア作品の多様な面を通じてこそ、その真正性に近づくことが出来るという編纂者たちの理念の具体化が集注版シェイクスピア全集であった。

追記　18世紀出版物からの直接の引用については、綴りをそのままにしてある。

1) *The Oxford English Dictionary* (Second Edition on CD-ROM.) 'variorum' 1.b. '1822 Scott, Nigel. a variorum edition of Shakespeare . . .' および 'the Variorum Classics' との文言はジョージ・スティーブンスの 'TO THE PUBLIC' (1766年2月1日付け) と題するブロードシートのパンフレットで用いられている。

2) 1765年刊ジョンソン版タイトルページには "with the corrections and illustrations of various commentators" とある。

3) *Shakespeare The Critical Heritage Volume 4: 1753-1765*, ed. Brian Vickers, Routledge & Kegan Paul, 1976. p. 273.

4) *Shakespeare The Critical Heritage Volume 4*, p. 272.

5) Johnson, *Miscellaneous Observations on the Tragedy of "Macbeth": with Remarks on Sir T. H.'s Edition of Shakespear to which is affix'd Proposals for a New Edition of Shakespear, with a Specimen*, 1756.

6) 以下の文献に多く負う。

　　Jarvis, Simon. *Scholars and Gentlemen: Shakespearian Textual Criticism and Representations of Scholarly Labour, 1725-1765*, Oxford: Clarendon Press, 1995. pp. 159-181.

　　Murphy, Andrew. *Shakespeare in Print: A History and Chronology of Shakespeare Publishing*, CUP, 2003. pp. 80-84.

　　Shakespeare The Critical Heritage Volume 5: 1765-1774, ed. Brian Vickers, Routledge & Kegan Paul, 1979. pp. 17-25.

　　Sherbo, Arthur. *The Birth of Shakespeare Studies: Commentators from Rowe (1709) to Boswell-Malone (1821)*, Colleagues Press, 1986.

　　Walsh, Marcus. *Shakespeare, Milton & Eighteenth-Century Literary Editing: The Beginning of Interpretative Scholarship*, CUP, 1997. pp. 165-175.

7) Johnson, *Miscellaneous Observations*, p. 64.

8) Malone, *Supplement to the Edition of Shakespeare's Plays Published in 1778 by Samuel Johnson and George Stevens in Two Volumes*. 1780.

9) Walsh, *Shakespeare, Milton*, p. 170 参照。

10) *Shakespeare The Critical Heritage Volume 5*. p. 94.

11) *Shakespeare The Critical Heritage Volume 5*. p. 92.

12) *Shakespeare The Critical Heritage Volume 5*. p. 20.

13) *Six Old Plays, on which Shakespeare Founded his* "Measure for Measure", "Comedy of Errors", "Taming of the Shrew", "King John", "K. Henry IV." And "K. Henry V.", "King Lear". London, 1779.

14)　Murphy, *Shakespeare in Print*, p. 91.

15)　*Shakespeare The Critical Heritage Volume 5.* p. 250.

16)　*Shakespeare The Critical Heritage Volume 5.* p. 252.

17)　Joanna Gondris, "'All This Farrago': The Eighteenth-Century Shakespeare Variorum Page as a Critical Structure", in *Reading Readings: Essay on Shakespeare Editing in the Eighteenth Century*, ed. Joanna Gondris, Associated University Press, 1998. pp. 123-4.

18)　"Advertisement", in *Supplement to the Edition of Shakespeare's Plays Published in 1778.* Vol. 1, pp. i-ii.

19)　Margreta de Grazia, *Shakespeare Verbatim: The Reproduction of Authenticity and the 1790 Apparatus*, Oxford: Clarendon Press, 1991. p. 2.

20)　Walsh, *Shakespeare, Milton*, pp. 182-4 参照。

21)　Murphy, *Shakespeare in Print*, p. 85. シェイクスピア作品本文の真正性（authenticity）へのケイペルの拘りは、『シェイクスピア作品解釈と異文』で明らかである。第 1 巻、第 2 巻を通じて 'authentic', 'authentical', 'authenticity' が 27 例見出される。第 3 巻タイトルペイジには 'authentic Extracts' という表現がある。Index には 'authenticall' という項目がある。

22)　Alice Walker, "Edward Capell and his Edition of *Shakespeare*", in *Studies in Shakespeare : British Academy Lectures*, selected and introduced by Peter Alexander, OUP, 1964. p. 133.

23)　De Grazia, *Shakespeare Verbatim,* pp. 70-71.

24)　"History of the English Department UCL", https://www.ucl.ac.uk/english/ department/history-of-the-english-department（2020 年 8 月 3 日アクセス）。

25)　"Preface", vol. 1, p. liii.

26)　A. W. Pollard, *Shakespeare's Fight with the Pirates and the Problems of the Transmission of his Text*, second edition, revised, CUP, 1920. および F. P. Wilson, *Shakespeare and the New Bibliography*, rev. and ed. Helen Gardner, OUP, 1970 を参照せよ。

27)　*The Plays and Poems of William Shakespeare in Ten Volumes*, 1790. Vol. 1, pp. 261-386.

28)　Capell, *Notes and Various Readings to Shakespear*, vol. 2, pp. 185-6. de Grazia, *Shakespeare Verbatim*, pp. 146-7.

29)　注 16) 参照。

第2章　ディケンズを並べる
——作家事典に見る文学的関心の変遷——

宮 丸 裕 二

は じ め に

およそ事典や辞書の類いこそは近代の産物の典型的なものであり、これくらい悪趣味な世界把握の方法は他の時代に見ることはできない。そこで近代という時代における文学への関心のあり方を知り、近代という時代の一端を詳らかにするべく、ここに、作家にまつわる事典に注目して、その考察を試みたい。ここでは、具体的な作家として19世紀の小説家チャールズ・ディケンズ（Charles Dickens; 1812-70）を取り上げたい。ディケンズを選ぶことの利点はそのポピュラリティゆえに継続的にこの種の事典が編まれ、出版物が相当量にのぼっているということがある。

ディケンズについて編まれてはいても、ディケンズが直接関わっているどころか、ディケンズの生存中に編まれたわけでもないので、ディケンズそのものの考察というよりはディケンズがどう描かれ、ディケンズの世界がどう理解されてきたのかを問うある種の受容史の領域と考えるべきものと言えるだろう。文学が表象の歴史の研究であるとしたならば、ディケンズという人物がその作品と共に、どう理解され、どう映ってきたのかを辿ることは、文学研究の本来の目的を共有する研究方法の一種となり得るだろう。そこではディケンズ本人がその時に生きていたかどうかは本質的にどうでもよいことである。そればかりでなく、ここに表象されている対象はディケンズという

作家が書いた作品である必要さえなく、むしろ関心の重心は作家そのもの、人物そのものに置かれているのである。

　すなわち、事典類はもはや伝記記述の延長であり、伝記記述の一つのあり方であると見ていいのである。これまで文学のジャンルとしては無視され続けてきた伝記を文学の一種と考えるのと同じように、事典の中に見るディケンズの表象を読み込むことを、文学研究の一手段として試みるのである。そして、なぜ本研究がそこまで執拗に文学研究でありたがるのかというと、事実そのものの集積よりも表象を捉えることに主たる関心が置かれているところにこそ、歴史研究と峻別されてある文学研究の存在意義と希望とを見ているからなのである。

1　テクスト

　ディケンズを単独で扱った事典類を挙げると次のとおりである。出版年にしたがって羅列し、再版のあったものは直下にぶら下げて記載している。

Gilbert A. Pierce, and William A. Wheeler, *The Dickens Dictionary*, new edn (1872; London: Chapman & Hall, 1892; rev. 1965)

Alex J. Philip, *A Dickens Dictionary*, 2nd ed., rev. by Alex J. Philip and W. Laurence Gadd (1909; New York: Burt Franklin; 1970)

　　Alex J. Philip and Laurence Gadd, *Who's Who in Dickens* (London: Studio Editions, 1989)

Thomas Alexander Fyfe, *Who's Who in Dickens: A Complete Dickens Repertory in Dickens' Own Words* (1912; Ann Arbor: Gryphon, 1971)

Arthur L. Hayward, *The Dickens Encyclopædia: An Alphabetical Dictionary of References to Every Character and Place Mentioned in the Works of Fiction, with Explanatory Notes on Obscure Allusions and Phrases* (London: George Routledge, 1924; Canada: Promotional Reprint,

1995)

Michael Hardwick, and Mollie Hardwick, *The Charles Dickens Companion* (London: John Murray, 1965)

Michael Hardwick, Mollie Hardwick, and J. Murray, *Charles Dickens Companion* (Holt, 1965)

John Michael Drinkrow Hardwick, *The Charles Dickens Encyclopedia* (London: Macmillan, 1973)

Michael Hardwick, and Mollie Hardwick, *The Charles Dickens Encyclopedia* (Reading: Osprey, 1973; rev. London: Futura, 1976)

John Greaves, *Who's Who in Dickens* (London: Elm Tree, 1972)

Nicolas Bentley, Michael Slater, and Nina Burgis, eds., *The Dickens Index* (Oxford: Oxford University Press, 1988)

Michael Pointer, *Who's Who in Dickens* (London: Studio Editions, 1992)

松村昌家編、『ディケンズ小辞典』、小辞典シリーズ、3(東京：研究社出版、 1994)

George Newlin, ed., *Every Thing in Dickens: Ideas and Subjects Discussed by Charles Dickens in his Complete Works* (Westport, CN: Greenwood, 1996)

Dickens Encyclopedia (n.p.: Ramboro, 1997)

Donald Hawes, *Who's Who in Dickens*, Who's Who Series (London: Routledge, 1998)

Donald Howes, *Who's Who in Dickens*, Routledge Who's Who Series (London: Routledge, 2002)

Paul B. Davis, *Charles Dickens A to Z: The Essential Reference to his Life and Work*, The Literary A to Z Series (London: Fact on File, 1998)

Paul Davis, *The Penguin Dickens Companion: The Essential Reference to his Life and Work* (Harmondsworth: Penguin, 1999)

Ruth R. Glancy, *Student Companion to Charles Dickens*, Student Companions to

Classic Writers (Westport, CN: Greenwood, 1999)

Paul Schlicke, ed., *The Oxford Reader's Companion to Dickens* (Oxford: Oxford University Press, 1999)

Paul Schlicke, ed., *The Oxford Companion to Charles Dickens: Anniversary Edition* (Oxford: Oxford University Press, 2011)

Rodney Dale, *The Dickens Dictionary* (London: Wordsworth Editions, 2002)

西條隆雄／原英一／佐々木徹／松岡光治／植木研介編、『ディケンズ鑑賞大事典』（東京：南雲堂、2007）［付録の CD-ROM に地名事典、人物事典などを含む］

John Sutherland, *The Dickens Dictionary: An A-Z of England's Greatest Novelist* (London: Icon Books, 2012)

Alex Phillips, *Dickens Dictionary*, Maxnotes Literature Guides (Piscataway: Research & Education Association, 2014)

Robert L. Patten, John O. Jordan, and Catherine Waters, eds., *The Oxford Handbook of Charles Dickens*, Oxford Handbooks (Oxford: Oxford University Press, 2018)

（参考）

Charles Dickens, *Dickens's Dictionary of the Thames, 1887: An Unconventional Handbook* (London, 1887; repr. Moretonhampstead: Old House Books, 1995)

Charles Dickens, *Dickens's Dictionary of London, 1888: An Unconventional Handbook* (London, 1888; repr. 1972; repr. Moretonhampstead: Old House Books, 1993)

Cedric Dickens, *Drinking with Dickens* (London: Elvendon, 1980; n.p.: New Amsterdam, 1990)

Cedric Dickens, *Dining with Dickens* (n.p.: n. pub., 1985?)

The Dickens Companion Series, gen. ed. by Susan Shatto, 7 vols+ (London: Unwin Hyman; Westport, CN: Greenwood, 1986-)

Fred Levit, *A Dickens Glossary for American Readers* (New York: Garland, 1990;
New York: Hall Design, 1996)

George B. Bryan, and Wolfgang Mieder, ed., *The Proverbial Charles Dickens:
An Index to Proverbs in the Works of Charles Dickens*, Dickens'
Universe, 4 (London: Peter Lang, 1997)

Philip Hobsbaum, *A Reader's Guide to Charles Dickens*, Reader's Guide Series
(Syracuse, NY: Syracuse University Press, 1998)

John O. Jordan, ed., *The Cambridge Companion to Charles Dickens*, Cambridge
Companion to Literature (Cambridge: Cambridge University Press,
2001)

Rudolf Eisler, *Reader's Guide to Charles Dickens* (Devon: Centrum Press, 2009)

David Proissien, ed., *Companion to Charles Dickens*, Blackwell Companions to
Literature and Culture (Hoboken: Wiley-Blackwell, 2011)

　恐らくこれだけの数を出版させた英文学の作家は、いるとしてもシェイク
スピアだけだろうと思われる。作家の事典類というのは存外編まれないもの
で、論集に比べてはるかに少なく、例えばオスカー・ワイルドについての事
典というものもまだ 2 冊しか存在していない（内 1 冊は日本国内）。

2　戦前の事典――回想録からの脱皮――

　文学関連で出版される図書の中では最も実用的な意図から編まれるのが事
典類である。そこで、そうした実用的な観点からまずは概観したい。
　現在筆者が把握している最初に世に出たディケンズの事典ものはピアス
（Pierce）とウィーラー（Wheeler）による *The Dickens Dictionary* である。今
日ではどの版も簡単には入手できない本であるが、しかし、ディケンズの死
後になおディケンズ出版のある種の権威であり続けたチャップマン＆ホール
社（Chapman & Hall）からの出版で、それも 100 年近くにわたって再版を重

ねたことは驚きである。この本の作りはというと、実はタイトルに辞典
（dictionary）とうたっていても、アルファベット順に事項が並んでいるので
はなく、ディケンズの小説作品のあらすじがまとめてあるのである。さら
に、各作品ごとにめぼしい登場人物のインデックスがついており、これにつ
いてはアルファベット順の配列だが、決して網羅的なものではなく、有名な
キャラクターをその言葉の引用を付しながら配列してゆくという作りになっ
ている。つまり、あらすじ紹介の記述だけでは漏れ落ちてしまう、忘れがた
きキャラクターの言葉を紹介し、これをあらすじの補足としているのであ
る。ちなみに、本書には小説すべてが紹介されたあとに短編の部が加えられ
ており、『ハード・タイムズ』（*Hard Times*）は今日の多くの見解と異なり、
短編の一つに分類されている。これは、ディケンズ初期の全集でありディケ
ンズ自身が編集に関わっている Cheap Edition や Library Edition（共にチャッ
プマン＆ホールが関わっている）の分類認識を反映したものであると考えられ
る。

　次に来るのがアレックス・フィリップ（Alex J. Philip）の *A Dickens Dictionary*
で、これは最初の本格的なアルファベット順のインデックスで、やはりなか
なかのロングセラーになるという結果を見た。1989 年に復刊されているが、
ほとんど実用目的であると言える。この本はというとディケンズの全登場人
物のインデックスであり、登場する小説とその箇所が載っていて、解説はほ
とんどなしという構成で、そのままディケンズのすべての小説作品につけた
インデックスというかたちをとっているのである。興味深いことに初版がア
レックス・フィリップで、これを次第にフィリップ本人と共にローレンス・
ギャッド（Laurence Gadd）が改訂して再版を重ねていく中で、最後にはフィ
リップとギャッドの共著になってしまうということが起きており、著作権が
微妙にシフトしていくのを見ることができる。どうもギャッドが著者の一人
に格上げとなるのは、フィリップが亡くなった後のことのようである。

　ディケンズが生み出した架空の登場人物をこのようにアルファベット順に
配列してゆく who's who 形式というのは、アメリカに始まるのであるが、こ

れよりも少し後にイギリスで出版されるのが、ヘイウォード（Arthur L. Hayward）による *The Dickens Encyclopædia* である。これは現在でも入手が容易なロングセラーで、戦前のディケンズ事典では最も広く利用されたものと考えられる。この事典が画期的であったのは、ただ単にインデックスを配列するのではなくヘイウォード自身が自らの筆をもって解説を書いていることと、それゆえヘイウォード自身の見解を含む事典になっていることである。例えば、小説『互いの友』（*Our Mutual Friend*）に登場する人物ポズナップ（John Podsnap）の項目では、このコミカルではありながらも欠点の多い人物のモデルがディケンズの友人フォースター（John Forster; 1812-76）であると言い切ってしまっている。また、小説『デイヴィッド・コパフィールド』（*David Copperfield*）に登場するミコーバー氏（Mr Wilkins Micawber）はディケンズの父親ジョン・ディケンズ（John Dickens; 1785-1851）がモデルであると断言している。特に後者については、ほとんどの人が合意するところではあるが、しかし、ディケンズの作品という内的な材料から直接に読み取ることができることがらに留まらず、ディケンズの作品には書かれていない史実や、作品を離れたロンドンやイギリスのヴィクトリア朝期の実状を説明することに項目の多くを割いている点がヘイウォードに特徴的なのである。本書は、ディケンズの父が投獄されたマーシャルシー監獄（Marshalsea Prison）や、小説『オリヴァ・トゥイスト』（*Oliver Twist*）執筆の大きな動機づけになった慈善施設ファウンドリング・ホスピタル（Foundling Hospital）、ディケンズが法律修行時代を過ごした法学院であるリンカーンズ・イン（Lincoln's Inn）といった項目を持つ、最初のディケンズ事典なのである。1924 年という出版年を考えると異例に多く図版や写真を含んでいるのは、こうしたロンドン事典としての編集意図ゆえであることがよく分かる。

　事実や史実に即しつつ時代全体を紹介する事典でありつつも、本書には、ディケンズの秘密の愛人エレン・ターナン（Ellen Ternan; 1839-1914）は登場しないし、ディケンズと娘との確執も触れられておらず、また、『我らが主の生涯』（*The Life of our Lord*）にいたってはその作品名も出てこない。これは

単に、ヘイウォードの事典編纂時にこれらの事実が知られていなかったから
に過ぎない。しかし、これらの事実の発掘がこの時代の後で立て続けに出て
くることは注目に値する。つまり、こうしたディケンズにまつわる重要な史
実の発掘を促したのがヘイウォードが用いた方法論であり、ヘイウォードが
編集方針としてここで採った方法が逆に後の史実発掘のきっかけとなってい
るか、少なくとも、多くの研究の姿勢がディケンズの執筆環境へと関心を深
めていった一つの兆候としてヘイウォードがいたと考えられるのである。

　戦前のディケンズ事典ということでここまでを振り返るならば、当初はディ
ケンズ作品のあらすじ紹介、ダイジェスト版のようなものとして始まった
ディケンズ事典が、次第にアルファベット順配列のリストと化していく。そ
こには英米による編集方針の差もあった。当時の時代状況を考えてみるに、
ディケンズに関連して書かれ出版される図書にはメモワールものが多く、ディ
ケンズやヴィクトリア朝の文壇を知る人がそれを記録する類いのものが主
流であった。ディケンズの家族によるエピソード編纂も相次ぎ、またキット
ン（Frederick George Kitton; 1856-1904）によるディケンズの作品からディケン
ズの行った旅行を追体験するような本が出版された。つまりはディケンズの
作品をヒントにディケンズという人物を紙面に再生させようという動きであ
る。一方、この時代、古典文学もイギリス文学というものも確実に教養の中
心を占めてはいながら、文学研究というものはアカデミズムの一分野として
は怪しい時代であった。専門的で学術的な研究というものが、教養を備える
ことを越えて上位にある営みと見做されるとは必ずしも考えられているとは
限らないにしても。そして、仮に文学が新たなアカデミズムの対象になり得
ると考える者があったとしても、ディケンズについてはまずそこには数え入
れられることはなかったのは確かである。獲得した読者数は絶大であっても
飽くまで娯楽の対象であって、学術的に考察するに足る対象とは全く考えら
れていなかったのである。そのポピュラリティゆえに、ディケンズは学校の
教材に加えられるまでにもその後も他の作家よりも長い時間がかかってい
る。当時のディケンズは、いわゆるサブカルチャーらしく、好事家だとか、

マニアックな趣味人が過剰な熱量で集め、調べ、語り合うのがいいところだったのである。そのようにディケンズの消費のしかたが主に娯楽である時に、ディケンズに関連するリストを作るというファンクラブ的な営みが、アルファベット順に配列されたインデックスの編集へと向かったことは自然なことだったと言えるだろう。こうした動きが最初にアメリカから見られたのは、アメリカにはキットンの様に生の情報を持つ者がいなかったからではないかと考えられる。しかし、イギリスでもキットンがこの世を去り、ディケンズの資料整理や蒐集もデクスター（Walter Dexter; 1877-1944）など、ディケンズ生存中の時代を知らない第二世代に入ってゆく。するとディケンズの母国イギリスにおいても、記憶や伝聞によるメモワールものの執筆や出版が終焉を迎えることになる。そうした時代にイギリスのディケンズ研究がディケンズの小説作品内部から踏み出し、必ずしもメモワールに頼らない小説の外側、史実との関係での研究に入って行ったことは必然的ななりゆきということができるだろう。ヘイウォードの著作が備えている、ヴィクトリア朝事典、ロンドン事典といった側面は、この時代のディケンズにまつわる史実研究の一つの結実を表しており、実際、この後にこれまで埋もれていた発見が続々と明らかにされてゆくのである。これに続く、1920 年代、30 年代は、新しい時代という意識の中でヴィクトリア朝の大御所に批判の矛先が向く時代であり、ヴィクトリア朝の顔であったディケンズも冷や飯を食わされる時代であった。また、これに続いて、いわゆるニュー・クリティシズム全盛の時代が到来し、理論構築によって確かな方法論を持つとされる近代的批評の始まりを見る。1940 年代、ディケンズ再評価の機運とあいまって始まるこれら近代的批評の内、ハンフリー・ハウス（Humphrey House; 1908-55）に代表されるような歴史的視点の中で行う実証的な研究の方法が現れてくるが、これと同じものを、ヘイウォードの事典に見てとることができるのである。

3　ハードウィック夫妻
——よりぬきディケンズから人間の百科事典へ——

　この後、ディケンズに関する事典は 1965 年まで出版されない。1924 年の
ヘイウォード以降 40 年間、また小説の人物登場箇所を示すレファレンスの
類いはファイフ（Thomas Alexander Fyfe）以降 50 年間にわたり、出版されな
いのである。その長い時を経て、次に編まれるのがハードウィック夫妻
（Michael Hardwick and Mollie Hardwick）による *The Charles Dickens Companion*
である。この本の現在手に入る版でのタイトルは *The Charles Dickens
Encyclopedia* で、ヘイウォードのタイトルとほとんど同じものであるが、内
容は大きく異なっている。作品の外部の情報ではなく、むしろ、作品のあら
すじと、引用で紹介する登場人物事典という体裁をとっている。この本で注
意するべきは、当初はハードウィック夫妻が書いた本ということになってい
たのが、いつの間にか出版者であるマリー（John Murray）が著者に名を連ね
てしまうのだが、それと平行して、図書の内容が大幅に変わってしまい、版
を重ね、タイトルを変えるにつれて、ほとんど違う別の本になってしまうこ
となのである。
　最初に新しい版から見ていくと、この本の中心は、純粋に登場人物の名前
が羅列されているリストであり、登場人物以外の項目、例えば、Charles
Dickens と引こうとしてもそういう項目は見つからない。登場人物を並べた
各項目には、数行の説明に続いて、登場場面での人物描写が引用されてい
る。つまり、ディケンズ自身の言葉でどう描写されているかを抜き書きする
かたちを採っているのである。そして、この本の網羅性はいささか偏執的な
までで、ディケンズの人物描写をすべて並べて、原文を切り貼りしている。
ある種のディケンズ作品の再編集であり、その分、無機質な仕上がりの本と
なっている。
　ところが、このハードウィック夫妻が最初に出版した 1965 年当初の版は、

この本は架空の登場人物のリストよりは、各作品のあらすじに主眼が置かれていたのである。さらに有名な登場人物による引用集はかなりの紙面を占めていたものの、登場するすべてを網羅するほどではなかった。つまり、この本は先の節で扱ったピアスとウィーラーによる *The Dickens Dictionary* のような「よりぬきディケンズ」、あるいは「ディケンズ・ダイジェスト」のような流れを汲むものであったことが分かるのである。当初はディケンズ名場面集のような本だったのだ。そのような、網羅性は備えていないものの、ディケンズ作品のダイジェスト版という読み物として機能していたものが、いかにしてディケンズ作品の登場人物名の字引に変化してしまったのだろうか。

　そもそもなぜディケンズの人生にまつわるあれこれや、ディケンズが生み出した架空の登場人物がアルファベットで配列されがちなのかという問題を考えると、少なくともその登場人物に関してはその登場する数の膨大さが理由の一つではあろう。バルザック（Honoré de Balzac; 1799-1850）は、頭の中に一つの独立した世界を作り、小説という名の人物の百科事典を展開しようと意図したことが知られているが、ディケンズにも多分に似たところを見出すことができる。一千もの性格になり切り、書き分けたシェイクスピアとは対照的に、ディケンズは一切共感ができないほどに変わった幾多の人物を描写し、展示してゆく。ディケンズの生存中から、人物の百科事典とか、人物の博物館とか博覧会とかいう言われ方はすでに存在していて、この表現でディケンズという作家が評価され続けてはいても、決してそれはディドロとダランベールのような森羅万象をリスト化する意味での百科全書であったことはなかったのだと思われる。人物の百科事典という比喩的な表現に過ぎなかったものが、形式上も百科事典のかたちで示されてゆく過程が、まさにここに見てきているディケンズの登場人物のリスト化なのである。それも、対象を登場人物に絞る限り、その数は夥しい量でありながらも、網羅性を実現することは可能であるのだ[1]。ディケンズに言われる人物の百科事典というものは、勿論各作品のストーリーという文脈と共にあるわけで、ハードウィッ

ク夫妻の当初の編集方針であったような、あらすじや引用集といったものが
まさにこれに相当するのである。しかし、最終的に編集されたかたちでは各
登場人物が小説のストーリーという文脈から切り取られ、アルファベット順
で配列されることになった。そこに「人物の百科事典」の創造主としてのディ
ケンズという人間の読者への映り方、20世紀のディケンズの理解のしか
たを見せてくれている。

　また「よりぬきディケンズ」であるとか、ディケンズの有名な登場人物の
台詞の引用集というものは、ディケンズの作品やディケンズの登場人物がす
でに有名であることが大前提で、元々それらを熟知している愛読者に向けた
編集方針だということは容易に想像のつくところである。少なくとも、常か
らディケンズを読んでいる人が楽しめるようにできていると言うことができ
る。一方、ディケンズの登場人物が登場する際の人物描写を集め、それをア
ルファベット順で並べたリストについては、そうではない。ディケンズによ
る人物描写をそれぞれの人物ごとに引用するのだから、むしろディケンズを
読んでいない人を読者として想定しているということになる。そのことから
類推されるのは、ディケンズの教養としての結晶化である。第一にディケン
ズの存在そのものが、その小説と共に、ある種の権威となり、「その作品に
は面白おかしい登場人物が無数に含まれているらしい」ということが教科書
的な知識として知られていて、それでいながらしかし、その一連の作品は読
者から距離のあるものであることがうかがわれるというあり方である。この
現象は、ハードウィック夫妻の同じ一冊の中に繰り返された改訂のあとにも
見ることができるし、ディケンズ事典すべてを通じた傾向の中にも、見て取
ることができるのである。

4　1980年代以降の事典
　　　——登場人物事典から、人物事典、批評事典へ——

　ハードウィック夫妻の後、1980年代末葉から、事典の類いは出版点数を

大きく延ばし始める。これはすっかり読書趣味よりはアカデミズムという文脈の中でディケンズ読解が展開されたことの結果であり、アカデミズムが用意した出版環境の中で可能になったと言えるだろう。

　今日でもよく知られている、ニコラス・ベントリー（Nicholas Bentley）、マイケル・スレイター（Michael Slater）、ニーナ・バージス（Nina Burgis）の三名が著した *The Dickens Index* であるが、これは実質上ほとんどがベントリーが単独で執筆したものである。項目数は比較的少ないが、登場人物と史実に関して網羅的にまとめた事典である。登場人物の説明もある程度に限り、ほとんどはディケンズの作品の外側の世界を対象にしており、先に見た中で言うとヘイウォードの流れを汲むものと位置づけることができる。これと似た傾向のものがデイヴィス（Paul B. Davis）の本で、こちらはディケンズの図版を多く掲載しつつ、登場人物の A to Z、さらにディケンズにまつわる史実の A to Z を並べている。本書もタイトルを変えてペーパーバックの普及版を刊行するなど外観の変貌を繰り返していることが目立つ一冊である。こうした事典の傾向の中でも、登場人物のみのリストに絞ったものがホーズ（Donald Hawes）による *Who's Who in Dickens* である。

　以上の三冊は、登場人物に関してはいずれもディケンズの作品すべてにわたって、少なくとも主たる人物に関しては網羅性を意図して編集されている。しかし、先に言う人物の百科事典のような側面を言えば、やはり物語や場面という文脈を欠いて登場人物が並ぶという構成を踏襲していると言える。ハードウィック夫妻のように人物描写の引用から成るのではないものの、その「網羅性がディケンズの完全で正しい理解に導いてくれる」という思想を共有しているのである。ただし、落とし穴としては、ベントリー／スレイター／バージスにもホーズの本にも、例えば、Oliver Twist という項目は見当たらない。つまり、小説作品『オリヴァ・トゥイスト』のストーリーの説明を抜きに、Oliver Twist のことを説明するのは困難なのである。反面、主人公でない人物については、主要な人物も含め、これだけのリストとしてまとめ得るというのは、場面や文脈を無視して独自の性格を主張するディケ

ンズの人物造型の持つ特性に多くを負っていると考えられる。ディケンズの
登場人物が、E・M・フォースターが言うところの平面の人格（flat character）
ばかりだからこういう文脈と切り離したリスト化や解説が可能になるのであ
って、他の作家の作品ではそうはいかないだろうと思われる。

　ニューリン（George Newlin）が編集した *Every Thing in Dickens* と、シュリ
ッケ（Paul Schlicke）が編集した *The Oxford Reader's Companion to Dickens* の
二つについては、いずれもテーマ先行的な事典として編まれており、逆に作
品内の登場人物のリストを含んでいない。昨今の研究の形式としての「ディ
ケンズと○○」といったような作家や作品の枠組みよりは、作家の単位とは
別個にテーマの設定によって研究の輪郭を規定するテーマ先行型が主流にな
ってきていることの表れであろう。つまり、研究の風潮をそのままに体現し
ているのである。

　シュリッケの本は、どちらかというとこれまでの研究が着目してきたトピ
ックを項目に並べることで、研究の歴史をまとめようとする傾向のものであ
り、登場人物の解説は一切ない代わりに、「ディケンズと日本」、「ディケン
ズと催眠」、「ディケンズとジャーナリズム」といった項目、さらにあらゆる
ディケンズに関わる実在の人物名などからできあがっており、今後それらの
テーマで研究しようとするにあたり、それに関する先行研究の概要がすべて
そこにまとまっているようなかたちでの実用性を備えている。

　他方、ニューリンの方はさらに手っ取り早い作りになっており、「ディケ
ンズと身体」、「ディケンズと人類」、「ディケンズと自然」、「ディケンズと交
通」など、いきがかり上なぜか文学部に入ってしまってさらに英文学科に入
ってしまって、ディケンズを研究することになってしまったけれど、なんで
もいいのでとりあえずは卒業論文のために独自のテーマを見つけなければな
らないという学生に対して、テーマの選択肢の可能性を、その先例や確証は
ないけれど、無数に提供してくれるという仕上がりになっている。

　実際のところ、これら二冊の間には、質と具体性の面では距離があるもの
の、両者が共通して意図するのは生み出した登場人物の集積からディケンズ

表 1　主な事典の編集方針

	初出版年	小説のあらすじ	小説中の登場人物	ディケンズを取り巻く史実	網羅性
Pierce & Wheeler	1872	○	△ （主に引用から成る）		あり （登場人物についてはなし）
Philip (& Gadd)	1909	△ （後の版で追加）	○		なし
Fyfe	1912	○	○ （主に引用から成る）		なし
Hayward	1924		○	○ （ロンドンの説明などを中心とする）	なし
Hardwicks	1965	○ 付・引用集	△ （全て引用から成る）		なし
Hardwicks (& Murray)	1976	△	○ （全て引用から成る）		あり
Bentley, Slater & Burgis	1988		○	○	あり
Newlin	1996				—
Hawes	1998		○		あり
Davis	1998		○	○	あり
Schlicke	1999				—

を捉えようとするものでもなく、ディケンズにまつわる伝記的史実の発見の集積からディケンズを理解しようとするものでもない。むしろ、ディケンズを論じうる批評的に可能な視点を羅列し、その総体からディケンズから派生するものの可能性を模索しようとするものである。つまり、ディケンズに対

表2　関心の対象の変遷

関心の対象	事典の性質	例
ディケンズの小説のストーリーとその中の登場人物	よりぬきディケンズ	Pierce, Hardwick (1st edn)
ディケンズの人物造形	百科全書（架空の人物＝知性、教養）	Philip, Fyfe, Hardwick (newer edn), Davis
ディケンズの人格形成と歴史的背景	ディケンズという人物についての事典、伝記の一形態（作家＝知性）	Hayward, Bentley, Hawes
社会を知る上での文学的手段としてのディケンズ	批評的視点の事典	Newlin, Schlicke, 松村

して向けうる視点の総覧としての事典となっているのである。これら二冊は共に夥しい人数の執筆者が共同で書いていることも、こうした目的ゆえである。ことニューリンの場合には、*Every Thing in Dickens* という大胆につけたタイトルにも関わらず、あらすじや登場人物、伝記的史実を扱うタイプのものとは異なり、その志高き編集方針ゆえにこそ、皮肉なことに網羅性を獲得することは諦めねばならないという宿命にあると言えるだろう。このように、可能な限り広範囲を覆いつつ、ディケンズについてどのような議論がこれまで投げかけられ、これからの議論の芽があるのか、ディケンズがどういう側面を持ち、どういう視点を許すのかといった多面性を強調し、その多面性をまとめ上げるというよりはむしろ散り散りにばらまくのが、こうした事典の意図するところなのである。

　こうした事典の編集方針はもちろん研究や批評の傾向を反映して表れたものと言っていいだろう。どういう研究の傾向かというと、例えば、ジョン・ケアリ（John Carey）の *The Violent Effigy* などを想起していただければよいのではないだろうか。ケアリは、ディケンズの暗く、陰鬱で、鬱屈した暴力性という側面に目を付けたなら、それに合致し得る事例をディケンズの実人生とディケンズの作品の中から無数に洗い出して羅列するわけだが、その作

業は一つの視点から作家や作品すべてを横断的に眺め、その視点からその作家や作品を束ね直すことである。つまり、ケアリの執筆がそうであるように、一本一本の批評が事典的な編纂をされるということであり、それぞれの批評が特定に選んだ見地から事典を編んでいるということなのである。そうである時、本来の事典の役割が、そうした批評を執筆する準備段階として、これまでにあり得た視点の集積をまとめ、これからあり得る視点を新たに投げるものになってくるという、今日の事典のすがたに見る通りのものになってくることは、必然的な帰結なのである。

お わ り に

　ディケンズが亡くなり、その回想録の出版も一段落を見て、遠い過去の人となった頃に、ようやく好事家や学者の関心の対象となることで事典が編集されるようになり、アメリカではアルファベット配列のキャラクター事典、イギリスではロンドン歴史事典のようなものが現れることになる。そのキャラクター事典ものとロンドン事典ものとの間に英米の需要や趣味の違いが表れたというよりも、この二種類が共にこの時代に求められていたと見るのが正しいだろう。この段階でディケンズというものが、その作品についての事典を編むに値するような「教養」の仲間入りをし始めたのである。同時にまたその教養の実態を見ると、事典の形式にそのまま表れていた通り、小説の抜粋のエピソードから成っていたものが、創造された人物一人ひとりの性格に体現される教養へと変わって行っているのである。つまり、ディケンズの生み出した物語を抑えることから発して、やがてそこに描かれる架空の人物を知り理解しておくことに、取り立てての意味が付与されるわけである。とはいえ、それはディケンズの作品というものが教養という名の下に形骸化するきっかけでもあるわけで、おそらくこの時期に編まれたこうした一連の事典を今日最も利用するのは誰なのかを考えたらよく分かるところである。こうしたものを所持していて助かるのは、レポートをまとめなければいけない

英文科の学部生か、手っ取り早くディケンズを知ってその意義を紹介する記事を書きたいジャーナリストか、ないしは、読んでもいないディケンズの作品について来月シンポジウムで話さなければならない英文学の研究者だとかの類いになってくる。つまり、好んで読んでいたものが簡略的に再話されているのではなく、むしろ実際には読んでいないけれども、読んでいることが強く望まれるディケンズ作品の人物造型というものを知るための事典なのである。

　ところが、知り合った人が特定の割合でディケンズの作品を読んだことがあり、ディケンズの登場人物を数多く知っていて、互いに親しみをもってそれについて語り、その楽しみを共有するなどということは、世界のほとんどの場で起こらなくなって久しい。今日でも、活き活きとした人物を無数に生み出したディケンズということは言われるものの、しかし、その人物を直接読んで知っていて、誰とでもそれについて語り合うということからは、本国イギリスでさえも遠ざかっており、サム・ウェラー（Sam Weller）や、デイヴィッド・コパフィールドだとかの一人ひとりを人々が共有するというあり方はとっくに終わり、（具体的に知っているかどうかはともかくとして）「無数の豊かな人物を創造したらしいディケンズさん」という、人物への関心が高まるのが次の段階なのではないだろうか。架空の人物を何人どれほど知っているかという指標で捉えられていた知性というものが、次の段階において、そうした多くの人物の生みの親であるディケンズという、一人の実在の人物の単位で表れる教養へとシフトするのである。サムやデイヴィッドよりも、今やそれらを生み出したディケンズという偉人という単位で知性を捉える時代を迎えることになる。したがって、この時代に編まれた伝記は、ディケンズが創造した人物、ディケンズの生育背景、ディケンズの親子関係、ディケンズの歩いたロンドンというように、事典の形態を持ちながらも、実はディケンズの伝記になっている側面を持つのである。作品や作中の人物よりも、それを書いた作家の方が強調される段階と言っていい。そして、この、物語から人物へ、人物造型から作家へというシフトに、この時代段階での文学的関

心も色濃く表れていると言っていいのである。

　これに続くのは、そのディケンズという一人の人物を重要視するという、人物単位での知性の捉え方が、今度は薄れていく時代である。ディケンズ批評事典というものを見ていてもそのことは見てとることができる。あるいはその先に表れる、一見するとディケンズという人物に核心的な価値を置いているように見えるディケンズ事典であっても、突き詰めていくとディケンズという人物は歴史上の偶発事に過ぎない置換可能なサンプルであり、本質的な重要性が置かれているのはディケンズを通して見えてくるもっと一般性のある話題であるというようなあり方に向かわざるを得なくなるのである。つまり、ヴィクトリア朝という時代を知り、今日の我々の社会を知るための道筋に、ヴィクトリア朝の代表的な人物であるディケンズがいるだけであり、ディケンズを媒介にヴィクトリア朝時代を知り、ディケンズを媒介に芸術論を展開し、ディケンズを題材に歴史を考えるというように、関心が多様化し、その狙いはディケンズから離れてゆくと、もはや、ディケンズという人物は文学研究というものを形式上可能にさせる媒介役に過ぎないということになる。「何か別のことがらを論ずるための手段としてのディケンズ」といった、素材としての意味づけに変わるのである。時代を体現する名目に過ぎず、現代の知性と知性をつなぐ経由地、交差点としての意味を付与されることで、ディケンズそのものはいよいよ空洞化するのである。

　文学的な関心の変遷というところに立ち返って考えるに、作家の事典を編ませる動機づけは、結局のところ 18 世紀の分類主義と 19 世紀の教養主義の名残に過ぎないのであるが、しかし、それがまさに 20 世紀初頭までを現実に支配した文学の具体的なかたちであったとも言うことができる。アルファベット順に並べることは、テクストに注釈をつけたり、年表を作成したり、テクストの本文校訂をすることと並んで、実際に文学研究を実施するための一つの方法を成していたのである。その中でも文学の関心の対象が、物語から人物造型へ移ったことは先に見た通りである。そしてこれがやがて作家の背景にまで項目を増やしてゆく段になって、作家事典は伝記としての様相を

備えることになる。事典として項目を配列するかたちではあっても、結局は多方面から光を当てることでディケンズという人物を記述し、理解しようとする伝記になっているのである。ここには、文学研究とは詰まるところ、一人の実在の人物（つまり作家）を研究することに行き着くのだという、1980年代ほどまでは支配的であった文学研究の態度が表明されていないだろうか。この時代まで否定はされながらも、文学を楽しむことは作家の人間性を楽しむことであり、文学から得られる教養とはその作家の人格に触れることだった。そして文学を研究することはなんらかの形式で作家の伝記を編む作業であった。こうしたディケンズという一人物やその創作した物語や創作した人物造型の中に知が含まれているという考え方はそろそろ終焉を迎える時代を見るのだが、同時に、ディケンズの唯一無二と言われる一連の登場人物というものはすでに人々が広く共通して知るものではなくなっている点が重要である。ディケンズが創造した懐かしき登場人物たちは、懐かしいながら実は既に知られておらず、懐かしい登場人物を創造したディケンズだけが知られているのである。それゆえにこそ伝記的な人物事典が求められていたわけであるが、教養主義のこけおどしによってそれらの登場人物が知られる必要がなくなりつつある今、アルファベット配列による作家事典編纂にも限りが見えてきているのではないだろうか。また、実のところ、ディケンズの名前で事典が編まれることの意義は失われつつある。それこそがディケンズ事典の示す文学的な関心として最終的に現れてくるものである。逆接的でありながら、最終的に編まれるディケンズ事典は、実はディケンズの人物にも作品にも、人物造型にも、実はさして関心は示していないのであり、ディケンズは時代や社会を見たり、哲学をするためのレンズに過ぎない存在になる。このことには、文学の手段としての伝記主義の一つの終わりを見ることができるだろう。

付　　言

　このたび、題材とする文献のリストに挙げたものの中で、実は事典とは言いがたいものの、そのタイトルゆえに類書として挙がりがちなのが、*Dicken's Dictionary of the Thames* と *Dickens's Dictionary of London* という二冊である。そしてその著者はチャールズ・ディケンズである。もっともこのチャールズ・ディケンズはかのチャールズ・ディケンズの同名の長男（Charles Dickens; 1837-96）であり、親にあやかって相当数の本を著した。ただし、単に親のふんどしで勝負したと片づけるには、中味はなかなかに堅実にしてそれなりの質を持つ書籍と言ってよいのではないかと思われる。したがって、かのディケンズとは無関係ではあるのだが、しかし、ここに論じたハードウィックが後に編むような意味でのロンドン探訪事典の先駆けのような位置づけで考えることもできる。

　また、同じくディケンズの血を引く者の著作で言うと、曾孫のセドリック・ディケンズ（Cedric Dickens; 1916-2006）による *Drinking with Dickens* や *Dining with Dickens* は、ディケンズの小説に登場する飲食物、そしてディケンズ自身が食していた料理や酒を今日に再現して当時の経験の共有を試みる書籍であり、真の意味での実用本としての側面を持ちつつも、やはりこうした書籍はディケンズの末裔によるお家芸に至っているのだと思わされる。

　また、同じく参考として挙げたものの中には、事典とは少し違うが、インデックス作りの一種に数えていいかも知れないものとして、アンウィン出版（Unwin）のコンパニオンシリーズがある。これはこれで作品の徹底的な注釈をつけることでディケンズの総体に迫ろうとする、ディケンズ理解の一方法である。そうした営みの最初は、作家の経験や時代背景を反映させたかたちで作家の理解に近づくべく、ディケンズの作品すべてに注釈を付した、T・W・ヒル（T. W. Hill）の 20 世紀初頭の仕事にさかのぼる。当時にしか書き得ない、そのメモワールの集積の意味も備える注釈は実に特徴的である。同じ

くコンパニオンに近いのがグロッサリであるが、ディケンズに関して言うならば、グロッサリの出版は今のところ一冊で、これはアメリカ人をはじめとする、同じ英語圏でありながらすでに 19 世紀の書物を読解するのに支障が出始めている読者への教育を意図したもので、その編集の意図はまったく違ってくる。ただし、先の議論にいう、ディケンズの執筆がもはや共有財産ではなくなりつつあるという議論の信憑性を補強してくれる出版物とは言えるかも知れない。すでに、ディケンズは、もう誰もが普通に読むものではなくなっているという事実を裏書きしている。

　そのほか、ブラックウェルズやオックスフォードやケンブリッジが出版するコンパニオンものも、そのいかにも事典的なタイトルにも反して、実は読み物である。読み物のかたちを採用しつつやはりディケンズという作家やその作品の概略を伝えようとする試みである。事典ではないものの、先に論じたいずれかの段階と目的は共にする編纂物と言える余地は大いにありそうである。

　　1)　筆者が数えたところでは、ディケンズの全作品に登場する人物は、少なくとも名前がつけられているものでは、1,908 人である。

II　時代を編む／読む

第3章　信仰のメランコリー
——ロバート・バートンの宗教観——

上 坪 正 徳

は じ め に

　ロバート・バートン（Robert Burton, 1577-1640）の『メランコリーの解剖』
（*The Anatomy of Melancholy*）は、「デモクリトス二世から読者へ」（Democritus
Junior to the Reader）という長文の「序文」、メランコリーという病の原因、
前兆、予後を論じた「第一部」（The First Partition）、その治療法を説いた「第
二部」（The Second Partition）、「愛のメランコリー」という表題の付いた「第
三部」（The Third Partition）から成っている。三つの「部」のテーマや構成を
見れば、メランコリーの原因から治療までを扱った「第一部」と「第二部」
が連続しているのに対して、常軌を逸した「男女の愛」と誤った「信仰」を
扱った「第三部」は他の二つの「部」とは大きく異なっている。

　その違いの一つは、「第三部」には「第一部」と「第二部」には無い「ま
えがき」（*The Preface*）が付いていることである。この「まえがき」は約8頁
の短いものであるが、後に述べるようにバートンが「第三部」を書いた理由
を興味深く記している。「第三部」のテーマや構成も、「第一部」・「第二部」
の場合とは大きく異なっている。「第三部」で取り上げられるテーマは、恋
をする男女の「激しすぎる愛情」（heroical love）、彼らがいだく病的な「嫉妬」
（jealousy）、誤った信仰から生じる「宗教のメランコリー」（religious
melancholy）の三種であり、それぞれのテーマは三つの章（Section）で、「原

因」・「症状」・「治療」の順に論じられている。「第三部」と他の「部」との
もう一つの違いは、「第一部」と「第二部」の重要な構成要素である「脱線」
(digressions) が「第三部」には無いということである。「第一部」と「第二
部」の「脱線」は、本題のメランコリーのテーマから一時離れて、バートン
が膨大な読書によって身に付けた、人間とその世界に関する知見を伝えたも
のである。メランコリーという病を論じたこの書が、百科全書的な知の集積
になった理由の一つは、「第一部」と「第二部」のさまざまな「脱線」にあ
ると言えるだろう。バートンが「第三部」には「脱線」を書かなかった理由
はもちろん分からないが、「第三部」自体が一種の長文の「脱線」であると
見なすことも可能である。本稿では「第三部」の最後の章である第 4 章で論
じられている「宗教のメランコリー」を取り上げて、英国国教会の聖職者で
あったバートンが、他のキリスト教の宗派とキリスト教以外の宗教をどのよ
うに論じているかを見てみよう。引用の後に書かれている数字は、使用した
オックスフォード版テクスト第三巻の「第三部」の頁数である。

1 「第三部」の「まえがき」

　バートンは「第三部」にだけ付けた「まえがき」の中で、それまで書き続
けてきた「耳障りで不快なメランコリー論」を離れて、「愛」をテーマにし
た「広大な哲学の分野」へ進み、「この愉快な分野を自由に動きまわって、
堅苦しい論考を愛についての楽しい話で味付けするのを許していただきた
い」(p. 4) と述べている。しかし次の頁では前言を若干修正して、「第三部」
を書いた目的を次のように記している。

　　　私の本当の意図は、（読者を）楽しませると同時に、（読者の）役に立つ
　　ことである。この著述が全身に効く薬の働きをなし、さらに味覚を欺い
　　て食欲をそそるように調合された、金箔を被せた丸薬（guilded pilles）の
　　役も果たして、皆様の気晴らしになるだけでなく、心を癒す働きもする

ことを願っている。(p. 5)

'to gild the pill' という表現は、「苦い薬を糖でおおう」、あるいは「人が嫌がるものをうまそうに見せる」ということであって、バートンの時代にはすでによく使われる表現であった。バートンがこの言葉で喩えたのは、これから書く「第三部」の内容であるが、この比喩は『メランコリーの解剖』という書物全体にも当てはまるように思われる。読書には病を癒す働きがあるという考えは、すでに古代ギリシアの哲学者に見られたものであった。メランコリーという病を論じたこの大著が、読者を楽しませる膨大な知識の宝庫であり、かつさまざまな興味深い逸話の集成でもあるのは、バートンの脳裏に最初からこのような伝統的な考え方があったからだと言えるだろう。バートンは第三部の「まえがき」の中で「私は人間であるから、人間に関することで、私自身に無関心なことはありえない」という古代ローマの喜劇詩人テレンティウスの言葉を引用している (p. 6)。この言葉も『メランコリーの解剖』全体に当てはまるものである。バートンはこの「まえがき」の最後で「第三部」を書く意図を次のように述べている。

　　私は大胆にもこの公共の舞台にのぼって、愛についてのこの悲喜劇の中で幾つかの役を演じることにした。私が温めている劇の主題に相応しいように、あるいは各場面が必要とし、また場面自体がおのずと表現している通りに、ある役は諷刺的に、別の役は喜劇的に、もう一つの役は諷刺喜劇的に演じるつもりである。(p. 8)

この言葉を「第三部」全体に当てはめてみると、バートンは「激しすぎる愛情」と「嫉妬」を扱った章では「喜劇」を、「宗教のメランコリー」の章では諷刺喜劇を演じていると言えるだろう。では「第三部」の最終章、したがって『メランコリーの解剖』という大著の最終章の「宗教のメランコリー」で、バートンは「宗教の諷刺喜劇」をどのように演じているのであろう

か。

2　「宗教のメランコリー」の原因

　バートンは「宗教のメランコリー」を論じた「第三部」4章（Section）の1節（Member）・1項（Subsection）の冒頭で「愛のメランコリーという明確な種類があることを誰も疑わないが、その一種に"宗教のメランコリー"を挙げてよいかどうかについては、議論があるだろう」と述べ、さらに「今まで宗教のメランコリーについて明確に書いた医者は誰もいなかった」ので、「私には模範とする先例が全くない」（p. 330）と書いている。確かに「異性」（バートンの場合は主に男性の女性）に対する「愛」（恋愛）と人々の「神」に対する「愛」（信仰）とを同列に扱うことには、違和感があることを誰も否定しないだろう。しかし牧師であったバートンにとって、「第三部」の最終章で、したがってこの大著の最終章で、「宗教のメランコリー」を取り上げることは至極当然のことであった。バートンによれば、もし我々が神を愛するならば、隣人を愛し、己に求められる義務を果たす筈であるけれども、現実の世の中では、我々は神も隣人も愛さないばかりか、信仰に関してさまざまな過ちを犯している。バートンが「宗教のメランコリー」という言葉で表そうとしたのは、彼の時代に特に顕著であるが、どんな時代にも見られた信仰心の欠如と誤った信仰から生じる種々の問題であった。バートンはこのことについて次のように述べている。

　　我々はあまりにも世俗を愛し過ぎている。神を愛することはあまりにも少なく、自分の利益にならなければ、隣人を愛することも全くない。……我々が大事にする主なものは、自分たちの利得である。我々が何らかの行動をするのは、世間の処罰を恐れるからであり、虚飾、人の評価、時の流行など、大して重要ではないもののためであって、神のためではない。本来は当然であるはずなのに、我々は神を正しく知ることも、

神を求め、愛し、崇拝することもしない。このような欠陥のために、我々は自ら進んで多くの過ちを犯し、神を真に愛し崇拝することから離れている。これこそが口で言えないほどの苦しみを我々にもたらす原因である。我々は（信仰に関する）二つの過ちを限りなく犯し続けることによって、気付かぬうちに自らを愚か者に、そして狂人にしているのである。(p. 337)

　この引用に出てくる「二つの過ち」とは、「（信仰心の）過剰と欠如」、「盲信と不信心」、「偶像崇拝と無神論」である。バートンは「（信仰心の）過剰」について、それは「信仰と神に対する愛が度を過ぎるということ」ではなく、「よこしまなものに関心を持ち、よく理解せぬままに熱狂し、必要のないことを案じ、場違いで無用な、つまらない虚しい儀式に勤しむことである」(p. 337) と述べている。バートンによれば、こういう人々が「我こそは他の連中より優れたキリスト教徒であり、豊かな学識、傑出した精神、多くの知識に恵まれ、特別な啓示をうけて、神の神秘を知っていると思い込み、しばしば言ってはいけないことを言い、やってはいけないことをする」(p. 338) のである。こういう連中の中に含まれるのが、「迷信を信じるすべての偶像崇拝者、異邦人、マホメット教徒、ユダヤ人、異端者、狂信者、易者、預言者、非国教徒、教会分離論者たち」である。

　このことと関連して、バートンが宗教を「真実の宗教」(true religion) と「偽りの宗教」(false religion) に分けていることも興味深い。「真実の宗教」とは「真の神が正しく崇拝され、それが天国への道であるばかりか、美徳、愛、畏敬、献身、恭順、学殖などの母であり」、また「現世の幾多の気苦労・悲惨な出来事・迫害のただ中にあって、唯一の安心、言葉では表せない慰め、心の和む信頼、緩やかな拘束、錨、港となる」(p. 339) 宗教のことである。一方「偽りの宗教」とは「偶像崇拝者たちの虚しい迷信であり」、「惨めな疫病、魂の拷問、単なる狂気であり」、また「魂の深刻な病、狂気の典型である」(p. 338)。英国国教会の牧師であったバートンにとって、「ロー

マ・カトリック」は「偽りの宗教」の典型的な例であった。彼は「宗教のメ
ランコリー」の「原因」を論じた 4 章・1 節・2 項で、ローマ法王を次のよ
うに厳しく批判している。

　　何ものにもまして嘆かわしいのは、ローマのあの高位聖職者、あの非
　道で迷妄な血を引く野獣、いま西洋で怒り狂い、牡牛のごとく吠える法
　王、あの三つの頭をもつケルベロスが、己の役を演じ続けていることで
　ある。[彼らの宗教は今や単なる政治と化し、すべてが迷信と機転から
　成りたち、それを維持するためには、機転と迷信以外の何も必要としな
　いのである。大学や修道院は、要塞や城と同様な目的に使われ、今では
　それ以上の（俗的な）目的に利用されている]——くだらぬ文章を書き散
　らす食客ども、激しやすい修道士、熱狂的な独住修士、偽善者の懺悔聴
　聞司祭、近衛兵、忠実な手先のイエズス会士、あの誰とも融和しない団
　体によってである。(p. 350)

バートンによれば、最悪のキリスト教徒はローマ人であり、ローマ人の中
で聖職者が一番放埒であり、最も俗悪な聖職者が枢機卿に任命され、枢機卿
の中で最低の人物が法王に選ばれるのである。彼らの目的は、キリスト教を
広め、神の王国を進展させ、神の栄光と民衆の幸福を希求することではな
く、自らを豊かにし、自らの領域を拡大し、民衆を支配し、彼らが司教の権
限に盲従して生きるように強制することである。バートンはローマの聖職者
を批判して次のように述べている。

　　ローマの高位聖職者は、ゴルゴーンの頭を振るわせて、多くの愚かな
　人々の魂を恐怖に陥れ、王権を侮辱し、長い歳月にわたってヨーロッパ
　中を闊歩してきたが、現在でも幾つかの国に対しては、圧政的なスペイ
　ン人が哀れな黒人に対してさえ、あるいはトルコ人がガレー船をこぐ奴
　隷に対してさえ、行ってはいなかったほどの隷属を強いている。(p.
　353)

　バートンがメランコリーの重大な原因と見なした「偽りの宗教」の集団
は、もちろんローマ・カトリックの聖職者だけではなかった。彼は「迷信が
あらゆる王国の何と多くの都市を豊かにしてきたことか！　その司祭たち
は、陳腐な遺物、聖画像、偶像崇拝によって何と多額の金銭を我が物にし、
さらに他の策略によってどれほどの金を稼いだことか」（p. 352）と皮肉を込
めて嘆いている。このような集団に対するバートンの激しい怒りは、次の引
用にもよく表れている。

　　何と多くのペテン師や偽の預言者が、あらゆる王の治世に存在してい
　たことか！　次のような例を挙げていない年代記がどこにあるだろう
　か！　狐火のように、ある者たちには恐怖を与え、他の者たちは欺い
　て、突風の一吹きで飛んでしまうこのような人々を、潮に流される小石
　のように騒ぎながら、みんなの後に付いていく、無教養で気まぐれな群
　衆や哀れな魂の愚かな人々を、正道から引き離した連中の話を。（p.
　354）

　バートンによれば、人々がローマ・カトリック教徒となり、あるいはさま
ざまな「迷信」を信じるようになるのは、主として彼らが「無知」であるか
らであった。バートンは人が誤った信仰へ導かれる原因について次のように
述べている。

　　彼ら自身の恐怖感、愚かさ、愚行、嘆かわしい無気力が、さらに他の
　欠点を生み出し、自分の身にさまざまな苦悩を引き入れるのである。こ
　のような宗教や迷信を信じる偶像崇拝者の中で、読者がすぐに気付くこ
　とは、最初に心を動かされる連中が、いかにも迷信に惹かれそうな、愚
　かで無教養な、無知な人々や老人であり、この種のことに興奮してだま
　され、よく考えて検討することもなく（……）、何でも信じてしまう弱
　い女や貧しく粗野で無学な人々であるということである。（p. 356）

　バートンによれば、人々の無知・無学に付け込んで、自分たちと同じ信者
仲間に引き込もうとするのは、ローマ・カトリックだけでなく、再洗礼派
（Anabaptists）、ブラウン主義者（Brownists）、バロー主義者（Barrowists）、フ
ァミリスト派（Familists）にも見られることであった。彼らもまた、学校の
教師が厳格な規則・威圧・懲罰によって生徒を教育するように、「人々の悩
む魂を脅して彼らを支配するのである。恐怖だけが人々を従順にすることを
知っているからだ」（p. 358）と述べている。最後にバートンは、世捨て人に
見られるようなメランコリーには、「孤独」、「断食」、「長患い」が原因にな
っていることを指摘している。

3　「宗教のメランコリー」の症状

　バートンが次の項（4章・1節・3項）で取り上げるのは、「宗教のメランコ
リー」の「症状」（symptomes）である。この「項」は次のような文章で始ま
っている。

　　メランコリーの以下のような症状を語る際に、私はデモクリトスと一
　緒に笑うことになるのだろうか、それともヘラクレイトスと一緒に泣く
　ことになるのであろうか。その症状たるや一方から見れば滑稽で馬鹿げ
　ており、他方から見ると嘆かわしいほど悲劇的である。……私は司祭が
　あのような愚かしい身振りで、ぶつぶつと呟きながらミサをあげるのを
　見たり、ユダヤ教のシナゴーグやイスラム教のモスクの習慣を読んだり
　すると、その愚劣さにどうしても笑わずにはおられなくなる。しかし、
　彼らが取るに足らない些細なことを良心に関わる重大事と見なし、悪魔
　を崇拝して自分の魂を危険に晒したり、我が子を偶像神に捧げたりする
　のを見ると、今度は彼らを哀れむ気持ちを抑えることが出来ない。
　（p. 364）

　英国国教会の牧師だったバートンにとっては、「主キリストの許では、

我々はみな兄弟であり、かつ主のしもべであり、また一つの集団の一員である。だから深く愛され、愛と親交の決して切れない絆で結ばれているのであって、またそうであるべきなのだ」(p. 366)。しかし現実の世の中では、真の宗教とは全く異なる「迷信」(superstitions) がはびこっている。バートンは「宗教のメランコリー」の原因を論じた第2項でも「迷信」に触れているが、第3項ではそれを重要なテーマとして取り上げて、「他の恐怖や悲しみ、肉体と精神の苦痛は、一時的な苦しみであるが、迷信は永遠の呪い、地獄そのもの、災い、劫火である」と述べ、真の宗教と迷信との違いを次のように語っている。

　　真の宗教と迷信は全く正反対である。前者は人の心を高揚させるが、後者は落胆させる。前者はゆるいくびきであるが、後者は耐え難い重荷、絶対的な専制であり、前者は強固な錨、安全な港であるが、後者は荒れ狂う大洋である。前者は物を生み出すが、後者はそれを傷つける。前者は英知であるが、後者は愚、狂気、無思慮である。……前者は天国へ導くが、後者は地獄へ突き落す」(p. 365)

　さらにバートンは「迷信」という病の症状には、すべての宗派に共通するものと宗派によって異なるものがあると述べ、次のように続けている。

　　すべての宗派に共通する症状は、信者が自分と同じ宗派に属する人々に対して抱きかつ示す並外れた愛情と好意であり、彼らが敵対すると見なす宗教を信じる人々に対する、さらに迷信的な儀式、盲目的な熱狂(これはこの病の原因であると同時に症状でもある)、根拠のない恐怖、絶対的な服従などの点で、自分たちとは異なる人々に対する極めて激しい敵意である。(pp. 365-366)

　バートンはカトリックを「迷信」と断じてはいないが、さまざまな異教と同列に論じて激しく批判している。たとえばトルコ人やユダヤ人を批判した

個所で、バートンはカトリック信者をも取り上げ、スペインの異端審問やオランダの新教徒反乱を鎮圧したアルバ公爵の残酷さを語ったあとで、カトリック教徒が新教徒に抱く反感の強さを次のように述べている。

　　彼ら（カトリック教徒）はユダヤ人やトルコ人と握手をしてきたが、今ではスペイン人の場合のように、新教徒よりもムーア人やユダヤ人に彼らと一緒に生きることを容認している。「私の名は（とルターは言っている）、どんな泥棒や人殺しよりも彼らに嫌われている」。このことは、すべての異教徒や教会分離主義者等との比較においても当てはまることだ。彼ら（カトリック教徒）ほどに激情にかられ、判断や意見が乱暴で、自分を守るためには頑固一徹、わがままで強情、ひねくれ者で党派的、風変りで頑迷な者はいない。彼らは他の宗教をすべて迫害し憎むだけでなく、それらを憐れみ呪われた盲目の宗教だと蔑む。まるで彼らだけが真の教会であり、真の継承者であり、ある特別の寄贈によって天国の無条件相続権を得ているかのように。(pp. 367-368)

　さらにカトリック教徒は、異教徒、偶像崇拝者、ユダヤ教徒と同様なことをしてきたと指摘して、「このような教徒たちの盲目的な熱情やあらゆる種類の偶像崇拝的な盲信は同じであって、ほとんどあるいはまったく違いがない。どれが最もよいとか、どれが最もひどいとかの判別は難しい」(p. 368)と書いている。

　以上のように当時のローマ・カトリックや主な異教を激しく批判した後で、バートンは話をエジプトやギリシア・ローマの神々に移している。彼にとって「神々の数の多さ、神々に与えられた不思議な名前、行動、役目、その祝宴や祝祭日、生贄、礼拝など」(p.370) は興味深いものであったと思われる。バートンはギリシア・ローマの神々について、「あらゆる神には彼らだけのささげ物があるのが一般的であった。太陽神には馬が、バルカンには火が、ディアーナには白い牡鹿が、ヴィーナスには亀が、ケレスには豚が、プロセルピナには黒い羊が、ネプチューンには牡牛などが捧げられた」と述

べ、さらに「神々がまるで暗闇の中で空腹になり、喉の渇きをおぼえるかのように、彼らは蝋燭を点し、肉と飲み物を捧げた」(p. 375) と書いている。バートンはこのように過去のさまざまな時代のさまざまな民族の宗教や神々を、ある場合は批判的に、また別の場合には興味を持って語った後で、再び彼自身の時代に戻り、その嘆かわしい状況を次のように述べている。

　　我々の時代には、迷信を信じる詐称者や異端者の新たな活動場面、反キリストを演じる新たな役者の一団、あの著名な反キリスト自身が現れている。さらに大きな力と権威によって、眼前のすべての者を圧倒する一連の法王たちがいる。……福音の光は消され、闇がすべてを覆い、聖書は隠されて、伝説が持ち込まれ、宗教は追放されて、見せかけの迷信がもてはやされ、真の教会はかすんで迫害されている。(p. 383)

　バートンはこのようにローマ・カトリック教会、彼が異端と見なす宗派、さらにさまざまな異教を厳しく批判した後で、異端・異教の信者たちについて次のように述べて、信仰のメランコリーの「症状」を扱ったこの「項」を結んでいる。

　　私はこのような人々に関して次のような結論を下したい。彼らがどんなに思慮深く、他のことでは理解力のある人々であり、話も上手であるように見えても、彼らは［病んだ想像力の持主であり］、流星のようにあらゆる場所に現れ、彼らの多くが自分の輝く場所では、誰にも負けない分別をもち、また思慮が深かろうとも、現今では彼らの狂気と愚かさは通常の限度を超えてしまっている。彼らのことを狂人とは言わないけれども、メランコリーに深く冒されており、病で寝込んでいる多くの人々以上に医療が必要であり、ベドラム（精神病院）の人々以上にヘレボルスの根（ギリシア・ローマ時代には精神病の薬として用いられた）が必要である。(p. 388)

　以上のように、「宗教のメランコリー」の症状を扱った3項は、比較的長い論考であり、バートンはカトリック教徒や異教徒を激しく攻撃している。しかし次の「宗教のメランコリーの予後」の4項に入ると、彼の表現はやや穏やかになり、カトリックや異端や迷信を批判する際にも、次の引用のようにその対象者に「我々」という語を多用し、批判される側にバートン自身を含めているような印象を与える。

　　我々は迷信に惑わされて反宗教となり、義務を怠って神に仕えなくなるために、あらゆる疫病や不幸に見舞われるのである。だから我々は現世では戦争、殺戮、そして恐ろしい結末を、来世では永遠の罰以外に何を求めることが出来ようか。あれほど多くの悲惨な戦争を引き起こし、あれほど多くのキリスト教徒の血を流させたのは、迷信以外の何であったと言うのか。(p. 389)

　　カトリック教徒は我々に反対し、我々を異端者と見なしているが、我々の方も彼らをそのように見ている。トルコ人はカトリック教徒と我々の双方を邪宗徒と思い、我々の方は彼らを異教徒の集団と思っている。ユダヤ人は他のすべての人々と対立している。実際には我々すべてに共通する欠陥があり、最上の人々さえそれを免れられないとすれば、それは正に神の怒りに値することであり、己の頭上に災いを呼び寄せていることになる。(p. 390)

　バートンは別の個所でも、断食やその他の迷信的事柄の強制によって、我々は根拠のないことで互いに苦しめあっていると指摘し、さらに次のように述べている。

　　我々は兄弟たちの魂をしいたげ、多くのすぐれた才能、健全な娯楽やゲーム、愉快な気晴らしを正しく使う機会を失い、理由もないのに自分自身を罰し、自分の自由を、時には自分の命を失うことさえある。(p. 391)

　バートンにとっては、このような堪え難い状況が人々の「愚行、狂気、病、絶望、肉体と魂の死、そして地獄そのものを生み出す」(p. 392) 原因であった。バートンはこのように英国国教会の牧師という立場を一時的に離れ、あらゆる宗教が陥っている悲しむべき状況を客観的に語って4項を終え、次の「宗教のメランコリーの治療」へ進んでいる。

4　宗教のメランコリーの治療

　バートンは「宗教のメランコリーの治療」を論じた5項の冒頭で「この世から偶像崇拝と迷信をなくすためには、怪物を飼いならすヘラクレスやギリシアの医神アイスクラーピウスを、あるいはキリスト自身がこの世に現れ一千年間統べることを必要とするだろう」(p. 392) と述べて、偶像崇拝・迷信の根絶が極めて難しく、むしろ不可能であることを認めている。多くの国々でさまざまな信仰を容認する動きが出てきているのも、信仰の抑圧や弾圧が困難であるからである。「ユダヤ人への寛容がヨーロッパのほとんどの地域で見られ、アジアでは彼らは自分たちのシナゴーグを持っており、スペイン人はムーア人が彼らと共に生きることを容認し、ムガール人は非モルモン教徒を、トルコ人はすべての宗教を認めている」(p. 392) のもそのためである。さらにバートンはかつてローマ人がアジア、ヨーロッパ、リビアの神々や未知の異国の神々のために祭壇を作っていたこと、アルカデイウス帝やホノリウス帝の治世でも同様な勅令が出たこと、またトルコでも住民は信仰の自由を与えられていたと書いている。

　このようにバートンは宗教に寛大であったさまざまな支配者の例を挙げているが、イギリス国教会の聖職者であったバートン自身は、もちろん信仰の自由を全面的に支持していたわけではなかった。バートンの筆致はキリスト教徒の「堕落」を論じた後半では徐々に厳しくなり、穏やかに説得しても応じない人々について「そのような連中は破門され、悪魔に引き渡されねばならない」と述べ、さらに「剣によって癒されない者は、火によって癒され

る」というギリシアの医学者ヒッポクラテスの言葉を引用している（p. 394）。さらにどこの社会にも必ず存在する「預言者、夢想家、それらに類した粗暴で愚かな連中」や、少なくともその中の一部の者に関しては、「最も簡明な治療法はベドラム（Bedlam：ロンドンにあった精神病院 St. Mary of Bethlehem の通称）に入ることであると思う」（p. 395）と述べてこの項を終えている。約20頁の「原因」の項と約24頁の「症状」の項を読んできた読者は、約3頁しかない「治療」の項の短さに不自然さを覚えるかもしれない。バートン自身は書いていないけれども、おそらく英国国教会の聖職者であった彼にとっては、英国国教会の信者になる以外に、宗教のメランコリーを癒す方法はあり得なかったからであろう。

5 「無神論」と「不信心」

　バートンが次の4章・2節・1項で新たに取り上げるテーマは、「神への愛と畏怖の欠落によるメランコリー」（Religious Melancholy in Defect）である。具体的には「無神論」や「不信心」が原因となって起こるメランコリーであり、メランヒトンが「怪物のごときメランコリー」、「有毒なメランコリー」と呼んだものである。バートンがこのメランコリーの患者として最初に挙げるのは、パウロが述べている「彼らの神は胃袋である」連中（p. 396）のような、快楽だけをひたすら追い求める人々である。彼らによれば人生は短く退屈であり、死ねば甦ることはなく、墓から戻った人は誰もいないのであるから、「いま楽しいことに心置きなく没頭し」、「人生の薔薇の蕾が枯れる前に、その冠で我々を飾ろうではないか」（p. 397）と考えるのである。次にバートンが挙げるのは、思い上がって己が神であると思い込んだ連中である。その例の一人は、ヘロドトスが挙げているアプリエス（Apries）というエジプトの専制君主である。「この暴君はあまりにも高慢、尊大、不遜であり、神々や人々を軽蔑し、自分の王国ほど堅固なものはないと考えていたので、どんな神も人間も自分から王国を奪うことは出来ないと思い込んでいた」

（p. 398）のである。またバートンは「自分の欲望を満たすことにひたすら熱中して、天国と地獄の存在も、魂が不滅であることも信じていなかった」オピリーンシス（Opiliensis）というシレジア公爵の話を取り上げ、「この公爵の仲間と言える連中は我々の時代にも無数にいる。そういう連中を諫めて、逆のことを信じるようにといくら説いても、彼らは丸太や岩石のように少しも心を動かさない」（p. 398）と述べている。さらにバートンによると、神を全面的にあるいは部分的に否定し、「自分の方が神よりも良い世界を創り、もっと整然と支配できただろうと主張して、好き勝手に神を冒涜し貶める」（p. 403）連中が、あらゆる時代に必ず存在しているのである。バートンはこのような無神論者にさらに「世故に長けた俗物たち、気付かぬうちに地獄へ堕ちる悔い改めない罪人たち、すなわちキリスト教徒でありながら、何をしても良心の呵責を感じない輩を加えてもよい」（p. 405）と述べ、「無神論」、「偶像崇拝」、「異端」、「偽善」が常に存在していることを嘆いている。

　この「項」で論じられている信仰上の諸問題は、英国国教会の聖職者のバートンにとって、当然取り上げねばならないものであった。しかしバートンの筆致は、メランコリーの「原因」、「症状」、「予後」、「治療」を扱った1節2項から5項までと比べてやや穏やかな感じがする。バートンがこの「項」で取り上げる事柄の多くが、バートン自身が日頃直面している信仰上の難問ではなく、膨大な読書によって知りえた歴史上の信仰問題であったからだと思われる。

6　「絶望」について

　バートンが「宗教のメランコリー」の最終章で、したがって『メランコリーの解剖』の最終章で論じる「絶望」（Despair）は、この大著の最後のテーマである。彼はこの絶望論の最初の「項」である（4章・2節の）2項で、絶望には多くの種類があると指摘し、ここで取り上げるのは「極めて有害な自暴自棄」、すなわち「当事者が死以外に安らぎを得る方法はないと思い込み、

自死を決意している」状態であると述べている。バートンによれば、このような状態になると「その影響は魂とその機能のすべてに及んで、……心は絶え間のない恐怖から生じる黒い煙で覆われてしまう」(p. 410) のである。バートンがこの大著の最後で、人々をこのような悲惨な状況に追い込む「絶望」を論じたのは、この問題が当時のキリスト教信仰にとって、極めて憂慮すべき事柄であったからと思われる。

　「絶望」の原因を扱った次の３項で、バートンは「メランコリー」と「絶望」との関連について、両者は同時に起こるのではなく、「神の審判と地獄の火への恐怖に起因するメランコリーが、人々を自暴自棄、恐怖、悲痛な思いへと追いやるのである」(p. 412) と述べている。バートンによれば、牧師が人々に改心を勧めるために語る、恐ろしい地獄や永遠の罰の話が、むしろ罪深い愚かな魂を苦しめることになるのである。彼はこのような牧師のことを「雷のような聖職者」(those thundering Ministers, p. 415) と呼んで批判している。さらにバートンはカトリックの聖職者について、「人々の魂を煉獄、作り話、幻影、亡霊で怖がらせ、もっとも物惜しみしない人々をも威圧して寄付を行わせ、自分たちは情欲、羨望、貪欲を満たすことに熱中しながら、他の人には気前の良さ、従順さ、愛情、忍耐を求める」(p. 415) と非難している。バートンにとっては、このような批判はローマ・カトリックだけでなく、プロテスタントの牧師たちにも当てはまることであった。彼は「我々の無分別な牧師の多くが、（カトリックの牧師と）それほど異なっているわけではなく、通常の説教においても神の選択、予定説、神の拒絶、権利剥奪、劫罰論、任意の許しなどについて多くを語っている」(p. 415) と批判している。

　バートンが「絶望」の最大の原因と見なすのは、「我々自身の良心、罪の意識、神の怒りへの恐れ」(p. 416) である。彼は大罪を犯しながら言いつくろって罰を逃れてきた者が、後に良心の呵責に耐えられず、悶え苦しんだ例をいくつか書いているが、その中から自分の甥を殺害したスコットランド王ケネスの話を紹介してみよう。この王は甥でカムバーランドの王子であるマルコムを殺した後、偽りの涙を流して嘆き悲しみ、無実を装っていたけれど

も、「ついに良心が彼を非難するに及んで、彼の不安な魂は昼も夜も安らぐことがなく、恐ろしい悪夢や幻覚にうなされて、生涯みじめにも悶え苦しんだ」（pp. 417-418）のであった。またシェイクスピアの歴史劇に登場するリチャード三世にも触れて、「この王が恐ろしい夢に悩まされた理由は、度重なる殺人以外にあり得るだろうか」（p. 418）と述べている。バートンによれば、良心の呵責は罪を犯していない人々をも苦しめるものであって、自分には道徳意識がないのではという深い懸念、自分の生活は放縦ではないかという反省のために、「原因がないのに自分を責め、ささやかな罪に悩んでしばし神の慈悲を疑い、不安な状態に陥ってしまうことがある」（p. 416）のである。以上のような絶望の原因を扱ったこの「項」には、カトリック教徒や異教徒への激しい批判がないために、かえって読み物として面白い内容となっている。

　バートンが次の第4項で取り上げるのは、「絶望の症状」、すなわち絶望した人々を襲う恐怖、悲しみ、疑り深さ、不安感、良心の呵責、恐ろしい夢と幻覚などである。バートンによれば、絶望の症状は地獄の縮図であって、あらゆる恐ろしい病、残虐な拷問、疫病、混乱の入り混じったものである。バートンがとりわけ悲惨なものとして挙げているのは、良心の呵責から生じる絶望の場合である。彼は「一体どんな薬が、どんな外科手術が、どんな富、寵愛、権威が苦しむ心を癒し、慰め、安心させ、元に戻すことが出来ようか」（p. 420）と述べ、さらに別の個所では「神の激しい怒りが、彼らの魂の中で燃え上がり、イエス・キリストへの絶え間ない祈りや祈願にもかかわらず、救いも安らぎも得られず、耐えられなくなってしばしば神に不平をこぼし、わめき、冒瀆し、無神論者になって、自身に危害を加えようとする」（p. 422）と書いている。バートンがこの項の最初で「絶望の症状は最も激烈で、痛ましく、悲惨である」（p. 420）と述べたのは、絶望した人々が陥るこのような悲劇的な状況のためであった。

7 「絶望」の治療

　ではバートンは悲惨な「絶望」を癒す方法をどのように考えていたのであろうか。このテーマは『メランコリーの解剖』の最終項である６項の「絶望の治療」で論じられている。バートンが最初に挙げる注意点は「彼ら（絶望に陥った人々）は決して孤独に、彼らだけになったり、また暇すぎたり、仲間から離れた状態になってはならない」ということである。つづいて治療法として「聖書を読み、優れた牧師の説教と良き助言や話を聞いて、神の言葉を自分の悩む魂に当てはめること」(p. 425) を挙げている。バートンは他にも絶望を癒す薬の服用、絶望に陥った原因を見つけること、他の人の判断や意見を尊重することなどを列挙しているが、彼が勧める最も優れた治療法は、己を神に委ねることである。絶望の治癒法を扱ったこの項が、聖職者の一種の「説教」になっている理由はそこにあると言えるだろう。

　バートンがこの「説教」でまず取り上げるのは、「心に悩みを抱えた多くの人々を怖がらせ苦しめるものは、彼らの罪業の大きさ、耐えられないほどの罪の重さであり、……神にすっかり見捨てられ、呪われて永遠に罰せられ、赦しの希望は失われて、神の慈悲にあずかることも出来ない」(p. 426) という絶望感である。そして旧約聖書から「主はあわれみと恵みにみちて／怒りたまうことおそく／慈しみゆたかにましませり」(「詩編」103. 8) などの言葉を引用して、罪の意識に苦しむ人々を慰めている。さらにバートンは未だに悔いることを知らない人々に対して次のように語りかけている。

　　あなたはまだ悔い改めることが出来ないにしても、そのうちにきっと改心するでしょう。黒い罪の雲が今あなたの魂を曇らせ、あなたの良心を脅しているけれども、この雲はいつか虹を作り出して、悔恨によって消えていくのです。さあ、明るい気持ちになりなさい。子供は正しい道を弁えているけれども、行動で表すことは出来ません。あなたもまだ実

行してはいませんが、悔いる気持になっています。心では神の意にそい
たいと願い、申し訳ないと思っているのです。心配するには及びませ
ん。時はまだ過ぎ去ってはいないのです。決して遅くなり過ぎることは
ありません。悔い改めたいと望む気持ちはそれ自体が悔い改めです。確
かに真の悔い改めではないにしても、神は受け入れてくださいます。望
む心で十分なのです。(p. 430)

　バートンによれば、神を疑う声は悪魔の声であり、「悪魔はいつも我々の
魂を堕落させ、苦しめて注意を他に向けさせ、我々の妄想の中に神を汚す考
えを、神を畏れぬ、不敬で異様な悪しき考えを吹き込もうとしているのであ
る」(p. 433)。これに対して「神の慈悲はすべての罪を超えたものであり、
もし汝が最終的にそれを侮蔑しなければ、汝が救われるのは疑いのないこと
である」(p. 434)。このようにバートンの筆致は、読者にキリストに頼るよ
うにと促す牧師の説教にますます近づいている。バートンは「キリストは汝
を守り、罪を晴らしてくれるのであって、汝は彼が守る羊の群れの一員であ
る。彼は法の支配を超え、死に打ち勝ち、悪魔を征服し、地獄を破壊するで
あろう」(p. 435) と語り、さらに『ヨハネによる福音書』の「神が御子を世
に遣わされたのは、世を裁くためではなく、御子によって世が救われるため
である。」(3. 17) などの聖書の言葉を数多く引用している。確かに永遠の罰
を宣告されたと思い込み、神を呪い否定し、神の力に疑問をいだく人々がい
るけれども、バートンによれば、人が遭遇する病、一鞭の痛み、一時の悲惨
な出来事は、自分を恥じて自己を正しく認識する機会であり、「人がどんな
に不正を犯し、快楽に耽り、罪悪に溺れていようとも、もしそれまでの生き
方を悔い改めるならば、神は受け入れてくださる」(p. 441) のである。バー
トンは悩み苦しむ人々に向かって、「絶望したり、くじけたり、落胆しては
いけません。困った時には神に頼り、神にお願いしなさい、神はそなたの願
いに耳を傾け、そなたを助けて支え、救ってくださるでしょう」(p. 441) と
述べ、さらに次のように記して励ましている。

　そなたの魂が、丁度太陽が雲に隠れるように、一時暗く陰ることを私
は認めます。しかし、神の慈悲の暖かい光は、前と同じように再びそな
たに輝くでしょう。信頼と希望と悔恨の残り火は、今は灰の中に埋まっ
ていても、やがて新たに燃え上がり完全に復活します。今現在の信仰の
欠如、神の恩寵に対する無感覚は、決して正しい道ではありません。
我々は信仰によって生きねばならないのです、感情によってではありま
せん。恩寵を願うことが恩寵の始まりです。我々は留まって、期待して
待たねばなりません。(p. 442)

　そしてバートンは絶望に追い込まれた人々に、「最上の治療法は神に思い
を馳せ、神に訴え、希望をもって祈り、信頼して頼り、自身をすべて神に委
ねることです」(p. 445) と説き、さらに次のように述べている。

　私はこの種の病に苦しんでいる人々に、今まで述べてきたこと以上の
ことを語ったり、忠告したりすることは出来ません。ただ次のことを一
つの推断、あるいは結論として受け取ってください。そなたがどんな種
類のメランコリーに罹っていようとも、自分の幸せを願い、肉体と精神
の健康を望んでいるのですから、次の短い教訓を守り、決して孤独と怠
惰に身を委ねてはなりません。すなわち「孤独になるな、怠惰になる
な」(*Be not solitary, be not idle.*) ということです。

SPERATE MISERI

CAVETE FELICES

　　　[希望を持て、汝ら不幸な者たちよ。汝ら幸せな者たちよ、畏れよ]

　さらにバートンは「汝は疑いからの解放を願いますか、また不安から逃れ
ることを望みますか。もしそうならば、精神が健全な間に悔い改めなさい。
そうすれば、汝は必ず心穏やかに生きられます。なぜなら、罪を犯すことも
あり得た時に、自ら進んで改悛の行為を行ったのですから」(p. 446) という

聖アウグスティヌスのラテン語の説教を引用して、この大著の結びの言葉と
している。

<h2 style="text-align:center">お わ り に</h2>

　『メランコリーの解剖』は、ロバート・バートンがギリシア・ローマ時代
とそれ以降の膨大な書物に出てくる、人間に関するさまざまな知見を引用し
ながら、人間という不可解で矛盾だらけの滑稽な存在を、相対的な多角的な
視点から描いた大著である。この書の中でバートンは、神父、医者、メラン
コリー患者の三つの役を自在に演じてきた。このようなバートンが「愛」を
テーマにした第三部の最後に、英国国教会の聖職者の立場を鮮明にして、カ
トリック教徒や過激な新教徒を激しく批判する一種の「説教」を書いたこと
に、ある種の戸惑いを覚える人がいるかもしれない。『メランコリーの解剖』
第一部と第二部の中に同様な個所を探してみると、思い浮かぶのは「第一
部」の 2 章・ 3 節・15 項で論じられている「学究・学徒のメランコリー」
である。その中でバートンは、大学出の聖職希望者を苦しめる「聖職売買」
とそれがもたらす悪影響だけでなく、当時の大学とその教育を担う人々の無
責任な体質を激しく非難していた。しかしその箇所は本文ではなく「脱線」
であり、特に厳しい現状批判はラテン語で書かれている。バートンが第三部
の最後に、すなわち『メランコリーの解剖』という大著の最後に、初めて己
の信仰に関する信念を明確に示した文章を書いたのは、聖職者としての激し
い危機意識に促されてであったと考えられる。言うまでもなくバートンが生
きた時代は、宗教改革後の混乱がヨーロッパ大陸だけでなく、イギリスにお
いても続いていた。とりわけ『メランコリーの解剖』の初版が刊行された
1621 年から、バートンが第 6 版の原稿を書き残して死去した 1640 年（ピュ
ーリタン革命は 1641 年頃から始まっている）までの期間は、イギリスの社会が
政治だけでなく、宗教の面でも不安定な時代であり、キリスト教の宗派間の
対立が一段と高まっていた。このような時代背景を考えれば、バートンが

「宗教のメランコリー」の最終章に書いた、カトリック教徒や非国教徒に対する厳しい批判と、彼が目指すキリスト教のあるべき姿は、「ミネルヴァの塔」(*Minerva's* Towre, vol. I, p. 4) にこもる国教会の穏健なこの司祭が、当時抱いた強い危機意識と彼の宗教観・キリスト教観を率直に表した、極めて貴重な記録であると言えるだろう。

『メランコリーの解剖』のテクストと参考文献

Ⅰ　使用したテクスト

The Anatomy of Melancholy, 6 vols., eds. Thomas Faulkner, Nicolas Kiessling, and Rhonda Blair. Vols. I-III: Text; vols. IV-VI: commentary by J. B. Bamborough and Martin Dodsworth, Oxford, 1989-2000.

Ⅱ　参照したテクスト

The Anatomy of Melancholy, edited with an introduction by Holbrook Jackson, Everyman's Library edition, 1932.

Ⅲ　主な参考文献

Babb, Lawrence. *The Elizabethan Malady. A Study of Melancholia in English Literature from 1580 to 1642,* East Lasting, 1951.

Babb, Lawrence. *Sanity in Bedlam: A Study of Robert Burton's 'Anatomy of Melancholy'*, East Lasting, 1959.

Colie, Rosalie L. *Paradoxia Epidemica: The Renaissance Tradition of Paradox,* Princeton University Press, 1966.

Fish, Stanley E. *Self-Consuming Artifacts: The Experience of Seventeenth-Century Literature,* Berkeley: University of California Press, 1972.

Fox, Ruth A. *The Tangled Chain: The Structure of Disorder in the 'Anatomy of Melancholy',* Berkeley: University of California Press, 1976.

Gowland, Angus. 'The Problem of Early Modern Melancholy', *Past and Present*, 191, 2006.

Gowland, Angus. *The Worlds of Renaissance Melancholy: Robert Burton in context*, Cambridge University Press, 2006.

Klibansky, Raymond, Erwin Panofsky and Fritz Saxl. *Saturn and Melancholy: Studies in the History of Natural Philosophy, Religion and Art*, Cambridge University

Press, 1964.

Lund, Mary Ann. *Melancholy, Medicine, and Religion in Early Modern England*, Cambridge University Press, 2010.

Lyons, Bridget Gellert. *Voices of Melancholy: Studies in Literary Treatments of Melancholy in Renaissance England*, Barnes & Noble, 1971.

MacDonald, Michael. *Mystical Bedlam: Madness, Anxiety, and Healing in Seventeenth-Century England*, Cambridge University Press, 1981.

Sena, John F. 'Melancholic Madness and the Puritans', *Harvard Theological Review* 66, 1973.

Trevor, Douglas. *The Poetics of Melancholy in Early Modern England*, Cambridge University Press, 2004.

Webber, Joan. *The Eloquent "I": Style and Self in Seventeenth-Century Prose*, University of Wisconsin Press, 1968.

第4章　『国事詩集』第2巻に見る
英国王政復古期風刺の幾つかの側面

里 麻 静 夫

は じ め に

　筆者は18世紀前半に活躍した英国詩人アレクサンダー・ポープ（1688〜1744年）について勉強したことがある。その後、彼の風刺詩の直近の伝統がどのようなものであるかを探るために、17世紀後半英国の風刺詩の幾つかについて考察して来た。そこで本論考では、その作業の一環として、エール大学版『国事詩集』第2巻[1]が収録する風刺詩の一部を材料にして、英国王政復古期風刺の在り様の一端を探りたい。本巻収録風刺詩がカバーするのは1678〜81年であり、それはカトリック陰謀事件開始から収束するまでの、又、チャールズ2世の弟で旧教徒のヨーク公ジェームズを王位から除く王位排除法案を第1代シャフツベリー伯等が三度提出するも不成立になり、その法案を巡ってトーリー党とホイッグ党が形成されるまでの時期である。

　この詩集には大きな主題別に四つのセクションがある。本論考で扱うのは第1セクション「恐ろしい陰謀」と第2セクション「政治の舞台──役者と彼等への批評」が収録する作品の一部である。第1セクションの「恐ろしい陰謀」とはカトリック陰謀事件を指しており、ここはジョン・オールダム（1653〜83年）によるイエズス会士への風刺4篇を含む。具体的に作品を論じる前に、王政復古期風刺の概況をある程度示す必要がある。そこで、王政復古期風刺詩を論じるための基本的枠組みとして二人の研究者の知見を紹介

したい。その次に、本巻の前書きと序文から作品理解にとって重要であると思える個所を選んで、若干のコメントを加えたい。

　上記の二人の研究者とは、小野功生氏とパット・ロジャーズである。先ず小野氏だが、王政復古期演劇の優れた入門書において、復古期文学を俯瞰している[2]。氏は先ず、内乱（ピューリタン革命）を経て高度な政治的リテラシーが求められるようになった17世紀後半に、政治・宗教を扱う文書が当時の出版文化の一大要素になり、風刺や誹謗中傷の言語が文学にも大きな影響を与えた、と述べている。そして、内乱期に肥大した「誹謗中傷の言説空間」が復古期の主要な文学形式である風刺と密接に関連している、王政復古期の風刺と誹謗中傷との間には境界線を引き難く、風刺の洗練はポープの出現を待つしかなかった、と指摘している。次いで、文学出版の大衆的世俗化に拍車がかかる一方で風刺や異端思想等の手稿回覧も依然として行われていたこと、内乱期からの非国教徒（バニヤンやミルトン等）による体制批判が継承されていたことや女性作家が台頭したこと等を挙げて、言説空間が多様性を増して行く経緯を示した後に、コーヒーハウス等での自由な討論や定期的ニュース報道が生み出した文芸的公共圏では、実態としては理性（礼節、寛容、風刺の崇高性を説く）と非理性（排他性・党派性、誹謗中傷に走る）が入り混じっていた、と締めくくっている。特に、理性と非理性の分け難さの指摘はバベル的状況の真相を穿つものだろう。

　パット・ロジャーズに関しては、『グラブ街』を眺めたい[3]。これは、ポープやスウィフト等による風刺的記述を材料にしたりして、主にオーガスタン期の三文作家や低劣な書籍業者を始めとする様々な種類の愚者の生態を詳述する基本文献である。この書が全体として浮かび上がらせる三文作家像は、才能が無いのに文筆に手を染め、その結果貧困に苦しむ群像である（Rogers, p. 12）。彼等はその境遇故に精神異常を来すこともあるし、犯罪（盗作等の文芸上の犯罪を含む）に走ることもある。何よりも、元々通常の精神状態ではなかったり、暴力的であったりする。要するに、人間的欠陥と社会悪の寄せ集め的存在として描かれることが多い。この点が、より人情味ある後

世の——ヘンリー・フィールディング（1707 〜 54 年）やサミュエル・ジョン
ソン（1709 〜 84 年）以降の——愚人観とは異なる。

　『グラブ街』第 1 章から愚人の基本的イメージをより詳しく求めると、貧
困と汚濁と病（これらは暗さや死と結び付く）に悩み、暴力と破壊（これらは犯
罪や騒乱・反乱・暴動・反体制的活動等による）と異常性（これは売春やいかがわ
しいとされる行為や低俗な見世物を含む）を、つまりは無秩序・混沌をことと
しており、狂気、狂信、怒り、喧騒（これは著述能力が足りないことの表れでもあ
る）、外来のもの（これは外国人を含む）、不安定、怠惰等々の諸悪の器であり、
多くは底辺の人物であるということになる。更に他の個所から愚人の特性を
幾つか拾うと、彼等は秩序や文明を破壊し得る群衆・暴徒である。愚人は好
戦的であり、党派的な彼等は仲間同士であってさえも争う。本論考では、こ
のような愚人が蔓延る状況を「グラブ街的環境」と称する場合がある。

　さて、ポープは〈馬鹿者＝悪党〉という図式を示そうとしており、風刺対
象の人物の欠点を彼等の文芸上の罪・不品行を増幅するために用いている
（Rogers, p. 182）。筆者としては、この作業は風刺と誹謗中傷の分かち難さを
示す事例になるのではないかと思う。小野氏はポープが風刺を洗練したと述
べているが、風刺というジャンルの性質上、ポープのように優れた風刺家で
あっても単なる悪口の要素が残る場合があるのではないか。

　本巻に戻って、その前書では先ず、この巻がカバーする 3 年間でカトリッ
ク陰謀事件が、宮廷スキャンダルを除いて、この時期の風刺の話題の全てを
上回る、と述べる。そして、こう続ける——

　　この主題の作品としてドライデン（1631 〜 1700 年）の『アブサロムと
　アキトフェル』（1681 年）並びにジョン・オールダムのイエズス会に対
　する風刺『イエズス会風刺』（1678 〜 81 年）という有名な詩群を収録す
　る必要はなかったかも知れない。しかし、敢えてそうしたのは、これら
　の詩が、本巻のほとんどの作品と同じく、ホイッグとトーリーという議
　会党派の間で毎日交わされていた詩の戦における攻撃として分類できる

からであり、それ故にこれらの詩をこの党派間の争いの文脈に置くと明らかになる部分があるからだ。(POAS 2, p. vii)

又、オールダムの風刺詩群は陰謀事件が惹起した集団の病的興奮を最もよく表現しており、『アブサロムとアキトフェル』(本巻第4セクション収録)における計算された保守的姿勢と好対照をなす、と言う (id.)。

　次に、本巻の序論のポイントを幾つか示す。最初のセクション「陰謀事件と二大政党」で先ず重要なのは、反宮廷の野党指導者シャフツベリー伯がこの陰謀の政治的利用を考えついたという指摘である。シャフツベリーは、王弟ヨーク公を王位継承者から排除するという自分の主要政策を実現する理想的な手段を手に入れた、と思ったのだ。チャールズ2世治下で増大して来た地方派と宮廷派との対立は、陰謀事件の圧力を受けて、最高潮に達する (POAS 2, p. xxiii)。英国は政治的に二分されて、地方派がホイッグ党へと組織され、宮廷派はトーリー党へ発展した。当時のトーリー党員とホイッグ党員の人物描写は、両政党間の言葉の戦争における攻撃の常套文句や典型的な口調の例である。この描写とは、「トーリー党員は、顔は英国人、心はフランス人、頭はアイルランド人の怪物だ」や「ホイッグの主義は混沌に似ており、否定語のごた混ぜだ」の類である (pp. xxiii-xxiv.)。両陣営とも相手を怪物や精神異常者等と表しており、当時の風刺の語彙の大半を網羅しているように見える。オーガスタン期風刺に直接繋がるような愚人像構築の作業がこのようにして進んでいると見なし得る。

　序論第2セクション「国王と下院議員連」のポイントは、ホイッグは主に下院を通じて権力を行使したが、その際彼等が議会特権を大いに利用したことである (POAS 2, p. xxvi)。他方国王は国王大権を全く譲ろうとしなかったので、特権と大権の対立がヨーク公排斥を巡って表面化した今や、陰謀事件というよりはこの衝突こそが (チャールズ1世の時と同じく) 国王統治にとって真の危機だった。

　序論第3セクション「新聞・雑誌」は、ホイッグが自らの大義を人々に知

らせるのに種々のプロパガンダに依存したことを指摘する。彼等は、取り分け、陰謀事件への関心を保つ必要性に気付いていた（POAS 2, p. xxviii）。プロパガンダの手段の中で抜きん出て効果的なのは活字メディアだったので、議会は検閲法を失効させた（1679 年 5 月）。その結果、毎日毎日無礼で気ままな中傷文がありとあらゆる人物と話題について、嘗てないほどに印刷された。そして、ホイッグ党とトーリー党との間に激しい紙の乱闘が続いた（p. xxx）。この争いには弾圧等の危険がつきものだったが、それでも両党の作家と出版者の間の紙の戦争は激しかった（p. xxxi）。彼等が危険を顧みずに紙の戦争を続けたのは、勿論、党派的憎悪が強かったためだろう。しかし、憎悪という非理性の力が強く働いていたことに加えて、文才が無いのに書きたがる「やみがたい執筆欲」（cacoëthes scribendi）という三文文士の特性も作用していたのではないか。

　この執筆欲は、しかしながら、三文文士に限定されるものではない。裕福な者も才能ある作家もこの欲に突き動かされている。又、本論考が扱う第 1 ～ 2 セクションに登場するのは主に、それぞれ敵側から愚人視されるカトリック教徒或いは彼等を攻撃する側、政治家と国王を頂点とする宮廷人であり、彼等には他の様々な愚人の特質があるように描かれている。そこで次に、各セクションから幾つか作品を選んで、それらにおける愚人の特質及びそれら特質の表現について考察したい。

1　『国事詩集』第 2 巻第 1 セクションの
　　カトリック陰謀事件関係の作品

　タイタス・オーツ（1649～1705 年）がカトリック教徒が謀反を企んでいるという話をロンドン治安判事サー・エドマンド・ゴドフリー（1621～78 年）に持ち込んだことから、陰謀事件のパニックが引き起された（1678 年 9 月）。78 年 10 月に殺された判事の遺体が見つかったので、大衆は判事殺しの罪をカトリック司祭達に負わせて、彼等のカトリック教徒に対する憤りは病的興

奮の域に達した。

　このセクションは8編の詩を収めている。掲載順に最初から7番目までが
反カトリックの作品であり、最後の詩だけがカトリックの立場で書かれてい
る──(1)『サー・エドマンド・ベリー・ゴドフリー殺人について』(1678
年)；(2)『サー・エドマンド・ゴドフリーの幽霊』(79年)；(3)スティーヴ
ン・カレッジ(1635?～81年)作『真相の発覚、又は、殺人〔の秘密〕はば
れる』(79年)；(4)～(7)オールダムによる4編の『イエズス会士風刺』；(8)ジ
ョン・キャリル(1625～1711年)作『ナボテのブドウ畑』(79年)。

　2番目の『サー・エドマンド・ゴドフリーの幽霊』の作者がマイルズ・プ
ランスであると、本巻の作品解説から読める。プランスはカトリック教徒の
職人であり、判事殺しの共謀者として逮捕されると、カトリック司祭達がゴ
ドフリー殺害を以前から目論んでいたとして、殺害に加わった者や死体遺棄
の状況を詳しく述べた。そのために数人が処刑されると人々は満足したが、
偏見の無い人々はプランスによるでっち上げを疑った。そして彼は、彼の証
拠を疑うパンフレット作家達との間の紙の戦争に巻き込まれた(POAS 2,
p. 5)。この「戦争」は、三文文士という種類の愚人の特質である内輪揉めの
様相を呈している。『…幽霊』は彼を疑う者達への反論であり、国王の前に
ゴドフリーの霊が現れて、暗殺の危険を警告するという趣向である。霊は同
時に、宮廷に贅沢と悪とが蔓延っていることやフランスの手先であるポーツ
マス侯爵夫人という愛人が王を牛耳っていること等を嘆くが、女遊びに夢中
の王は耳を貸さない。この詩におけるように、国事詩集では何らかの形で王
の資質への疑問が呈されることが多い。

　3つ目の詩『真相の発覚…』の作者スティーヴン・カレッジの通称は「プ
ロテスタントの指物〔建具〕師」であり、政治的バラッドを書いてカトリッ
クを攻撃し、「プロテスタントの殻竿」という武器を発明した。題名にある
「真相」や「真実」という語を対立する側が互いに多用するので、それが逆

に「真実」が見分け難いバベル的状況が支配的であることを示すことになる
だろう。冒頭の概要はこうである──「世間はゴドフリーがどうやって死ん
だか知りたいか？　この詩がその悲劇的な死を物語る──作り物の亡霊が語
る真相なるものを借りたり、〔獄中の〕プランスが控えめに色々な人物を仄
めかしているが、その彼の話から取ったりしないで」(1〜14行)。前作の信
憑性を疑って見せ、自作が「真相」を語る権威的言説であると主張している
が、そもそも判事の死が謎に包まれているので、この作品や他の「真相」を
語ると称して権威を主張する言説の登場が可能になっている。

　オールダムの『イエズス会風刺』(風刺I〜IVの全体)に関する本巻解説は、
イングランドには反カトリック風刺の長い伝統があり、ユウェナリス的な激
しさを持ち、特にイエズス会士を標的にしているが、それがオールダムによ
る攻撃において絶頂に達する、と述べている (POAS 2, p. 17)。オックスフォ
ード大学版作品集の序文が、これと重なる指摘をしている[4]。これら風刺群
は結果的に陰謀の虚構に基づいていたので、詩人の執筆・発表時の意識は別
として、反カトリックの最大規模の虚言の体系を成している。しかし、基本
的にでたらめの集積であるからと言って、文学史上の価値が全くないとも言
い切れない場合がある。そうであれば、この詩群に関しては、前述の小野氏
が指摘する非理性がそれぞれの作品においてどの程度働いているかを見るこ
とと、それぞれの作品の風刺詩としての価値がどの位あるのか見極めること
が必要になる。

　『イエズス会風刺』全般の評価に関しては、ハモンドによる研究も参考に
なる[5]。本論考の観点からそのポイントを幾つか紹介したい。先ず、英雄的
風刺を試みるオールダムは英雄的なものとは皮肉な怒号及び先行諸叙事詩か
ら取った文句のごた混ぜから成ると考えていたが、フランスの批評家・詩人
ボアロー (1636〜1711年) の助けで、それらの不十分な概念から遠ざかろう
とした。しかし、『イエズス会風刺』を見ると、怒号は消えていない
(Hammond, p. 72)。この風刺群におけるオールダムの話術は群衆をワクワク

させる安っぽい扇情主義を容れているので、彼の攻撃は、時代が落ち着く
と、説得力を欠くようになる。彼の主張には力があるが、機知を欠く。それ
らの主張の多くは粗野であり、卑猥なものもある。又、『イエズス会風刺』
諸作品には、人文主義的要素がはっきりと見えない (p. 84)。確かに、彼は
古典の伝統の中で書いていると主張しており、ペルシウスとホラティウスと
劇作家・詩人ベン・ジョンソン (1572～1637 年) がモデルであると認めてい
る。しかし、精神と知性において、これらの作品には古典的なものが全くな
い。彼には、ドライデンのような芸術的想像力――第 2 代バッキンガム公爵
を『アブサロムとアキトフェル』のジムリへと、劇作家・桂冠詩人シャドウ
ェル (1642～92 年) を風刺詩『マック・フレックノー』(1682 年) の主人公へ
と変えるような才能――が欠けている (pp. 84-85)。『イエズス会風刺』は、
古代ローマの風刺との間に、観念上の関係しか持たない (p. 86)。

　以上のように、ハモンドは『イエズス会風刺』が未熟な詩人の産物である
と評価しており、その否定的評価には人文主義的要素が希薄であるというも
のが含まれている。研究書としては珍しく感情を露骨に表して、「彼が『痴
愚神礼賛』をもっと研究していれば良かったのに！」と感嘆している (p.
84)。しかし、筆者としては、この風刺群にも、例えばエラスムス (1466?～
1536 年) の『痴愚神礼賛』(1509 年) が行う修道士や僧侶への風刺に近い面が
あると考える (後述)。

　次に、ハモンドの書のエピローグから興味深い点を幾つか紹介する。オー
ルダムは人気があったが、彼の粗野粗暴な面を疑う向きもあった (p. 208)。
ある匿名の詩が、暴言を控えれば良かったのに、もっと人情があれば良かっ
たのに、等と書いている (pp. 208-09)。正にこの暴言こそ、オールダムの影
響の中で最も目立つものである――彼の暴言は、少なくとも、ヘボ詩人に影
響を与えた。オールダムの影響は、亜流文学作品にまで辿り得る (pp. 209-
10)[6]。筆者としては、この言はオールダムと三文文士との親近性を指摘す
るものと捉えたい。両者は非理性が勝つという点でそもそも繋がっているの
だが、オールダムの方が有象無象の詩人より暴言に長けていたので、グラブ

街的環境拡大に果す役割がそれだけ大きかったのではないか。

　ここで、筆者なりにオールダムの風刺詩群全体に関して言えることを今一つ示したい。それは、カレッジの『真相の発覚…』ではゴドフリー殺しの犯人が語る段（15〜30行）において小規模にしか行われていない対抗言説の演技・模倣を、これらの詩が大々的に行っている点である[7]。『イエズス会風刺』におけるこのような演技・模倣の作業には、風刺対象の非人間化が度を越している場合がある——対抗言説を忠実に模倣再現していると言うよりは、極度な誇張を交えているようだ（風刺家の憎悪が強ければ強いほど、そうするのは当然だろう）。結果として、風刺と言うよりは誹謗中傷そのものであり、このような悪罵は風刺家自身の価値を疑わせるという形で作者に跳ね返るかも知れない。こう言うと、この詩群の評価としては最低の部類になるだろう。しかし、それよりは詩としての価値を認める立場も勿論可能である。

　風刺Ⅰの副題は「ガーネットの亡霊が、ゴドフリー殺害直後の秘密の集会に集ったイエズス会士達に語り掛ける」である。火薬陰謀事件（1605年）の共犯として処刑されたイエズス会士ヘンリー・ガーネット（1555〜1606年）の亡霊を語り手にして、対抗言説の（想像上の且つ誇張した）模倣が大規模に、全編で、行われている。亡霊は、判事殺害の成功を一応褒めながらも（1〜16行）、より大きなことを成し遂げるために、先の内乱で国王（チャールズ1世）を殺した者達やフランスでアンリ8世を暗殺した者を、更には火薬陰謀事件を起した自分を見習え、等と言う（31〜94行）。そしてロンドン大火では町の半分しか焼けなかったが、今度もロンドンに火をつけて完全に破壊してお前達の陰謀の松明にしろ（258〜63行）、等と命じる[8]。しかし、それでは足りない——「〔…〕残酷の度合いを緩めるな。疫病や審問のように殺せ。年齢、位、男女の違いで容赦するな。〔彼等が〕魂を携えていることだけでも、命を持っているだけでも十分犯罪であり、それを失って当然なのだ。いかなる時も場所も、お前達の憤りからの避難所ではない。〔…〕。母親の胸で微笑む幼児も容赦するな——こいつらは慈悲心を起させるが、それで気が和

らぐような奴は馬鹿だ。沢山孕んでいる子宮を割いて、憎い一腹の子達をそこから引き剥がし、母親の血で溺れさせろ。乙女を、そして彼女達がいたいけに泣くのを憐れむな——彼女達がほろりとさせるような涙目でお前達の足元にひれ伏していようとも。色欲に駆られている時のように、ズブリと刺すのだ。〔…〕祭壇で凌辱して、事が済んだら殺せ。〔…〕。髪や髭が白いからと言って、老人を〔…〕助けてはならぬ。そいつらが寄り掛かっている支えをその手から奪って、それで叩いて、嘲って、墓へ落とせ。いざりの脳をそいつの松葉杖で打ち砕いて、そいつを親切にも不幸から解放してやったと嬉し泣きしろ」（279～303 行）。

　女性や老人や障害者までも殺して構わないとまで亡霊に言わせているが、カトリック風刺の伝統に沿って、どこまで過激な演技ができるか試しているのかも知れない。但し、その演技が行き過ぎており、風刺を読む喜びよりは不快感を催させる側面が強い。しかし、描写がいかにグロテスクであるとは言え、悪人（と定める過去の人物等の想像上の）の悪態をそれなりに達者な韻文で次から次へと繰り出しているので、誹謗中傷としてはかなり上手な方だろう。ハモンドに従って言えば、この詩人は暴言の名手である。となるとこの作品は、非理性の産物である誹謗中傷とある程度の技量及びその背後にある理性が、バランスが取れているかどうかは別として、合体しているケースとも見なし得る。

　風刺Ⅱにおいては、詩人の直接的な語りと彼によるカトリックの対抗言説を模倣・演技する部分が入り混じっている。語り手は先ず、近頃我々の罪が余りにも大きくなったので、疫病でも火事でも争いでも何でも良いから、陰謀事件以外の穏やかな復讐を考えて貰いたい、と訴える（1～10 行）。そして、ロヨラさえ生れていなかったら世の中はまだ良かっただろう、等と続ける（37～126 行）。ここの風刺は、イエズス会士と英国革命を起したピューリタンとの類推やイエズス会士の金儲け優先に対する揶揄を含む[9]。詩人が顔を出しているが、度を越した誹謗中傷を並べ立ててはいない。この個所で注目

すべき一つの点は、ロヨラを殺人鬼として非難した後の段である――「お前達の創設者が疲れて、それまでの殺人商売をやめたのがなぜだか分る。退屈になったからだ。彼は、〔武具よりも〕ガウンの方が残酷さの容器とバッジとして相応しい、と知った」。こう述べて、大量殺戮できる「めそめそした英雄」や流血好きな「ちんけな暴漢」など大したことはない、真の悪党とはイエズス会士であり、彼は祈ると同時に刺し、片手を天に向って伸ばしながら、もう片方の手で突く、等と語る（87〜100行）。古典的英雄観は物理的・肉体的力を優先しているとして、その種の力より一見して弱い精神の強さを有するのがキリスト教的英雄であるとする見方があるが、引用中の「めそめそした英雄…」は、そのキリスト教的英雄観をイエズス会がグロテスクに変容させていると主張しているようだ。

　この段の少し後で、詩人がカトリックのある悪党牧師に語らせている（対抗言説模倣）。この牧師が列聖と天国入りを確実にしたければニューゲイト監獄とロンドン塔に相応しいことを敢えてやるべきだ、昔の馬鹿共は善良さと徳によって天国へ行こうと思ったが、反乱、反逆、殺人、虐殺が今は聖人になるための主要素である等と言うと（127〜54行）、それを受けて詩人が神に向って、このような冒瀆の言葉を聞いてもまだ怒らないのかと問い、無神論者や傲慢で裕福な悪党共に復讐して欲しい、と頼む（157〜66行）。しかし、詩人のこの願いを打ち消すかのように別の敵であるガーネットが顔を出して（対抗言説模倣）、昔加わった火薬陰謀事件をもう一度起したいとか、ローマ教会のためなら異教徒殺戮をためらわない、等と言う（171〜82行）。その後に、詩人によるイエズス会士達に対する激しい攻撃が来る（183〜285行〔最終行〕）。この個所は詩人の直接的語りと対抗言説の応答が言葉の戦いに立体感を与え、緊張感を醸し出しており、巧みである。

　この語りの中で詩人は、陰謀事件で処刑された者達の死体をロンドン橋とウェストミンスターを飾る壮観な吹き流しにたとえている（238〜40行）。この語りの次の段にもグロテスクな表現がある。イエズス会士達の四裂死体を英国中にぶら下げて、将来この国へ害虫が恐れをなして入り込まないように

しよう、と言うのだ（258〜61行）。このように、この詩では詩人の直接の語りの方が対抗言説模倣・演技の部分よりも不快な過激さに満ちていることが多い。一方的な語りの方が非理性の面がストレートに出やすいからだろう。しかし、語りの全てが罵詈雑言の次元に堕しているということはない。作品を締め括る部分で、詩人はイエズス会士達に向って、彼等の暗黒の部族が先に行った場所である地獄へ行けと言い、彼等の悪の先人として、フランスやイギリス等の無数の悪の先人（ガイ・フォークスやガーネットを含む）を列挙する（274〜77行）。そして、こう結ぶ——地獄へ行ったら馬鹿な悪魔達に、お前達しか考えつかないような残酷な仕打ちを教えてやれ、お前達に上手を行かれたと、地獄の悪魔達はお前達よりも小さい罪で断罪されていると、地獄に告白させろ（282〜85行）。詩人が地獄とか悪魔とかの一般的にして非現世的な事象を持ち出してイエズス会を攻撃する場合は、まだ風刺の機知が発揮されているように見える。この詩においても風刺と誹謗中傷が混合している。

　風刺Ⅲには「ロヨラの遺言」という副題がついている。OET版序論は、風刺Ⅰ〜Ⅲは過度にユウェナリス的であるが、風刺Ⅳにおいては創作のヒントをホラティウスに求めている、その上内容と調子において、この風刺詩のまだ基本的にはユウェナリス的傾向から、ホラティウス的方向への変化を見せている、と述べている（OET ed., p. liii, p. lv.）。

　死期が迫るのを悟ったロヨラの枕元に弟子達が集まり、30行目から遺言が始まる。先ず、宗教改革を妨害しろとか、一切の思考を捨てて絶対善である教皇に従え等と説くが、プロテスタント側からすれば正に「詐欺師」（1行）や悪魔が吐くような毒である（宗教改革への反発は511〜30行の段にもある）。続けてロヨラは、「我等がカリフ」であるローマ教皇に全世界が屈するまで、彼が「万人の精神の君主」（65行）になるまで陰謀や企みを止めてはならぬ、等と後継者達に命じる（44〜65行）。「我等がカリフ」は、カトリックとイスラムを意図的に混同している表現である（カトリックとイスラムを同

列視するのも反カトリック風刺のモチーフの一つである）。

　この後、遺言は不条理の度合を増して行く——「めいめいが何も考えず
に、ローマの支配に厳と服従せよ。誤ることのない〔教皇の〕椅子に忠誠を
誓え——そこに座るのが売春婦であろうと、魔女であろうと、悪魔であろう
と構わない。司教職に持ち上げられた者は誰であれ、その場所が全ての美徳
を授けるものと信じよ。彼が神によってその地位にしかと据えられている、
と思え——彼が賄賂で祭壇を奪われていたり、聖職売買のために悪魔に魂を
質入れしたりしているとしても。或いは又、彼が無神論者であろうとも、異
教徒であろうとも、〔…〕、偽証していようとも。女街であろうとも、〔…〕、
ソドムに巣食っていたスケベ野郎達のようであろうとも。暴君や、裏切り者
や、〔…〕、魔術師や怪物その他諸々の悪いものであろうとも」（82〜96行）。
ロヨラが示す教皇のイメージは諸悪の器である愚人のそれである。そしてロ
ヨラは、神には教皇の許し無しに運命を前以て定める権力を持たせるな（101
〜02行）と命じた後に、こう続ける——「彼が言うことは何であれ、彼が適
当であると考えれば聖書であり、聖書外典であるとも思え。全くの言い伝え
や最悪の話と嘘であっても〔…〕、神聖な署名封印がしてあれば、真正であ
り聖典であると思え。彼が教令で定めれば、福音など全て作り話にすぎない
ということにしろ。正は邪であり、黒は白であり、美徳は悪徳であり、太陽
も月も対蹠地も無いということにしろ。お前達の理性も良心も、信条も正気
さえも、そしてユークリッドさえも、彼が否認したら否認しろ」（115〜27
行）。ロヨラがこう言うに至って、教皇は神を超越する存在へと化す。しか
し、その超越は絶対悪へと向うものだ。『愚人列伝』においてもそうだが、
〈愚〉の拡大・深化の運動はそれ自体とその周りの全てが〈無〉へと化すま
で止ることがない。

　これから教団にどういう者を入れれば良いかという点に関しては、敵を裏
切る者や異端者から始まる「ありとあらゆる罪人」（192行）を入団させろ、
等と助言する（161〜222行）。そして、これらの悪漢を入団させたら、「先ず
は慎み深さを完全に捨てさせよ。鈍重でこそこそ歩きの謙虚は、追従を書く

貧乏詩人や売春を商売とする者に相応しくないのと同様に、イエズス会士にも相応しくない。〔…〕天与の才能である図々しさ──洗練された人類の最高の美点──を得よ！　その図々しさだけが昇進させるのだ。〔…〕それは学問であり、〔…〕、機知と分別であり、〔…〕、美徳と純粋さである」（202〜22行）。この辺り、『痴愚神礼賛』や『愚人列伝』張りの価値転倒の議論（悪や愚等をその反対物として推奨したりする言）を延々と展開しているが、イエズス会士は勿論、彼等を超えて広い範囲の愚人（宮廷人等）を風刺しているように見える。このように風刺対象の幅が広がっている時は、病的興奮の産物の域を超えているように見える。

　次の助言は、イエズス会士に相応しい信仰を手に入れるにはどうしたら良いかに関するものである──「ほんの少量で正しい混合物ができる事を学べ。悪賢い政治家が流行のためだけに着るのに、或いは一つの目的に役立つのに間に合うだけを手にすれば良いのだ。頑迷な馬鹿者に、くだらない信仰の〔無駄な〕実践を任せろ。空疎な形さえあれば充分であると思え」（223〜28行）。なぜ形だけの信仰で良いのかと言うと、愚かな大衆を騙すにはそれで十分だからだ──「烏合の衆は、目に見えるもので判断する──内部の思考を見つける者はいないか、いても、ごく少数だ。その外見を、お前が熱望する権力を入手するための道具にしろ〔…〕」（231〜38行）。「内」を否定して「外」を利用することだけを考えるのはプロテスタント的思考と正反対である、と詩人は言いたい。愚民を取り込むのは、一般に、悪党が力を伸ばすための常套手段だろう。285行以下では、無秩序な群衆を騙す手口をあれこれと教えている。風刺の文脈における大衆蔑視──支配者、権力者、反体制派等による扇動を受けやすいという類の民衆の規定──は、本巻収録作品に限っても、数多い。但し、そのように大衆を愚物扱いして彼等の操作に励むことこそ正に愚人の証である。

　この後三つ段を置いて、再び大衆操作の助言を行う。群衆を騙す際に、年と性別によって情欲の対象が違うので、慎重にそれに合わせる必要がある、等と言う（285〜300行）。その次の段で、騙しの道具として迷信等を活用す

べきことを具体的に示す——「処女マリアが、芝居で売春婦が機械仕掛けで天上から降りて来るように降りて来るのが見えた、と〔騙されやすい大衆に〕告げろ。彼女が恋文を書いたり、何人も暗殺したり、男達のところへ遊びに行ったりした、と告げろ。〔…〕魚達が秘密集会に参集したとか、鯖が教義の疑似餌に食いついたとか、〔その他の蜂や動物、虫等が〕が信心を持ったという〔ホラ〕を語れ。巡歴の聖人がラップランドの魔女のように空を飛んだ〔…〕と語るのだ。ザビエルが起した色々な奇跡も隠してはならぬぞ〔…〕。こうやってホラを吹いて、頭の軽い群衆を騙して、奴等の愚鈍と迷信を募らせろ」（301〜26行）。風刺Ⅳに関するOET版の解説が、風刺Ⅲとの関連性を指摘している。風刺Ⅲの301〜50行のテーマである「嘘と言い伝えの諸々」（300行）が風刺Ⅳのテーマに対して寄与的役割を果している、と言うのだ（OET ed., p. 389）。攻撃対象がイエズス会を超えてカトリック全般へと広がっており、その分ユウェナリス的色彩が薄まり、ホラティウス的色彩が出ていると考えられる。又、223〜38行の段に関するコメントと重なるが、イエズス会が大衆の迷妄を増幅しようと試みれば試みるほど、彼等の迷妄の度合が増す——この風刺詩の論理はこのように展開する。

　大衆操作に関する助言は更に一段あって、お化けや妖精の真似をしたりアイスランドのヘクラへ行けば死者に会えるというような不思議話をしたりすることが昔から大衆を騙すのに有効な技だったが、今はこのやり方はすっかり廃れている、知識が伝染病のように広がってからそうなっており、この手が通用するのはこの国のように無知に溺れている国々だけだ、と言う（327〜50行）。知識増大を恨む姿勢は490〜510行（聖書を禁書扱いする段）にもあって、愚人の特徴である半知性主義が表れていると見なし得る。

　490〜510行の段でも、ロヨラに語らせながら、間接的に人文主義的価値観を擁護している（宗教改革へ反発してもいる）。そこで彼は弟子達に、禁書の聖書に彼等のいかさまや術策を妨害させてはならない——平信徒の馬鹿共が有害な知識を得て、彼等への従属を打ち捨て、彼等の諸法を忘れてはいけないから、と言う（490〜94行）。そして、謙虚な群衆が自分と同じで聖書のこ

とばを理解しなかった昔は幸せだった、聖書が誰にも見向きもされず、細か
いことを調べるユダヤの律法学者とソルボンヌ大学の神学者にしか知られて
いなかったあの頃は幸せだった、等と慨嘆する（497〜508行）。聖書を禁書
扱いするに至って、神への冒瀆は最高潮に達する。同時に、エラスムスと激
しく対立したり、ラブレーに風刺されたりしているソルボンヌ大学の旧態依
然たるカトリックの神学者を登場させていることからも、この風刺に人文主
義的伝統に拠っている側面があることが分る。

　531〜42行の段では、異教に改宗してキリスト教徒を弾圧したユリアヌス
がその弾圧の目的を達成し損ねていなかったら聖書など焚書で燃え尽きてい
たはずだ、だがこのガラクタは不死であり、ユリアヌスも我等も頑張ったの
にまだ持ち堪えていると述べた上で、少なくとも群衆がその聖書の異端に伝
染するといけないから、それが広まらないように気を付けろ、群衆は低能の
ままにしておけ、天帝よ、彼等の心にたっぷりと無知を施し給え——彼等が
決して健全にして正統な愚かさの道から逸れないように、等と言う。「健全
にして正統な愚かさの道から逸れないように」は『愚人列伝』にあっても全
然おかしくない言い回しであり、それを思いついた作者の機知の程度が高い
ことを窺わせる。又、この段においても、大衆を愚民化し続けようという主
張が取りも直さず発言者が愚人であることを示すように詩の論理が展開して
いる。

　543〜54行の段でロヨラは、会士達が国家転覆を目論む謀反の徒の集団で
あるべきだという、言わば本筋に入る。その次の段（597〜626行）に誹謗中
傷を勧める個所があるが、そこは過度にユウェナリス的であると言えるかも
知れない——「お前達の技や行いを非難する者がいれば、生意気にもお前達
の神聖な詐欺に反対して、お前達の敬神の搾取を暴露する馬鹿がいれば、そ
いつを異端者、地獄の扇動家、トルコ人、ユダヤ人等々の考えつく限りの悪
名で呼び、〔…〕、もっと酷く中傷しろ。〔…〕いかなる嘘も中傷も控えるな。
〔そうやって付けた〕傷は治っても、痕を残すものだ」（617〜626行）。誹謗
中傷の勧めは次の段でも行われている——「お前達の機知と理性が非難でき

ない者は、言語道断であると中傷しろ。ルターは怪物であり、悪魔から羽と
尻尾と蹄を持って生まれた、と言え。女郎買いや近親相姦をしている、最悪
の悪徳と恥にまみれていると言って、こいつの習慣や生活や名前を汚せ。不
思議な嵐が彼の最期の先駆けとなって、地獄の軍勢が彼の魂の争奪戦を繰り
広げた、と言え」（627～34行）。このような悪態はロヨラの弟子達に跳ね返
るように計算して書かれているので、その点では詩人が直接イエズス会に浴
びせる悪態の域を超えている。このように、この詩は全編に亘って誹謗中傷
と風刺が混淆している。

　この誹謗中傷の勧めを終えると、弱って来たロヨラにはもう語る力がな
い。そこで彼は弟子達に、彼が打ち明ける秘儀を彼等の教団機関で神聖なも
のとして、外に漏れないように保管しろ――悪意のあるやくざ者が我等の教
会を笑いものにしたり、からかったり、軽蔑したりしたらまずいから、と言
う（637～44行）。ここまで長々と言わば生徒である会士達に教示したことが
実は恥ずかしくて外に出せないものであると、教師ロヨラ自身に言わせてい
る。愚者の「知恵」は実は愚そのものなので、それを説けば説くほど、説い
ている本人の愚が増すという愚人の存在につきものの逆説――そのような詩
の論理――がここでも発動している。

　上述の誹謗中傷の勧めの最後に、ロヨラは悪魔達が死んだルターの魂の争
奪戦を繰り広げたことを喧伝しろと弟子達に告げていた。その彼がいよいよ
臨終を迎えるが、その死の瞬間に、彼の魂を悪魔達がかっさらう（676～77
行〔最終行〕）。この終り方は劇的アイロニーが利いていて、なかなか巧みで
ある。自分達は神や悪魔をも超える存在であると豪語していたのに、容赦な
く死神の餌食になり、亡者達に地獄へ連れ去られる。このことは、愚人ロヨ
ラが虚言を弄していただけであり、実は全く無力であることを示す。

　風刺Ⅳの副題は「S.イグナティウスの像――S.イグナティウスの彫像が
持ち込まれて、イエズス会の様々な悪事を、そしてローマ教会の馬鹿げた迷
信を明らかにする」である。ロヨラの像が語っており、全編が対抗言説の模

倣・演技から成る。風刺Ⅰ～Ⅲは過度にユウェナリス的であるが、風刺Ⅳは
創作のヒントをホラティウスに求めているという OET 版序論の評価は紹介
済みである。又、風刺Ⅳがローマカトリックの嘘や言い伝えをテーマとする
点で風刺Ⅲと似ているという同版の風刺Ⅳに関する解説も紹介済みである。
風刺の標的がカトリックの全体的愚かさに変っているので、陰謀事件という
眼前の危機（と思われたもの）を扱う時よりも生々しすぎて不快感を与えるよ
うな誹謗中傷が減り、より機知が効いた風刺になっていることが予想でき
る。

　書き出しはホラティウスの風刺 1.8 のそれをモデルにしている――「昔、
わしはありきたりの不格好な木であり、犬が小便を掛ける棒として捨てられ
ていた。職人はわしから聖人を作るべきか豚の飼い葉桶を作るべきか迷って
いたが、議論の末に聖人を作ることにした。という訳で、わしは今名高いロ
ヨラを表しているのだが、彼とそっくりであるのは当然だ――彼はワシのよ
うな木隗と同じ位に愚かだったからだ」（1～8行）[10]。次段もこの調子である
――「ちゃんとした装具と変装があれば、わしは穀物を守る番人として十分
な働きができるだろう――古の立派な一物の神が番をして、カラス共を怖が
らせて略奪させなかったように。今や、わしの頭の上に鳥が糞を落とし、わ
しの口の中にクモがつづれ織りを織り、迫害されたネズミがしばしばわしを
避難所及び聖域とする。だが、神聖を汚す異端者よ、異端審問とその復讐を
恐れる者達よ、わしに近付くな〔…〕。何人もわしから十二×十二の歩幅の
ところで服を脱いだり、オナラをしたり、小便してはならぬぞ」（16～27 行）。
このように冒頭から軽妙な語り口であり、激烈な糾弾の調子ではない。ロヨ
ラの聖像なるものが何の聖性も有しないことを当の像が白状しており、その
ような語りの作りは詩人によるストレートな悪態以上の出来になると予感さ
せる。

　木像は自分が生きていた時の行いを描く絵と死後の偉業を讃える奉納画等
を示すが（31～40 行、41～52 行）、主に人々の無知・迷信につけ込んで様々
な商品を売って儲けたことを自慢している。イエズス会と商業・金儲けの類

推、カトリック全般の迷信の深さに対する攻撃が反カトリック風刺によって
よく用いられる手法であることは指摘済みである。次段（53〜66行）もイエ
ズス会が商魂逞しく、人々の無知を利用して金儲けしている、と風刺してい
る。その次の段（67〜89行）においても、衆愚がロヨラを神聖視することが
カトリックの金儲けとその勢力増大の手段になっていることを、信仰の対象
であるロヨラ像が語っている。ロヨラ像が崇められれば崇められるほどその
像が精神抜きの下らないモノに過ぎないことが一層分るように書かれている
ので、愚を推進している側が真の愚であるという詩的論理がここでも働いて
いる。

　木像の語りはこの後、馬鹿な人々に司祭が、香具師のように、インチキ薬
を売りつけるという教会のあくどい金儲けの更なる例を挙げ（90〜97行）、
それを受けて、司祭達を金儲けのために錬金術を行う輩と見ている（98〜
107行）。この司祭達は、錬金術を行う点で当時風刺対象になることが多かっ
た好事家の側面を有するが（好事家は『愚人列伝』でも風刺の重要な標的である）、
そのいかがわしい技を金儲けのために組織的に使っているので、人畜無害な
愚人よりは質が悪い。

　木像は、殉教する若者さえ聖油の効能を信じる迷信深い馬鹿者視して笑う
（108〜17行）。精神否定の極致の言である。そして、聖体が聖なるものでも
何でもないと言うが（118〜23行）、そう言う像自身が空疎な聖体であるとい
う自己矛盾を犯している。そのような矛盾はこれに続く段（124〜47行）に
も表れており、そこでは無知で迷信深い信者に売りつけるガラクタの列挙が
続く。詩人は勿論これらのガラクタで儲けているイエズス会が、そしてカト
リック全体が言わばガラクタである、と言いたい。聖遺物でさえ大量販売さ
れることを語る三つの段（148〜68行、169〜95行、196〜203行）は、総じて
カトリックが不敬の体系であるという印象を強めようとしている。このよう
な風刺の仕方は、ストレートな糾弾よりも機知に富んでおり、非理性的な悪
態から遠くなっている。

　宗教的詐欺の道具として上述のガラクタの類より多いのが免罪である（204

～16行、227～35行、236～50行)。ミサも愚民騙しの有効な道具である (259
～61行)。烏合の衆が集うロヨラの聖堂 (90行) に加えてミサが、と言うこ
とは、それが行われる教会・礼拝堂という聖職者の本拠そのものが、大々的
なペテンの場になっている (259～73行)。ロヨラが愚を増大させる愚の中心
であることを巧妙に示している。そして、風刺Ⅲでも扱われているテーマで
あるが、告解が秘密裏に悪徳を醸成・実践する場である、と語る (285～99
行)。騙しの道具がモノから信仰の制度へと「洗練」されている。

　ロヨラ像は語り終えるに際してこう言う――「わしがここで話したことは
全て本当であると思え〔…〕。わしが何かでっち上げていたり、嘘を持ち出
していたりしたら、最悪の運命がわしに訪れても良いぞ――担ぎ人夫や馬番
や牡蠣売り女から小便を掛けられても良い。〔…〕或いは、次の火薬陰謀事
件で〔その陰謀の未然防止を記念するガイ・フォークスの日で燃やすかがり
火のために〕わしを燃やして、ユグノー教徒に嘲笑って楽しませるが良い。
そこでわしは殉教した教皇のように燃え上がり、その火を敢えて消そうとする
親切なカトリック教徒は誰一人としていないのだ」(314～21行、322～23行
〔最終行〕)。詩人は、騙しに騙された民衆がロヨラ像に対して抱く敬意などこ
の程度のものである――騙す側と騙される側のカトリック教徒全体が愚人の
集団である、と言いたい。風刺Ⅲの終らせ方ほどではないが、この終らせ方
も巧みな方である。

　第1セクション最後の作品であるキャリル作『ナボテのブドウ畑 (或いは、
無実なのに逆賊にされた者の話。聖書の原作を英雄詩体で写す)』は、既述のよう
に、本セクションで唯一のカトリック側の詩である。ナボテ又はナボトはイ
ズレエル人で、彼のブドウ畑を欲しがったイスラエル王アハブに殺された
(列王記　上21)[11]。ここから、「ナボテのブドウ畑」は「是が非でも欲しいも
の、垂涎の的」を意味する慣用句になっている。作品名の括弧内は作者の執
筆意図をより明確に示すために本巻の初版表紙の図版から筆者が取ったもの
であり、詩集の本文には付いていない。聖書に書いてあるままの話であると

宣伝しているが、実際は、聖書の脚色が多い。本巻解説がヒュー・マクドナ
ルドという研究者のコメントを引いている（要旨を示す）──

　　カトリック陰謀事件下のカトリックへの扱いへの抗議であり、政治的
　　「誹謗中傷」の最初期のものの一つである。イングランドの政治家達を
　　表すのに聖書の人物の名を用いている。ドライデンに対して、多分、単
　　なるヒント以上になった（POAS 2, p. 82）。

　これは、『アブサロムとアキトフェル』への影響を示唆する評言だろう。
又、「誹謗中傷」視されていたので、キャリルは貴族であって三文文士では
ないが、彼に批判された側から愚人に見えていたであろう。この詩も紙の戦
争に従事しており、バベル的状況拡大に貢献している。
　解説に戻ると、聖書の人物名がどの政治家を指しているかに関して、確実
なのは3人である──〔イエスを捕まえた大司祭の召使で、右の耳をペテロ
に削がれた（ヨハネによる福音書、18章10節）〕マルコスがオーツ；ピュート
ーンがベドロー；アロドがスクロッグズ。他の人物と聖書の人物との間に厳
密な対応関係はない。キャリルにとっては、ナボテの物語が無実の者から合
法的に略奪するために仕掛けられた陰謀の一例になれば十分だった。そうす
るとナボテは、シャフツベリー等が権力を得るために陰謀事件の共犯として
告発したイングランドのカトリック教徒を表すように見えるだろう。しかし
ながら、キャリルはナボテがヨーク公（彼は王権の法的権利を失う危険があった）
を表すよう意図していたかも知れない（POAS, pp. 82-83）。ベドロー（1650〜
80年）はイングランドのスパイであり、ロンドンのイエズス会のために、ヨ
ーロッパ各地でスパイ活動を行った。オーツが捏造したカトリック陰謀事件
を「暴露」した人物である。スクロッグズ（1623年頃〜83年）はイングラン
ドの判事であり、1678年以降王座裁判所裁判長を務めた。カトリック陰謀
事件では苛酷で不公正との悪名が高かった。
　本巻解説は前口上に相当すると思われる散文を引いているが、それはこの

ように始まっている——「聖書自体が悪人による曲解等を逃れ得ないのですから、この取るに足らない詩が（これは聖書の注目すべき一節の引例に過ぎませんが）過度な詮索好きや知恵の足りない連中によって歪曲・悪用されても何の不思議もありません」（POAS 2, p. 83）。この詩は 39 行以降、ほとんどの段で、詩行の後に聖書の章句の所在を示している。このスタイルは自らの記述を権威付けるためのものであり、自分の聖書の書き換えが正当であることを主張するものだろう。同時に、詩人は聖書悪用の危険性に言及している。例えば（以下、『複楽園』に関する記述までは筆者による）、本作品より 1 世紀位前の詩人スペンサー（1552 年頃〜99 年）の叙事詩『妖精の女王』（1590 年、1596 年）第 1 巻や第 2 巻においては、善人と悪人の双方が自らの目的に資するために聖書の文言を引いている。本作品と近い時期に発表されたミルトン（1608〜74 年）作『複楽園』（1671 年）では、聖書による他のテクストの駆逐の作業がイエスと悪魔の双方によって行われている。この両者による聖書の争奪戦を原型として、絶対的真実の器であるはずの聖書の文言は相対的解釈の対象になって来ている。作者はカトリック教徒であり、多分ヨーク公と結び付いていたために、カトリック陰謀事件のパニックの下で嫌疑を掛けられて、1679 年にロンドン塔へ収監された。その収監時にこの詩を書いたとされる（POAS 2, p. 82）。そのような逆境にあった彼は、聖書が悪の側に力を貸すことが幾らでもあるという現実世界の厳しさを痛切に認識していたのではないか。

　冒頭で詩人が、〈富〉と〈権力〉という偶像を愚か者が賛美するのだが、我がキリスト教の詩神は激怒して退ける、偶像のおぞましい食べ物は人間の血で供給されることが余りにも多い、と語る（1〜8 行）。15〜27 行の段では、我々詩人の仲間には高貴な味覚があって、人間を獣に変えるような酒を大いに楽しむことを潔しとしない、我々を養うのは精神構造を永遠なものにする、ピリッと心地良い味の液体でなければならない——運命が放つ悪意ある矢を、民衆の怒りを、そして国家の企みをものともしない液体でなければならない、と語る。「運命が放つ悪意ある矢」、「民衆の怒り」、「国家の企み」

は、カトリック陰謀事件の捏造とそれが引き起こしている大衆の病的興奮を指すだろう。次段（28〜38行）ではこう語る――「我が詩神よ、今すぐ、この真のネクタルが湧く幸福な場所がどこにあるかを明かしてくれ！　それはナボテのブドウ園ではないのか？　〔…〕かの英雄〔であるナボテ〕の血は、彼のブドウ畑からできる命の液体を養分として、彼の血管を流れている時には、女の奸智や暴君の強欲を軽蔑していた。〔その血は、又〕偽証した暗殺者の血腥い宣誓を、偏した判事のしかめっ面を〔…〕軽蔑していた」。「偽証した暗殺者」マルコスはオーツを、「偏した判事」アロドはスクロッグズを暗示する。

　39行と40行で、アハブがアラムを征服したが、その征服が彼の破滅の原因になった、と語る。それぞれの行の後に列王記の該当個所を示す文言を付しているが、ほんの一行であっても見た目に煩わしい付記を施すのは、それだけ聖書による支持を必要としているからであろう。一行から数行への付記は他にもあり、その傾向は結末近くで顕著である（後述）。自分の発言の後ろ盾として絶対的権威を有する聖書の章句に言及したり引用したりしながら、自分の意見を示したり聖書を脚色したりするのは、誰でも考えつく手法であろう。この詩の特色は聖書利用を大規模且つ明示的に行っているという点にあるのではないか。そうであるとすれば、その利用の露骨さが過度な説教臭さに堕して、詩としての魅力を、延いては説得力を減じているかどうかが問題になるだろう。筆者の印象としては、聖書の根拠を随所で明示していることは特に詩としての価値を損なってはおらず、詩としての出来はある程度の水準に達している。

　アハブの奢り等の罪の記述とそれを非難する詩人の直接的語り（41〜44行、45〜54行、55〜58行）の後に、アハブとナボテのやり取りがある（59〜68行）。聖書の文言は淡々としており野卑なところはないが、この詩では、アハブの人柄を貶めるためであろうが、彼にことさら野卑な調子で語らせている――「よう、大将、お前さんの大きな魂にはわしの土地、わしのねぐらを欲しがるのがお似合いだとは思わんかね？（"How, Sir! Can you think worthy your larger soul/To crave my spot of land, my sleeping-hole?")」（59～60 行）。先祖伝来の土地を譲ることはできないとナボテに言われても（61～68 行）、アハブの強欲は収まらない（69～72 行、73～84 行）。すると、夫の心中を知った妃イゼベルが、「抵抗する虫けらを踏み付けて、〔…〕そいつに王の重さを感じさせなさい」と言って（105～06 行）、協力を申し出る（85～108 行）。それに対してアハブは、そんなことをしたら民と司祭達が反乱を起すだろう、暴君である法律は諸君主を奴隷常態にするものであり、それは王である自分の意思の実行を制御し、奴隷共が常に自分に対して大胆に抵抗するようにさせるのだ、等と答える（109～14 行）。ここは、法を王の上に置く政治思想を、アハブがそれを否定するという文脈で提示している。この詩が発表された時の情勢に引き付けて言えば、国王が自らの大権を妨害する議会特権を忌々しく思う言である。法治の重要性を希求する作者の政治的姿勢が色濃く出ている個所であり、本巻の一大テーマである国王大権と議会特権の対立に言及している個所として重要だろう。

　これを聞いたイゼベルは、何かの霊が取りついたかのように、こう叫ぶ──「法律がその仕事をしなければならないのなら、ナボテは死なねばなりません。君主には議会を恐れさせてはなりません。裁判官を支配する者は、法を支配するのです。〔…〕大衆が法を口にすれば、それは昔から、謀反人のための抗弁です──彼等が王に不服従の場合の。〔あなたは〕法律を恐れず、判事から恐れられるようにしなさい。さもなければ、衒学者が深刻そうに顎髭を振り動かすと、王は国王大権を剝奪されるに違いありません」（122～29 行）[12]。聖書の記述と比べると、イゼベルの狂気の生成を生々しく描出している。ここのような憑依された女性の怪物化は、本詩集第 1 巻（1963 年）収録の詩人マーヴェル（1621～78 年）作『画家への第三の助言』（1666 年）のアルベマール夫人の描き方を想起させる[13]。妃が法律軽視と王権神授説信奉の姿勢において暴君の夫を上回るのは、チャールズ 2 世が妾達に国政にまで口出しするのを許しているという（当時多かった）風刺の線に沿っているのではないか。国王大権を守る側を批判するのは通例議会等の民主派である

が、この作品では、王と王妃が陰謀事件を捏造した側として非難されており、その文脈で絶対王政イデオロギーを表明しているように書かれている。

　イゼベルは、欲しいものが手に入らないので生じたアハブの心の傷を治してやると言って、ナボテの土地を強奪するための手先を選ぶ（133〜42行）。その筆頭がアロドであり、既述のように、彼はスクロッグズに対応する（143〜58行）。アロドに関して詩人はこう語る——「若い時に堕落して、その魂は真実の敵になっていた。〔…〕彼の精神は大胆で、口は達者で、声は大きかった。そのために、法或いは理性より強力に、群衆の心を摑んだ。その彼を強欲な女王は、〔彼が女王に払った〕金の力や彼女の彼への贔屓もあって、判事へと昇格させた」（143〜52行）。この個所は無実のカトリック教徒を有罪にした判事達及び支配階級を攻撃している。王妃はこの悪党とナボテを陥れる罠の掛け方を相談するが（159行以降）、彼は王妃に自分の悪事のやり方をこう説明する——「偉大な計画においては、民衆を自分の側に付けるのが肝心です。特別な魔力のある言葉があるんですよ——彼等の妄想を恐怖へと高める力のある言葉が。例えば、「謀反」、「信仰」、「自由」がそうです。これらの点に触れると、〔彼等の心は〕時計のように必ず鳴るのです。〔…〕このトリックが失敗したためしはありません。大声の誹謗はいつも彼等には効果があるのです」（163〜69行〔傍点筆者〕）。この詩が誹謗と見なされていたことは紹介済みである。しかしキャリルにとっては、オールダムの『イエズス会風刺』が代表する反カトリック風刺こそ「大声の誹謗」として聞こえていたはずだ。又、大衆を烏合の衆——どちらへ向うか分らない危険な動物の群れ——と見るのは、オールダムもキャリルも同じである。反カトリックとカトリック側の風刺家が敵に対する誹謗中傷に励み、その紙の戦争に民衆を巻き込む——これが王政復古期の言語的混沌の一側面である。

　この後アロドは女王と共に計画を練るのだが（184〜204行）、それを受けて詩人が顔を出して、王妃やアロド等を「地獄の猟犬達」と呼び、彼等がナボテの罪をでっち上げたとしても、それは彼等に地獄を、ナボテには天国を築くことになるのだ等と、聖書参照抜きで、厳しく非難する（211〜24行）。

詩人の顔出しは 265～78 行の段と 279～92 行の段の冒頭にもある。聖書の頻繁な参照がこの詩の価値をそれほど損ねてはいないと先ほど述べたが、このような顔出しは詩の流れを止めるような印象を与えるので、巧みであるとは言えない。但し詩人は、上手に書くよりも政治的メッセージを強く打ち出す方を重視しているのかも知れない。

それからアロドは、自分の手先としてマルコス（＝オーツ）とピュートーン（＝ベドロー）――「尋常ならざる罪を犯すのに相応しい二人」――を見つける（227～30 行）。それに続くマルコスの人物紹介は、愚人化としては水準以上の出来ではないか――「あまりにも毒のある獣なので、どこに住んでも、そこから吐き出されていた。嘘が彼の口中に、悪意が心中に生まれつき育っていたが、それらを技で磨いた。危害を加えるのを快としており、盛んに中傷した相手が、自分の二心と二枚舌で、毒蛇の牙よりも確かに、嚙まれて死に至るのを見るのが一番嬉しかった」（233～40 行）。ピュートーンの描写（243～46 行）は平凡であるが、両者まとめた描写は彼等の武器が誹謗中傷であると書くので、アロドの描写と同じように、本論考の観点からは重要である――「欲に駆られた森の住人が獲物を追い詰める時に感じる喜びは、この二人が無実の者を誹謗中傷で追跡して、殺戮するのを見て感じる喜びには敵わない」（249～52 行）。敵陣営から誹謗中傷呼ばわりされたこの詩がその敵陣営の武器が誹謗中傷であると非難している図式である。

アロドが二人の手先を見つけると書く 229 行の後に聖書の該当個所参照があって、その概要はこうである――「イゼベルがナボテが住む町の長等にアハブの名で手紙を送り、二人の男をナボテの前に据えて、ナボテが神と王を冒瀆したと証言させた。それから彼等にナボテを連れ出して、殺すために石を投げさせた」（列王記上 21：8～10）。この後の 11～13 節で、町の人々が「ならず者たち〔…〕の証言」を受けてナボテを殺す様子が示される。これらの章は全部合わせても短いが、キャリルの詩では 311 行から 455 行までの長い部分に相当する。ほとんどの詩本文と聖書章句の関係と同じで、前者が後者を脚色したり大幅な追加を施したりしている。この追加は詩人の顔出し

を含んでおり、例えば、265〜78行の段で「偉大にして正しき神よ！ しかし、〔神は〕常にそうだろうか？」と始めて、イゼベルやアロド等の悪党による腹黒い計画を神はなぜ許すのか、全き善である神は彼等の悪事に加担するのか、なぜ彼等に神のことばを悪用して彼の意思を破ることを許すのか──その悪用したことばで彼等は庶民を引き込んで罪を犯させるのに、等と神のやり方に対する疑問を発する。しかし、次段（279〜92行）では前段の姿勢を否定して、こう始める──「じっとしていろ、詩神よ！ お前の熱情は、今や反乱の域に達しているぞ。お前は下劣にも、自分の立場から逃亡している」。そして、理不尽な暴力に対して同じ形で立ち向かうのではなく、キリストを範として、あくまでも法に従って対処せよ、等と自分に向って説く。前の段では自分が積極的に関与した英国革命の体制が崩壊して失意のミルトンが書いた『失楽園』冒頭における詩人のように、或いはやはりミルトン作の悲劇『闘士サムソン』（1671年）のサムソンのように神を疑って見せるが、その懐疑は神の道の正しさをより強固に確信するための前提になっている。その確認は、より決定的には、結末における天罰の預言で行われている。後の方の段の詩人の述懐は平凡な言葉に聞こえるかも知れないが、実際に弾圧を受けている最中の詩人が上げている必死な信仰の声──絶望に捉えられながらも我が身を振り絞って出している、神のやり方に対する絶対的な信頼の声──である。

　ナボテが殺される場面（440〜55行）が列王記上21章13節までであることは既に指摘してあるが、彼の殺害後何が起ったかを最後の段が描いている（456〜90行）。この部分に聖書参照の傾向が顕著であることも既述であるが、具体的に言うと、「こうして、ナボテは倒れた──優しき天よ、私にもこう倒れさせ給え。貪欲なアハブと流血を好む女王のように、高位の犯罪者として立っているよりは」（456〜57行）という詩人の直接の語りで始り、予言者エリヤがアハブとイゼベルに神の裁きを伝えて、それを聞いた彼等が雷に打たれたように「仰天し、押し黙った。今起したばかりの罪の念が、これからの運命がどうなるかという思いが、彼等を苦しめた」（496〜97行〔最終行〕）

で終る 40 行位の中に、8 個所ある。聖書参照が密集しているのは、既述の
ように、自分の言に対する聖書による権威付けが必要であるという思いが強
いことの表れだろう。列王記上の殺害後の節（21 章 16〜29 節）と比べると、
アハブ等への天罰の訪れがより急であるという印象である。神の声を聞いて
アハブが後悔したこと（列王記上 21.28）を書いてないので、その分アハブの
凶悪さが増すように書かれている。聖書の記述を「強化」する作業が最後ま
で行われている。この詩において天罰は突然下されるものであり、アハブは
後悔するともしないとも書かれていない、凶悪そのものの人物として提示さ
れたままで終っている。

　この詩に関しては、以下に総括的コメントを示したい。先ず、絶対的テク
ストである聖書の文言・章句を大量に引いて（特に最後の段で）カトリック側
の正しさを主張しているわけだが、現実に陰謀事件によって多くのカトリッ
ク教徒が迫害されたことを考えると、絶対的テクスト及びそれが示す真理が
「正しい」者の側に付くはずであるという願望の表現である側面が強いだろ
う。列王記では悪事を働いたアハブとイゼベルに天罰が下るのに対して（だ
からこそ、勧善懲悪が瞬時に成るという快感が、信者や読者に感じられる）、現実世
界では、事がこのようにスムーズに運ぶことはほとんどないだろう——善い
ことより悪いことが多い、善悪は分ち難く絡み合っているというミルトンの
悲観的な歴史観・世界観（キャリルのこの詩とほぼ同時期に失意の盲目詩人が有
している見方）は、この点で、極めて現実的である。『ナボテのぶどう畑』は、
下敷きにしている列王記と同程度に「神話的・理想的」である、と言えるか
も知れない。いや、陰謀事件がその猛威を揮っている時点における絶望的状
況の認識が、聖書が示す救いを真剣に希求させていると見るべきかも知れな
い。そして最後に、キャリルが取った手法——聖書という絶対的テクストを
直接的に利用して、自らを正当化する手法——がキャリルと敵対する陣営に
よっても同じ位盛んに行われていること、即ち聖書の絶対的権力の争奪戦が
他の時代と同じくこの時代にも行われていることを忘れてはならない。

2 『国事詩集』第 2 巻第 2 セクションの作品

　第 2 セクションは 13 篇の詩を収録している。ここの最大のテーマは国王大権と議会特権の対立であるが、カトリック陰謀事件がその対立の一環を成すので、この事件が影を落としている場合がある。最初の詩はキャリル作『偽善者』（1678 年）であり、カトリック側からのシャフツベリーへの風刺である（POAS 2, p. 103）。当時の大物政治家の一人であるシャフツベリーを、カトリック陰謀事件との絡みで、正面から扱っている（対抗言説の演技・模倣ではなく、詩人が直接攻撃している）。シャフツベリーは、陰謀事件を始めたことを非難されているのではなくて、それを扇動したことを非難されている（id.）。シャフツベリーに対する風刺は盛んに行われており、その伝統とでも言うべきものに助けられているせいか、この詩の風刺のレベルは水準に達しているように思える。冒頭の概要を示す――「お前の変わりやすさには、風も海の波も敵わない。悪徳から悪徳へと渡り歩き、山ほどの罪を重ねている〔…〕。お前は長きに亘って華美と栄光の様々な罪に関っているので、偽善が遂に登場して、浮動している、水銀のように姿を変えやすい罪〔な男〕を固定することになると、誰が考えたことだろう？　昔から罪を重ねて来た彼は、〔…〕王の新しい妾の雇われ者に転じる。彼は動作や服装等を変えて、この不機嫌な婦人の仕着せを着る。厳格なクウェーカー教徒のような格好をするようになる。〔…〕ある朝、全く突然に、この廷臣はクウェーカーになった。〔…〕と言うのは、彼は哀れな教会をとても気遣っており、カトリック教の増大の危機を皆に警告しているからだ。〔…〕」（1 〜 29 行）。シャフツベリーを無定見である、矛盾の塊である等と表すのは、シャフツベリー攻撃の定番である。それに関して浜林正夫氏は、当時の激変する政治状況の下で、原理的国王派と無秩序をも恐れず自由と平等を求める少数の平等派と共和派を別とすれば、国民の多くは多かれ少なかれシャフツベリーのような動揺を繰り返していた、ブルジョア地主である彼の「動揺」を多くの国民も経

験しており、それは、専制と革命との中間を求める生成期ブルジョアの階級
の動揺に他ならなかった、と述べている[14)]。これは、変わりやすさをシャフ
ツベリーの個性へと限定せず、時代の変化にその真因を認める、重要な指摘
ではないか。このような言説・思想の大枠の中で、シャフツベリー及び彼の
ような立場の人々と反シャフツベリー派を、更には嘗て共和派であったミル
トンを比べることが、王政復古の言説地図の大きな部分の理解にとって必要
かも知れない。

　今一人の大物政治家トマス・オズボーン第１代ダンビー伯（1631～1712年）
を風刺する『国王が迅速な撤回でダンビーに別れを告げ、作者がそれを言い
換える』（1679年）は国王を語り手にして（対抗言説の演技・模倣）、ダンビー
は勿論のこと、彼とつるんでいたが彼を見捨てた国王を痛烈に批判してい
る。この詩でチャールズ２世は、自らがダンビーを上回る悪党であると白状
した上で、議会嫌悪、親カトリックの本心、ダンビーが弾劾されれば弟ヨー
ク公、王妃、妾のポーツマス侯爵夫人、ローダーデールを彼の後釜に据える
つもりであること等を語る（1～34行）。本詩集第１巻から読み進めて来ると、
チャールズ２世への風刺が徐々に増えて、その激烈さも増して行くことが分
るのだが、この詩もその流れに沿っている。

　ダンビーものは５篇あって、その４番目は『ローダーデール公爵とダンビ
ー卿の対話』（1679年）である。題名に出ている２人の政治家をホイッグが、
対抗言説模倣の形で攻撃している。ローダーデール（1616～82年）は『国王
が迅速な撤回でダンビーに別れを告げ、…』で名前が出ているが、ダンビー
が大臣である間スコットランド行政代表つまり担当相であり、スコットラン
ドの諸事項を高圧的に処理したやり方が、1674年以来、ホイッグの怒りを
買った。議会は、1679年５月に国王に対して、ローダーデールを諸会議及
び御前から排除するよう請願した。シャフツベリー一派は、ヨーク公の友人
としてのローダーデールを攻撃している（POAS 2, p. 114；『リーダーズ・プラ

ス』)。

　議会から攻撃されている二人は、議会への悪口を並べ立てたりポーツマス公爵夫人を介して国王に助けて貰おうと言ったりする（以下の引用では、原文の体裁を改変してある）――「【ダンビー】11～22 行：〔…〕僕達の保護を王の権利として求めよう。王は必ずや、敵がいようとも、僕達の解放を決めるだろう。彼がその王権を失うこともないだろう。〔…〕／【ローダーデール】23～31 行：その通りだよ、トム。僕は、無礼な下院議員達の前に現れることなんて怖くないさ。〔…〕あいつらが幾らブーブー言おうが、思い知らせてやるよ――僕が〔この国の〕上〔の方のスコットランド〕に座して、あいつらは下〔の方のイングランド〕では〔議会が解散されて〕座すことができなくなることを。〔…〕／【ダンビー】32～42 行：議会なんてクソくらえだ！〔…〕あいつらを彼〔即ちヨーク公〕に捧げる火あぶりの犠牲にするよう仕組んでやる――あいつらは、彼の不利になる嘘をつきまくっているけど。僕の消沈する魂は有頂天になるよ、彼が上昇する時にあいつら悪党が〔地獄へ〕沈むと考えると。激しく、退却するあいつらを追跡しよう。生きたまま切り刻んで、犬の餌にしよう。異端者として〔…〕、大挙して地獄へ追いやろう。／【ローダーデール】43～52 行：〔…〕これまでの裏切り行為をそっくりそのまま繰り返して、〔ポーツマス〕公爵夫人に新しく〔僕達への〕恩赦を掛け合って貰おうよ。彼女になら、国王は優しい心を貸すよ。彼女は君に大層恩義があるから、間違いなく僕達の味方してくれるよ。／〔…〕／【ローダーデール】59～64 行：彼女には大した魔力があるよ！　彼女がいなかったら、僕達はきっと地獄に落ちていたよ。彼女は、僕達の希望の最強の柱だ。僕達の素晴らしい陰謀と教皇の一番確かな友だ。〔…〕」。反抗的な議員達を切り刻んで犬の餌にしてやると言うのは、『イエズス会風刺』にもあるような、過度にユウェナリス的な表現である。この頃、国王とヨーク公に加えてローダーデールとダンビーが宮廷派の堅固な核を成しており、ルイ 14 世が支援するシャフツベリーの党派がそれに対抗するという図式だった（POAS 2, p. 114）。この詩はそれほど質が良いとは思えないが、ホイッグ

側が当時の権力の中枢に対してどういうイメージを持っていたかを教えてくれるという価値はあるだろう。

　ダンビーものの最後は『讃美歌』（1679 年）であり、ヨーク公追放に関するホイッグのコメントである（POAS 2, p. 119）。題名の下に説明的文言がある——「イングランド王国、ウェールズ自治領、ベリック・アポン・トゥィードの町の全ての教会及び礼拝堂で、1679 年 4 月 11 日に歌うために、作られた。この日は、最近発覚した恐ろしくて忌々しいカトリックの陰謀との関連で、断食と屈辱のために定められた」。ベリック・アポン・トゥィードはノーサンバランド州の、スコットランドとの境近くの町である。ヨーク公というやはりこの時期の重要人物を主題としており、尚且つカトリック陰謀事件が大きな影を落としている作品である。

　次の詩『バラッド、パーキンの奇行』（1679 年）は、トーリー側からのモンマス公爵への典型的な攻撃である（POAS 2, p. 122）。具体的には、彼が庶子であること、愚かな道化であること、荒くれ者達と交友関係を持つことを非難している。ネル・グウィン（女優で、チャールズ 2 世の愛妾）がモンマスに「パーキン王子」というあだ名をつけたと言われる[15]。イングランド王ヘンリー 7 世に対して王位を僭称したフランドル人であるパーキン・ウォーベックに掛けている。モンマスとパーキンの類推は非常に正確だった（POAS 2, p. 244）。

　この詩の副題は「又は、79 年が〔ピューリタン革命勃発の〕42 年になりたがることをはっきりと示す新作バラッド」であり、現今の政治的状況が内乱への揺り戻しに繋がるのではないかという不安を表明している。その不安との関係で指摘したいのは、この詩の少し後に本巻に載っている庶民院の性格を描写する詩（『〔庶民院〕短描』）の 44 行に関する注が、内乱を開始した長期議会とチャールズ 1 世との対立と、議会とチャールズ 2 世との対立を対比することがこの詩が書かれた頃に盛んに行われていた、と述べていることで

ある。実際、長期議会への言及が、このセクションに限っても、少なからず
ある。

　1679年8月にチャールズ2世が重病になり、亡命している王弟ヨーク公
を緊急に呼び戻すべきだと考えられた時に、モンマス公はその帰還を禁止す
べきであると主張した。しかし、王は弟を呼びにやった。王はヨーク公帰国
を熱烈に歓迎して（9月）、病気が治ると、モンマスの将軍職を解き、暫くの
間英国から去るよう命じた。そこで彼は不承不承、9月末に、ホラントへ出
国した（POAS 2, p. 122）。この情勢を受けて、この詩は冒頭から喜びの長子を
奏でる――「民よ、聴いてくれ、この嬉しい日について――パーキンが失脚
して、ある王子〔つまりヨーク公〕が帰り、パーキンの〔神聖ローマの〕選
帝候を嘆かせることになるこの日について――私が言うことを。シャフツベ
リーが陰謀を企んだが、グレイは夢中になったが、アームストロングは馬で
火砲陣地へ行ったが、ありがたや、〔ヨーク公〕殿下は無事に帰って、パー
キン・ウォーベックは狼狽した」（1〜9行）。グレイとアームストロングはモ
ンマスの仲間である。詩的価値が高いとは思わないが、当時の風刺の典型と
しての側面を有するので、残りの部分の要点を示す――「10〜18行：この
パーキンという王子が優れているのは、興奮して踊り回ること、泥まんじゅ
うを襲うことだった[16]。自分のおつむに合わない王冠を狙っている〔…〕。
〔…〕しかし、ありがたや、〔…〕。／〔…〕／55〜63行：我等の良き王が今
後も長く支配できますように。だが、弟君を二度とイングランドから離れさ
せないで下さい。反逆の徒や党派的な連中の首を落として下さい。絞首門や
断頭台へ送って下さい。そうなるまでイングランドは、シャフツベリーの手
下共が再び大人しくなるとは期待できません。しかし、ありがたや、〔…〕」。

　陰謀事件の狂乱を風刺する作品二つを置いて次に眺めたいのは、上述の
『〔庶民院〕短描』（1679年）である。この詩はトーリー（国王・宮廷側）か
らの庶民院への攻撃であり、当時の中心的対立である国王大権と議会特権との
間の対立を例証する（POAS 2, p. 135）。最初の段（1〜27行）では、国王によ

る議会の弱体化（大権と特権の対立）を嘆き、カトリック勢力増大を危惧し、カトリック陰謀事件の真相究明を怯ませる状況を嘆く。次段（28〜42行）では、前段を受けて、大権の攻勢を受けて特権が大きく後退している、それと同時にカトリック側が我が物顔に振舞っている、と嘆く。陰謀事件の真相究明を阻む状況とは、虚言の増殖による更なる愚民化等を指す。

　少し前に、この詩の44行に関する注が長期議会とチャールズ1世との対立を議会とチャールズ2世の対立と対比する詩がこの頃多かったと述べていることを指摘してある。そのテーマを、最後の長い段（43〜102行）が扱っている――「〔悪魔がイーヴを誘惑するために化けた〕蛇の子孫が、再度外へ出て来ている。地獄の〔1640〜60年の〕長期議会が立ち上って、青二才に反逆の仕方を教えている[17]。この若造である「「新」長期議会」は年寄りの種馬〔である「旧」長期議会〕を父としており、その父親の多産な子孫の敏捷さは父親の図々しさの生き写しだ。こいつは親の歩みをより力強く辿り、国王陛下に食って掛かる。〔…〕古い方は王を相手に戦争をしただけだが、この新しい方の成り上がりは、大胆な大音声で、王と主教と貴族に公然と反抗して、王の職務と至高権を今すぐ引き受けるつもりである。〔王党派の〕ダンビーを最初に殺すべきだ――そう命じるのは、我等庶民院である。〔…〕彼等は国王大権に反対して、〔議会〕特権を申し立てる。〔…〕庶民院はこの国を看護する者であり、国民の健康のためだと言って、彼等の血〔と言う税金〕を自分達の財布へ放血させる。〔…〕君達の高慢のせいで、我等の大事が常に妨害されている――君達の生意気な特権と権力のせいで。〔…〕君達はこの国にとって呪いであって、幸福ではない。庶民院は烏合の衆の神であり、宮廷人を懲らす鞭であり、主教を打つ鉄の鞭であり、貴族と王を苛立たせるものである」。

　王政を擁護する作品を一つ置いて、『ホッジ』（1679年）を眺めたい。ホッジは「ロジャー」の愛称であり、イングランドの田舎者の典型的名称である。作者はこの人物を介して国王及び彼の大権、ヨーク公、堕落した長期議

会を猛攻撃している。やはり、カトリック陰謀事件への関りがある作品である（他にも、当時の風刺の他の主要テーマを扱っている）。その陰謀事件との関りは、副題「ホッジという田舎者がピラミッドを見に上京して、何が起ったか、とくとご覧あれ」に表れている。この「ピラミッド」はロンドン大火記念塔であり、イエズス会士が火を付けたとオーツが断言したことは、オールダムの風刺Ⅰへの本論考の注8で指摘済みである。又、ロンドンは、トーリーの宮廷と対立するホイッグの牙城だった（5n）。ホッジがこのピラミッドに上ると幻視の力が宿り、通常見えないものまで見えるようになる——「遠方の諸地域を、諸所の宮廷を、諸々の議会を、諸政策を、暴君達の計略が渦巻くのを彼は見て、識別して、解読して、洞察する——チャールズが公園でエサをやっているアヒルからヨーロッパの武装国家に至るまでを。先ず見るのは、ローマとフランスが組んで、人類を二重に隷属させようとしていることだ。前者は魂を、後者は体を支配したがっている。〔…〕お前達は混沌のように、よろめく地球を侵略する。宗教を裏切り、戦を職業とする」（20〜26行）。ホッジのヴィジョンは最初は広大である。本巻は「アヒルducks」という読みを「ヨーロッパの武装国家」との皮肉な対象を提供するという理由で採るが、「公爵達dukes」という読みの可能性を排除していない。「公爵達」の場合、国王が公爵にした庶子達を指すだろう、と言う（23n）。

　幻視の視線は、次に対象を絞って、英国の宮廷へ入り込む——「次に、計略を事とする淫らな王宮が新たに愚行を繰り広げているのが、目に飛び込んで来る。「見よ」、と彼は言う——「あれが我等の災いの源であり、そこから我等の悪徳と我等の破滅の種の数々が流れ出ている。〔…〕おお、チャールズよ、こうやって我等の島を汚すのをやめてくれ！　かねてより望まれている亡命生活へと戻ってくれ。〔その亡命の地で〕、〔…〕色々と罪を犯して、それらの国の運命を悪化させるが良い」」（34〜52行）。今引いた個所ではホッジが語っているが、その語りは次段から最後から二つ目の段まで続く（53〜85行、86〜105行、106〜11行、112〜31行）。本編のほとんどが詩人の語りの中に入っているホッジの語りである。

53〜85 行の段の概要を示すと、先ず、ヨーク公とイエズス会が代表する
カトリック勢力の不穏な動きに対する懸念を表明している。それと並行し
て、新教徒のこれまでの迫害・受難を示してから、ローマとフランスの勢力
拡大を危惧している。又、カトリック勢力伸長を許す英国のふがいなさを嘆
いている。86〜105 行では、ヨーク公批判を続けたり、女王キャサリンがイ
エズス会による国王暗殺の共謀者なので彼女の死を望むと言ったりする。
106〜11 行では、カトリック勢力やフランスが議会まで乗っ取ろうとしてい
る、ヨーク公の王座奪取が現実味を帯びて来ている、と心配する。112〜31
行の概要は、以下の通り——

議会へのフランスの影響力増が心配だ。大権を持つ国王が、臣民が隷従
するのを良いことに、傲慢になりつつある。議員達が買収に弱くて、自
らの生得権を大権の持ち主である国王に与えようと画策する始末だ。大
権に対する特権を主張していた議会が、再選された議員達によって裏切
られようとしている。田舎の民よ、そういう候補者の再選を阻もうでは
ないか。

「田舎の民よ…」は、ホッジが英国の伝統的価値観を体現する人物として
設定されていることの表れである。132〜50 行では、ロンドン市（既述のよ
うに、ホイッグの牙城）が迫る危機に対してあまりにも無頓着である、フラン
スに買収されている英国人は自己保存の法則を忘れている、等と嘆く。この
段の 147 行目に関する注が、『アブサロムとアキトフェル』の「そして、自
己防衛は自然が定めた最古の法である」（458 行）を参照するよう促している。
本巻「序論」の第 4 セクション「収録した詩について」は、本巻の一つの大
きな文学的価値は、『アブサロムとアキトフェル』の背景を提供することで
ある、ドライデンのこの詩をその母体の中に置くことにより、この作品の理
解が深まる、同時代の他の風刺との違いが明らかになる、等と述べている。
そして、本巻では『アブサロムとアキトフェル』と『イエズス会風刺』が 2

大作品であるが、これら以外の多くの作品もその場限りのものである次元を
超えている、中にはドライデンのための道を開いたと言えるものもあろう、
『ナボテのぶどう畑』や『歴史詩』（後述）その他の本巻収録作品をドライデ
ンは知っていたかも知れない、彼は他のどの詩人よりも遥かに巧みに書いた
が、政治上の事柄を詩作に利用したのは彼だけではなかった、と述べている
（POAS 2, p. xxxii）。この序論は『ホッジ』をドライデンに影響を与えた可能
性がある作品として挙げていないが、この詩も『アブサロムとアキトフェ
ル』に影響を与えたことは確かであろう。

　『ホッジ』の次が、本巻第2セクション最後の『歴史詩』（1680年）である。
この詩は、ホイッグ的見地から、チャールズ2世の1660～79年の統治を回
顧している（POAS 2, p. 154）。回顧の姿勢は、当然、批判的である。最初の段
は、回復した宮廷がさっそく堕落への道を歩み始めた、等と語る──「〔…〕
12年亡命〔したが〕、運命の仕業で、英国民が、彼に帰国して彼等の国を助
けるよう求めている。〔…〕〔1660年に〕30歳で統治を始めた。〔…〕帰国す
ると、〔カースルメイン伯ロジャー・〕パーマーの女房〔であるバーバラ・
ヴィリアーズ、後のクリーヴランド公爵夫人〕を妾にした。主教や首席司祭
を、貴族や女衒を、そして騎士を任命した。これらは、君主の商売に真に相
応しい品物である。彼が喜ぶところの女や酒やご馳走を、家臣達が一日中提
供する。〔…〕〔弟ヘンリーと妹メアリーは死んだが、〕大胆な〔ヨーク公〕
ジェームズは生き残り、どんな危険にも怯まない。〔…〕皇太后は、息子
〔のチャールズ2世〕がふしだら女に参っていると聞いて、豪華な船隊がチ
ャールズのために〔…〕リスボンのケイト〔キャサリン・オブ・ブラガン
ザ〕を連れ帰るために出発したと聞いて、賛美の歌を歌う。〔…〕彼女はフ
ランス宮廷から傲慢な話題を色々と持ち込んで、若者達を空虚な事柄で惑わ
す。〔…〕」（1～36行）。
　宮廷腐敗は一義的には国内の問題であるが、当然、英国の対外的行動にも
悪影響を及ぼす。次段（37～54行）は「今や宮廷が犯した諸々の罪があらゆ

る場所を汚し、疫病と戦の重圧が我等の島にのしかかった。高慢が愚を養
い、その愚はバタヴィア〔オランダ〕の共和国と争う喜びを養った」(37〜
40行) と語り始めて、ヨーク公率いる英国艦隊が優位だったのに、その失態
で、オランダ艦隊がまんまと逃走し得たことを当てこすっている (41-44n)。
対オランダ戦での不首尾は本詩集第1巻の画家詩群のテーマの一つである。

　その次の段では、王政復古より前の時点から回顧して、古き良き時代と現
今の英国の堕落の対比を狙っている。それに続けて、国王の破廉恥や議会の
不甲斐なさを嘆く——「55〜64行：この島は〔宗教改革により〕しっかり
改革されて、名声を得た——チューダー家の人々が王冠を被っていた間は。
だが、スチュアート家の連中が来てから、教皇制と恥辱へと堕落した。誤り
導かれた君主達は、賢いことも正しいことも滅多になくて、高慢心に、或い
は色欲に汚された。〔…〕／65〜73行：哀れな男根王〔であるチャールズ2
世〕が、〔…〕案山子みたいに立てられている。だが彼は、破廉恥遊戯の猿
真似において、〔第2代ローマ皇帝〕ティベリウスと彼の (ヤギのように) 好
色な宮廷を凌ぐ。性愛に歓喜する点で、彼に勝った者はいない〔…〕。
〔…〕／74〜81行：議会は無鉄砲な君主を抑えるべきなのに、手綱を緩め
て、領国を放棄する。議員達はふんだんに貢ぎ、悪事を働く見返りに年金を
受け取る。〔…〕」。「男根王」の男根は、古代ギリシア・ローマの男根で表さ
れる豊穣の神プリアーポスである (オールダムの風刺Ⅳにこの神への言及があ
る)。

　本巻解説によると、この詩はマーヴェル作と考えられて来たが、マーゴリ
アスがそれは間違いであると証明した。但し、この風刺の政治的偏向はマー
ヴェル的である (POAS 2, p. 154)。確かに、マーヴェル作ならもっと達者だっ
ただろうと思わせる点がある。例えば、82〜111行の段がそうである——
「司祭達が人類を最初に惑わせた。〔…〕ルシフェルでさえ、彼等よりも高慢
ではない。〔…〕強欲と贅沢に文句を付けるくせに、自らが咎める悪徳の全
てを実践する。富と名誉を平信徒から受けるくせに、〔冴えない味の〕キャ
ベツを馬鹿な羊〔である愚かな信者達〕のエサにする。〔宮廷付道化のよう

な立場だった王室の寝間小姓トマス・〕キリグルーが主人を相手に道化るように神をからかうが、そのやり方はキリグルーよりもずっと下手だ。ラテン語まがいの呪文と神々しい手錬を用いて、君主と農民の目を眩ます。〔…〕」。この段に限らないが、論法やイメージ・表現が平凡に過ぎる場合がある。ペルソナを使ったりして対抗言説の模倣を行っていないこともあって（対抗言説模倣が風刺的機知のより十全な働きを保証するものではないが）、この詩の場合は攻撃の仕方がストレートに過ぎる。しかし、更なる政治的危機が迫っているという危機感が、悠長にホラティウス的風刺を楽しんでいる場合ではないという姿勢を取らせているのかも知れない。

　112～27行の段でローダーデールのスコットランド統治の仕方等を非難して、次に、再び国王を標的にする（128～36行）。そして、歴史回顧の最後になる次の2段はヨーク公批判が主眼である。先ず、彼はダンビーを手先として全国民を支配しようとしている、ローマ教皇と手を結んで英国の艦隊や港や都市や町を支配しようとしている、彼の命令でアイルランドの悪党共がゴドフリーのような判事を殺し、町を燃やしたり王を殺したりする、と言う（137～54行）。次の段は彼とローマ教会との結び付きを強調する──「〔ローマを流れる〕テヴェレ川から〔ローマ教会の〕助言を積んだ船が毎月やって来て、新しい教えをヨーク公へ運んだ。ここ英国で、忌わしい実践や助言によって、敬神の詐欺師〔であるバチカン〕が、王のつもりである者〔即ちヨーク公〕を鼓吹した。〔…〕野心を持つ悪鬼共がここ英国で彼の魂を手に入れて、彼は帝国を欲する熱射病に罹った。ここから破滅と破壊が続いて起り、国民の全てが血に染まったことだろう──全能の摂理が近付いて、〔カトリック陰謀事件を露見させて、〕破竹の勢いの彼の悪意を止めなかったとしたら。〔…〕」（155～78行）。ここでも、政権批判の道具として陰謀事件を持ち出している。

　ヨーク公は、この詩が書かれた5年後に、国王ジェームズ2世になる。この詩はチャールズ2世の後継者になり得るこの人物に対して強まる危機感の産物の一つである。先ほど述べたように攻撃の仕方が単純なので、風刺詩と

しての価値は大きくはないだろう。但し、回顧する期間がある程度長いこともあり、当時の風刺によく見られる重要なテーマを幾つか扱っているので、資料的には重要であろう。

お わ り に

　本論考が使用した詩集が入っているシリーズ『国事詩集——オーガスタン期風刺詩 1660 〜 1714 年』の編者主幹が、1975 年にそのシリーズ収録作品の選集を出している[18]。その序論は王政復古から半世紀以上に及ぶ時期をカバーするシリーズの選集のものだけあって、この時期の英国風刺詩に関する俯瞰的知見を提供している。その幾つかを紹介して、筆者のコメントを加えたい。

　国事詩の隆盛は近代英国の形成過程を示すものであり（p. xviii）、1688 年の名誉革命から 18 世紀にかけて新時代の真の代弁者はポープではなくてダニエル・デフォーだった。後者が代表する新世代が、ポープやスウィフト等の伝統重視のトーリーと対立していた（p. xxii）。国事詩は、総体として、伝統を破壊するように作用した（p. xxiii）。ドライデンやスウィフトやポープが偉大であるために、1660 〜 1714 年に実際に起っていたことがはっきりと分らなくなっている（p. xxix）。ポープが初期の詩で讃えている「オーガスタン期〔アン女王時代〕の人々の平和」（The Peace of the Augustans）は、伝統的な社会規範或いはトーリー的価値観が勝利を収めたから成ったのではなくて、ホイッグの大立者達が産んだ政治手的安定があったからこそ可能だった（pp. xxix-xxx; cf. p. xxi）。

　ポープのような詩人は政治的・社会的な少数派であっても、その偉大さで多数派を圧倒できる、そのような多数派は存在しなかったも同然である——問題をこのように片付けるのが普通であろう。しかし、序論の上の指摘はポープが近代の言説形成の過程の中では傍流的立場であったことを改めて想起させて、彼の偉大さとされるものが何であるかをより深く考えさせるものだ

と思う。

　「傍流」という観点から、ミルトンへの言及を考察して見よう。チャール
ズ 2 世及び彼の宮廷の退廃は周知の事実であるが、国王の欠点に目をつぶろ
うとした者達でさえ、一部廷臣の残酷にして破滅的な悪ふざけを見過ごそう
とはしなかった (p. xix)。これらの廷臣はロチェスター伯爵を含むが、本選
集においては、風刺家であると同時に風刺の的として登場している。その彼
等を、ミルトンが『失楽園』で「街々に宵闇迫る／頃ともなれば、酒と傲慢
無礼な血気に酔い痴れて、町を／横行している連中〔…〕、要するにベリア
ルの末裔にすぎない」と描いている (id.)[19]。要は、王政復古期に政治的・
思想的に少数派であったミルトン（共和制に加担していた）が失意の裡に書い
た叙事詩に於て悪魔の子孫として表した連中、ポープやその仲間から見れば
正に愚人の群が、本選集ではヒーローなのだ。

　筆者が英国 17 〜 18 世紀の詩人の中で多少とも集中的に考察したのがミル
トンとポープであるために、これまでは何かを論じる際にこれらの詩人の立
場に立ったつもりになることが多かった。主観性が強すぎた感がある。しか
し、この選集とその母体であるシリーズを通して種々の詩人の作品に接する
と、必然的に、それらの詩人は勿論ミルトンやポープをも相対評価すること
になる。より客観視できるようになる。これは両詩人の実像をよりよく理解
し、又ある時代の文芸をより立体的に理解することに繋がるだろう。国事詩
に関して、筆者は本論考に加えてこのシリーズ第 1 巻の一部に関して考察済
みであるが、それではまだシリーズ全体のごく一部をカバーしているにすぎ
ない。今後もこのシリーズを材料にして、王政復古期からオーガスタン期に
かけての詩的言説の全体像把握に努めたい。

　　付記　『リーダーズ英和辞典』第 3 版（研究社）と『リーダーズ・プラス』（同）
　　　　等の辞書・事典の参照に関しては、全てを注記していない。

　1)　Elias F. Mengel, Jr. (ed.), *Poems on Affairs of State: Augustan Satirical Verse,
　　　1660-1714, VOLUME 2: 1678-1681* (Yale U.P., 1965).　本巻は、以下、"POAS 2"

と略記する。作品本文に関する本巻の注の所在は、例えば1行目についている
ものだと "1n" のように示す。

2)　喜志哲雄監修『イギリス王政復古演劇案内』第2章（松柏社、2009年）。

3)　Pat Rogers, *Grub Street: Studies in a Subculture* (Methuen, 1972).

4)　Harold F. Brooks and Raman Selden (eds.), *The Poems of John Oldham* (Oxford U.P., 1987). この版は、以下、「OET版」とか "OET ed." と略記する。

5)　Paul Hammond, *John Oldham and the Renewal of Classical Culture* (Cambridge U.P., 1983).

6)　しかしながらこのエピローグはこの後、本文で行ったオールダムに対する肯定的評価を確認するために、彼の偉大な後継者であるドライデンとポープへと目を転じて、彼等がオールダムに見たと思われるものを示している（Hammond, p. 210）。特にポープに関しては、『愚人列伝』の混沌のイメージにオールダムの影響を受けている部分がある、等と述べている（pp. 211-12）。オールダムがドライデンに与えた影響は一見して少ないが、オールダムの生と死がドライデンに深甚な影響を与えたかも知れない、又、ドライデンには最初に英雄的風刺を公刊した人物としてのオールダムに負っているところがある、と述べている（p. 214）。

7)　風刺の対象（人物や制度や観念等）のスタイル及びそうであると思われるものを真似して、そのスタイルの効果を存分に出すことで、その本質を読者に知らしめる―これが風刺の基本的技巧の一つだろう。そういう「対抗言説」の「演技・模倣」は、例えば国事詩集第1巻第1セクション「政治上の事柄」を見ると、野党による風刺の方が、政府寄りで反カトリック的であり王党派である風刺よりも巧みであり、数も多い。参考までに、同セクションのある詩の技法に関して「同じものを称賛文に、或いは激しい攻撃文として使う」と指摘する研究者がいる― J. D. Hunt, *Andrew Marvell: His life and writings* (Elek Books Limited, 1978), p. 156. 別の研究者は、風刺対象の手口を真似る手法は「反転の手法」であると述べている― N. Jose, *Ideas of the Restoration in English Literature, 1660-1671* (Harvard U.P., 1984), p. 22, pp. 26-27. 更に、哲学者トマス・ホッブズ（1588～1679年）が『リヴァイアサン』（1651年）において、「模倣することは、名誉を与えることであって、それは激しく是認することだからである。相手の敵を模倣することは、不名誉を与えることである」、と書いている―水田　洋＝訳『リヴァイアサン』、岩波文庫第1巻、156ページ。これらの言から、対象のスタイルを真似ることが風刺の常套的手段であることが分る。

8)　1666年のこの火事を起したのはイエズス会士である、と当時よく言われていた。次を参照― POAS 2, John Oldham, *Satire I*, 259n. 又、最初にオーツが、火を付けたのはイエズス会士であると断言した。次を参照― *Hodge* (POAS 2, 2n).

9)　OET 版の 59 行以下に関する注参照。イエズス会士の「商魂」を揶揄するのは、カトリックへの風刺の定番的モチーフ。この詩の他の個所にも見出せる—239〜48 行や 443〜58 行。風刺IVにはイエズス会の金儲け主義への揶揄が多い。

10)　「木隅」の英語は "a block"（8 行）なので、それと blockhead「阿呆、のろま、馬鹿」という表現を結び付けている。

11)　聖書の引用と概要は、欽定訳聖書（本巻の注釈が使用）及び邦訳『聖書　新共同訳』に適宜拠る。

12)　筆者は「衒学者が深刻そうに顎鬚を振り動かすと（as the pedants gravely wag their beard）」（130 行）を、「法学者が法に照らしてダメ出しすると」の意味に解釈する。

13)　彼女は対オランダの海戦で艦隊を率いている夫が死んだという誤情報を聞いたのを契機に、魔女になったかのように変容して、悪態をつき始める。この悪態を借りて、詩人は復古王政の諸悪徳を風刺する（201〜436 行）。より漫画的な怪物化は、本巻第 3 セクション収録の『フランクとナンの喧嘩』（1681 年）のナンの描写に見られる。

14)　浜林正夫『イギリス名誉革命史』上（未来社、1981 年）、108〜09 頁。

15)　このあだ名に関しては、本巻第 3 セクション最後のネル・グウィンへの頌徳文の 48 行目に関する注がこう書く—「パーキン王子」は、1680 年にネルがモンマスと毎晩会食していた時に冗談で彼に付けた名前（POAS 2, p. 244）。

16)　11n：モンマスはマーストリヒト攻囲（1673 年）で活躍し、後にウィンザーで、その模擬戦を行った（1674 年）。彼とヨークが攻める側だった。

17)　「青二才」は、解散されたばかりの、今一つの「長期議会」を指すだろう（45-46n）。

18)　George deF. Lord (ed.), *Anthology of Poems on Affairs of State: Augustan Satirical Verse, 1660-1714* (Yale U.P., 1975).

19)　第 2 巻 500〜02 行。引用は平井正穂氏による邦訳（岩波文庫）。序論が引いているのは直訳すると「傲慢と酒によって気分が飛んでいる」という部分だが、分りやすくするために、より多くの部分を引いた。ベリアルは聖書に出て来る悪鬼。『失楽園』では堕天使の一人。

Ⅲ　個を編む／読む──初期近代

第5章　政治的忠告の主体と女性性
──キャサリンとオフィーリアの場合──

米 谷 郁 子

は じ め に

　スティーヴン・グリーンブラットが『ルネッサンスの自己成型』を出版したのは1980年だが、同じ年にミシェル・フーコーは、カリフォルニア大学バークレー校で、「真理と主体」という講義を行っている[1]。古代ギリシャ、とくにエピクロス派とストア派の伝統、および初期キリスト教思想における、「自己の生の管理・統治」には、ある特別な種類の「技術（technique）」が生じていた、とフーコーは論じた。古典古代時代だけでなく、現代世界においても、人々がどのように統治されるのかを理解するためには、より大きな制度的枠組み内における、「抑圧」の技術と「主体化」の両方を考慮する必要がある。ここで言われている「技術（technique）」は、国家や都市、家庭における人々の統治だけでなく、ひとの生活における振る舞いや（他者の力を借りて行う）仕事・職業、自己の統治などにも及ぶ。

　「自己のテクノロジー」において「真理」は重要な役割を果たすが、「真理」と「主体」の間の関係性としてフーコーは「グノーメー（gnome）」に注目した。*gnome* とは、「市民が示したり、示すよう仕向けられたりする見解」のことで、主体のあるべき範型や規範といった意味合いが強い[2]。

　真理の力を表出させるプロセスにおいて重要な役割を果たすのは、助言を与える忠告者（counselor）である。忠告者は、説得の技術と言葉の力をもっ

て、主体の記憶や想起を助ける。そして、「記憶は、精神の中で恒常的に存在し働いている限りにおいて、真理の力そのものである」[3]。忠告は、与える側も機械的に与えるのではなく、受ける側も機械的受動的にそれに従って自らの責任を結果的に回避することを含意しない。忠告は、それを通じて主体が繰り返し錬成され、成型され、変革されることを意味するのである[4]。

　フーコーは、このテーマとのかかわりから「真理を言う」ことの公共性を問いつつ、「パレーシア」を論じた。「パレーシア」とは、率直に意見を述べること、公の場で真理を述べることを意味する古代ギリシャ以来の概念である。フーコーはこれを、「批判的精神をもって勇敢に語ること」として捉え、批判的自己形成としての主体化の実践として捉えた。『真理とディスクール』では、ギリシア悲劇からストア派にいたるまでを辿りつつ、真理の迫真性が、単に言明の内容によるものではなく、その言明が発せられる文脈や、「誰が・どのように」行うのかに依存し、その問題化にも歴史性があることを論じている。同時にフーコーは、真理を語ることが、規範との関係上の「対価を伴う」と考えていた。ここで言われる「対価」とは、他者の言葉や規範・制度によって定められた言葉を用いて自己を変貌させ、再創造し、批判的に自己を形成していく際に生じる困難のことである。そこで仮定されるのは、主体自身の解体や破壊の可能性も含み込む[5]。

　しかし、政治の場で、善と悪、よき忠告と悪しき追従との倫理的な区別を行うことは不可能であるとされる。「民主主義は、真理を語ることが可能となるような倫理的区別の余地を認識することはできない」と、『真理の勇気』において、フーコーは重要な指摘もしている。すなわち、「パレーシアがあらゆる人にとっての自由として存在する場合には、真理を語る勇気としてのパレーシアは存在しない。（中略）民主制の中にパレーシアを見つけることはできない」[6]。アイロニカルなことではあるが、皆が自由に語ることができて、言論の自由が完全に保障される場には、パレーシアは生じないというわけである。

　この「パレーシア」の問題に引きつけて、初期近代の演劇作品における権

力を考える議論には、既に積み上げがある。本稿では、この「権力の系譜学」にジェンダーの系譜学を接ぎ木してみたいと思う[7]。具体的に言えば、国家という権力構造や、君主および君主制権力のもとでの、個人としての女性の被傷性（vulnerability）と生存可能性（viability）に関する、演劇的な表象である。パレーシアの真理には、前述の通り、単に内容に基づくのではなく、勇気あるパフォーマンスを伴った率直な語りの行為が不可欠のものである。このパフォーマティヴィティをどのように構築するのか、という問題を介して、パレーシアは演劇的なものに結びついているのである[8]。たしかに初期近代演劇における政治的進言・忠告の問題は、多くの論考のテーマになってきたが、これとジェンダーの問題、生存可能性としてのパフォーマティヴィティティ議論と関係づけて注目する議論は、いまだあまり熟していない[9]。ここで演劇作品におけるパレーシアに焦点を当てつつジェンダーの系譜学を再考に付そうとする理由は、女性が政治の場や公の場でパレーシアを展開しようとする際に、男性の政治家が同様のことを行おうとするときよりも多くの弁明や理屈、根拠が可視化されることが必要であったからである。また、彼女の言説の効力を減じようとする権力側の策も同時に可視化され、その作用―反作用のありかたが、演劇作品の力学として働いている諸相について、考えるべき余地があるからである。

　初期近代文学において、女性はどのような場合に、どのようにして、パレーシアを行使するのか。またそれはどのように舞台上で表象されるのか。本稿では、シェイクスピアの『ヘンリー八世』（推定 1608 年、ブラックフライアーズ劇場において初演）におけるキャサリン・オヴ・アラゴン（以下、キャサリン）と、『ハムレット』（推定 1600 年初演）におけるオフィーリアをめぐるパレーシアの問題を論じたい。前者が史実上実在した女王の表象、後者がフィクションの中のキャラクターであるという点で、両者を並べて論じたり比較対照したりされてきた先行研究はほぼ見られない。しかしながら、キャサリンもオフィーリアも、それぞれ舞台上の死や狂気などの危機のただなかにあって、宮廷というあらゆる「私」が「公」になる宮廷の場において、個人と

して「政治的忠告」を発する点で共通している。フーコーに従って言うなら
ば、国家や君主の権力への抵抗点の形成を含意する、極めて政治的倫理的な
ものとしてのパレーシアを、被傷性を帯びた女性が果敢に体現する点におい
て、両者は似通っていると考えられる。

1　キャサリンの場合

　1513 年、国王ヘンリー八世 (1491-1547) は、イングランド軍を率いて、フ
ランス北部の都市テルアンヌ包囲の遠征に出立する折に、最初の妻であるキ
ャサリン・オヴ・アラゴン (1487-1536) を摂政に任命した。夫ヘンリーの留
守中、突然侵攻してきたスコットランド軍を、キャサリンはフロドゥンの戦
いで制圧したが、これを報告するキャサリンが夫ヘンリーに送った手紙は、
勝利を夫の威光と神の摂理によるものとする配慮と節度に満ちたものとなっ
ている[10]。

　このような王室の女性の政治参加について、とりわけスペイン王室生まれ
のキャサリンは、母親イザベラ・オヴ・カスティーリア (1451-1504) という
前例を見ていた。イザベラもまた摂政として活躍し、異母兄エンリケ四世崩
御の後には、夫フェルナンド二世と共に王位についた。娘のキャサリンは父
の代理として政略結婚のためにイングランドに送られ、ヘンリー七世との政
治的交渉事のすべてに参加し、1501 年にアーサー王太子と結婚したが、翌
年アーサーが早世した時には 17 歳だった。その後キャサリンは、クローディ
アスとガートルードの再婚についてハムレットが糾弾した「近親相姦の
罪」と同様の状況に陥る。最初の夫アーサーの弟ヘンリー王子（のちのヘン
リー八世）との再婚問題のせいで、キャサリンはしばらくの間、政治的に不
安定な地位に置かれる。そののち、1509 年、ヘンリー王子とキャサリンは
結婚式を挙げ、この婚姻関係は、1529 年、『ヘンリー八世』で舞台化される
ことになったブラックフライアーズでの「離婚裁判」まで続くことになる。
裁判においても、キャサリンは、国王の妻としてのイングランド女王 (the

queen consort) であろうとする、そのアイデンティティを主張する言動にお
いて、ヘンリーの意向に敢然と逆らうだけの誇り高さと強さを示した。雄弁
でレトリックに長け、国民からの人気も高かったという。これによっていっ
そう、女王の政治的地位に関する注目と議論は 1530 年代からテューダー朝
に至るまで続くこととなった。

　キャサリンの友人だったエラスムスは、結婚と子育てに関するエッセイ
(*The Institution of Marriage* 1526 年) をキャサリンに捧げ、キャサリンの能力と
リーダーシップに称賛を寄せている。他方でエラスムスは、キャサリンが
「女性の中では例外的な存在」であり、「その身体と性を除けば男性的でない
部分はないと言えるほどだった」とも書いている[11]。エラスムスは、キャサ
リンを「男性的」であるがゆえに称賛していたということになる。

　アリーナ・ウォードは、『女性達とテューダー朝の悲劇』の中で、トマ
ス・エリオットの『統治者の書』*The Boke named the Governour* (1531 年)
や、サックヴィルとノートンの手になる『ゴーボダック』(1561-62 年) など
の、忠告者による進言シーンが含まれる文学から論じ起こしつつ、テューダ
ー朝演劇の中で、政治的進言を行う主体が男性から女性に徐々に移り変わっ
ていったと論じ、その文化的移行のありかたに注目している[12]。ウォードが
分析する対象は、16 世紀半ばのイングランドにおける、ギリシャ悲劇を翻
案したセネカ風悲劇作品に限定されていることからも、政治的進言を行う主
体に見られるジェンダーの移り変わりが、果たしてウォードの考えるほどに
決定的なものなのかについては留保が必要である。そうではあるにせよ、テ
ューダー朝文学の中で、「よき家庭」と「よき政治」の同位性を、とりわけ
暴君が登場する悲劇における女性登場人物の忠告シーンに読み解き、政治的
主体性を保ったまま忠告を行うことのできる女性登場人物の描写が増えたと
論じている点については説得力がある。それは、エリザベス一世という女性
君主 (the queen regnant) の存在や宗教改革など、あらゆる変革が発したこと
に起因すると考えられるだろう。

　ただ、コンスタンス・ジョーダンが論じた通り、この「女性君主を戴いた

からこそ」という論拠にも留保はつく。というのも、エリザベス一世が戴冠する1553年以前にも、政治に積極的に参加する女性をヒューマニズム思想の点から肯定的に評価し、女性が政治的領域の内側から発言することを支持する議論はあったからだ。ジョーダンによれば、ヒューマニズム思想において、女性を娘であったり妻であったり母であったりというポジションから解放された「市民」として捉えるという考え方は、以前からあった。その背景には、女性が常にさまざまな度合いや方法でもって政治的実力をつけており、とりわけ14〜15世紀の頃から、女性の"sovereign"の数が増えたこともあるとしている[13]。女性が引き受ける実務のためにどのように訓育されるべきで、どのような場合に男性の意見に従うべきかという問題は、のちに17世紀の内乱の前にイングランドの共和主義思想を形成した「混合君主政（女王、忠告者である顧問、議会が、国王と共に統治の義務を負う形の政治体制）の思想とともに、国全体が背負うべき重要な問いとなっていた」のである[14]。

　ただ、ヘンリー八世治下では、とりわけエリオットの『統治者の書』とエラスムスの『キリスト者君主の教育』*The Education of a Christian Prince*（1516年）での主張によれば、国王に対する忠告は依然として、生まれの高貴な男性によって行使されるべき義務（*consilarii nati*）だと考えられていた。そもそも、初期近代イギリスで書かれたconduct bookには、決まり文句のように、貞節、従順さ、沈黙の美徳を説いたものが多いが、これは同時代の文学作品や人文学的な教育を受けた教養ある身分の高い女性達の実像からは大きな隔たりがある。政治的な議論や論争に女性も参加することができると、大抵の書き手は記していた。例えばトマス・ベントレーの *Monument of Matrones*（1582年）は、テューダー朝の女王達を、公的政治空間での発言者の鑑として称揚している。もっとも、ベントレーは、エリザベス一世の宮廷に上るためのパトロネスを求めて書いたふしがあるので、そうした書き手と宮廷との関係を個別に見て論じる必要はあるのだが。

　それでは、シェイクスピアとフレッチャーの共作『ヘンリー八世』では、キャサリンの政治参加能力はどのように表象されているだろうか。他の歴史

劇における女王とキャサリンの大きな違いは、キャサリンが初登場シーンか
ら公の場で政治を論じるパフォーマティヴな力を示し、「国王の忠告者」と
しての役割を果たし、ヘンリー八世の宮廷で政治参加する人物として表象さ
れている点にある。それは、「フランスにおける戦争の軍資」のために「課
税の布告」を行ったのが「国民の不満のもと」であると言い、「一刻も早く
ご考慮なさいませ」と、ヘンリーに対して忠告を行うシーン（1.2.59-60）に
見受けられる[15]。ただ、この忠告を「跪いて」「嘆願」の形で提起するだけ
ならば、先述した彼女の手紙の文面が伝える彼女の実像と同じである
（1.2.9-17）。ヘンリー八世が対仏戦争のための軍資金を課税の形で国民から
募ったことは、材源であるホリンシェッドの記述にもあるが、キャサリンの
この「嘆願」が、「国王の妻」として従順に身を低くした者による請願の形
をとったまま、同時にその従順さからパフォーマティヴな意味でずれていく
ことで「国王にむけられた政治的忠告」を形成することを、以下の引用から
見てみよう。

　　　キャサリン：私のもとに請願がございました（略）
　　　　　　　　　その者たちによれば、陛下の民は
　　　　　　　　　塗炭の苦しみをなめているとか。先ごろ税の布告が
　　　　　　　　　出され、彼らの堅固だった忠誠心もことごとく
　　　　　　　　　傷つき損なわれております。もっとも、これについては、
　　　　　　　　　厳しい非難が我が枢機卿に向けられています（略）
　　　　　　　　　陛下ですら彼らの無礼な言葉を
　　　　　　　　　免れてはおりません。（1.2.18-27）

　ここでキャサリンはヘンリー王以上に民衆のなまの声を知っており、跪く
姿勢をとると同時に国王と対等に渡り合う言葉を持っていることが示され
る。さらに、枢機卿ウルジーが政治の場でヘンリー八世に対して影響力を行
使しうる立場上のライバルであって、キャサリン自身も、枢機卿と公の場で
政治的敵対者として対峙しうるポジションと発言能力を有することが明らか

にされる。さらに、次のキャサリンの台詞が、これを「政治的忠告」たらしめている。

> キャサリン：陛下のご堪忍にさわる危険をおかすことに
> 　　　　　　なりますが、許すとのお言葉を頼りに思い切って
> 　　　　　　申し上げます。国民の不満のもとは
> 　　　　　　課税の布告でございます。誰からも漏れなく財産の
> 　　　　　　六分の一を強制的に、しかも即刻徴収するとのこと。
> 　　　　　　名目はフランスにおける戦争の軍資です。
> 　　　　　　（略）どうか陛下、
> 　　　　　　一刻も早くご考慮くださいませ。これ以上
> 　　　　　　憂うべき不正はございません。(1. 2. 54-67)

最後の「憂うべき不正」は、フォリオ版では "no primer baseness" となっているが、18 世紀にはこれを "business" とした編者もいる。その場合、「これ以上優先すべき大事はございません」となり、キャサリンの公的な「忠告」の度合いも強くなると思われる[16]。いずれの校訂版によっても、このキャサリンの台詞の効果は、「パレーシア」の契機を表していることにあるだろう。国王の「ご堪忍にさわる危険をおかす (I am much too ventuous)」というキャサリンの台詞は、君主の不興をかうことも恐れずに率直に忠告を行う者が使う典型的な表現である。ここで言う "ventuous" とは、"daring" という意味であるから、キャサリンは、「危険をおかしている」ことを自覚しながらも、国王に対して勇敢に語るという姿勢を示していると捉えることができる。キャサリンのパレーシアをもって、彼女を「忠告者」たらしめているこのシーン以降、観客はキャサリンを、公的政治的発言力のある女性というイメージの影響下に観続けることになる。

　皮肉にも、キャサリンの名前を史実上に残したヘンリー八世の離婚裁判の描写は、二幕二場における枢機卿ウルジーの策略と、それに対するヘンリーの以下の応答から始まる。離婚裁判の開廷とキャサリンの法廷召喚の折に、

王妃側を弁護する学者達についてウルジーらから問われた王の台詞を見てみよう：

　　王：学者達の議論の場となると、一番いいのは
　　　　ブラックフライアーズだと思うのだが。
　　　　この重要事項はあそこで討議してもらおう。
　　　　私のウルジー、準備を頼む。ああ、ウルジー、
　　　　辛くてならない。男ざかりの身で、
　　　　あんな愛しい閨の友と
　　　　別れねばならないのか？ だが良心が、良心は──
　　　　ああ、柔らかで感じやすい、だが妃とは別れねば。(2. 2. 136-141)

　同時代の観客にとって、ブラックフライアーズは、ドミニコ会（黒僧）修道院であり、かつ歩廊を通じて宮殿に繋がる大広間を備え、キャサリンの離婚裁判の行われた歴史的な場所であるだけでなく、国王座が芝居を上演したプライベート（室内）劇場の機能も果たした。つまり、宗教的な場は宮廷の公的な場でもあり、裁判の場でもあり、また劇場でもあるという、複数の意味合いが生起して、それぞれの意味が別の意味へとたやすく横滑りするような、多義性を帯びた場所でもあったのだ。しかもキャサリンは、ここまで公の場で政治を語る人間として表象されてきたゆえに、夫のヘンリーが「あんな愛しい閨の友（So sweet a bedfellow）」とセクシュアライズして捉えた瞬間に、キャサリンのセクシュアリティすらも「公の場」の問題系に入ってくること、および同時にヘンリーが、キャサリンの存在によって、「良心」という真の争点を想起させられ、ここで観客に向かって「告解」する形をとることは注目に値する。このヘンリーの台詞は、キャサリンを私的空間に閉じ込める力を持つものではない。先に述べたように、公の場で政治を語る政治家として、すべてを政治の議論の俎上に上げる効力を持つキャサリンの言説の後では、私的空間に属すると思われるようなセクシュアリティや個人の感情も含めて一切が、政治的な意味合いを帯びてくるのである。『ヘンリー八世』

のキャサリンは、従来は『冬物語』におけるハーマイオニと比較されること
が多かった[17]が、歴史的実在性ゆえの、この「政治性」「公性」の強さにお
いて、ハーマイオニとキャサリンはずいぶん異なる。ここに注目しながら、
離婚裁判表象の注目すべき点に議論を進めていこうと思う。

　キャサリンの離婚裁判も、シェイクスピアがホリンシェッドの記述を材源
にして書いたと考えられている。キャサリンが、自らの外国人としての出
自、結婚後の王妃としての地位、ヘンリーの後継者を産む能力について、美
徳を賭け、雄弁に抗弁したことも、材源通りである。しかし、舞台上の表象
においては、裁判にかけられているのは実際には誰で、どういった理由によ
るものかという部分がややあいまいにされている。それは、先に引用したヘ
ンリーの台詞 "But, conscience, conscience" が観客に伝える通り、裁判での
議論の本来の争点は、ヘンリー王のキャサリンとの結婚以来の良心の呵責
を、ヘンリー自身が認めている部分にあると考えられるからだ。しかし、こ
の絢爛豪華なパジェントリーとしてステージングされた法廷の場に実際に引
き出されているのはキャサリンであって、このステージングは、ブラックフ
ライアーズという多義性を帯びた「舞台」にふさわしく、キャサリンに対し
て重層的に行使される君主制権力を顕示するべく、宗教的権威の過剰な儀礼
性や演劇性を強調するために意匠されたものであると理解できる。

　その中で、キャサリンはどこに弁明の強調点を置いているか、考えてみた
い。注目すべきは、「公平な裁き手はこの場に／一人もおらず、偏りのない
友愛（equal friendship）をもって／審問が進む保証もない」と、キャサリンが
まず申し立てることの意味である。また、ここから 10 行ほど下ったところ
の以下の台詞も、材源には見当たらない、シェイクスピアのオリジナルの台
詞が見える：

　　キャサリン：私の友人であっても、
　　　　　　　　陛下のお怒りを掻き立てたなら、私がその人に
　　　　　　　　好意を抱き続けたでしょうか？　いえ、二度と

近寄るなと言い渡したではありませんか？　(2. 4. 29-31)

　この後、「陛下、思い出してください、私はこの二十年間、／陛下の従順な
妻でした」と続き、また、たった一度でも自分が王の意志にそむいたなら
「私を追い出し、軽蔑の限りをこめて扉を閉め、／冷酷無比な裁判官の手にお
引き渡しください」と主張しつつ、先述の通り、それ自体はクリシェとも言
えるような「従順さ」を強調する、女性性の美徳の主張へと立ち返ってい
く。そして、「友人たち」の「助言がほしい」と繰り返し求める。これは三
幕一場になっても続く （"counsel for my cause", "give me counsel" 3. 1. 79, 93）。こ
の水平的な関係としての「友人」への言及と、「偏りのなさ」「公平性」をこ
とさらに求める言説は、「友人」からの「助言」に言及する言説とともに、
君主の前で率直に真実を求め語る「パレーシア」に結びつく言葉として、観
客に印象付ける。そして、ヘンリーを真ん中に挟んで敵対するウルジーを
「真実を友とする者」ではなく （not ／ At all a friend to truth, 2. 4. 81-82）「ここ
（イングランド）にはびこる追従 （flatteries that grow upon it, 3. 1. 144）」の一端を
担う者と断言することで、キャサリンは、自己の政敵を、「パレーシア」の
対極にいる、追従する政治家として位置付ける。

　キャサリンは、ウルジーと同じ土俵に乗ることをまっこうから拒否するべ
く、「涙のしずくをすべて火花に変えて」、「私は立ち止まりません」と言い
ながら、自らの意志で突然退廷する。この退廷は史実にはないシーンで、間
に誰も介さない形でヘンリーに直接不服を申し立てる彼女の言動とともに、
シェイクスピアの創作であることからも、これにより何が劇的効果としてね
らわれているかは、明らかであろう。それは、キャサリンが退廷した直後
に、シェイクスピアがヘンリーに用意した台詞からも明らかである。ヘンリ
ーは、ここで初めて、法廷という公の場には場違いなほどにカジュアルな呼
び方で、キャサリンのことを「ケイト」と呼ぶのだ。アーデン版の注にもあ
る通り、シェイクスピア作品における「ケイト」は特別な意味を持つ。この
シェイクスピア後期の作品を観るまでに、観客は、『じゃじゃ馬ならし』の

ケイト、『恋の骨折り損』のケイト（王女キャサリン）、『ヘンリー四世』のケイト（ホットスパーの妻で、史実上はエリザベスという名前だった）、それに『ヘンリー五世』のケイト（フランス国王の娘キャサリン）を観てきている。「ケイト」とは常に、「キャサリン」の示す主体の力を、男性権力側が私物化し、プライベートな領域に閉じ込めたい時に使われる呼び名である。

　これに対して、キャサリンは常に、conduct book から抜き書きしたかのように女性にふさわしいとされる振る舞いをしながらパレーシアを行使することで、公人としてのポジションをパフォーマティヴに維持しようとする。このことは、次の三幕一場で明らかになる。キャサリンを訪ねてきた二人の枢機卿に対して、迎える部屋のつくりは三層に分かれており、まずは "presence-chamber" という、王族の女性が客人と公的な面会を行う拝謁部屋（17行目）、次に女官達と生活をしたり家での執務を行ったりするメインの部屋、それに "private chamber" という、親しい人と食事などを共にする私的空間（28行目）がある。ここで、私的な部屋に立ち入ろうとする枢機卿達を止めるキャサリンの台詞は、ホリンシェッドからとられた部分で、「政敵が私室に立ち入って来ようとするのを阻止するため」と注に書かれている。けれども、「ご覧のとおり今の私は主婦のようなものです」（24行目）と自嘲的に「私人」性に言及するキャサリンの、それでも最後まで公人の政治家として応対しようとする意図を表しているとも解釈できる。四幕二場の臨終シーンでキャサリンが見る「平和の精霊たち」の幻影の示す過剰な儀礼性も、神聖ローマ帝国の使節カピューシアスの訪問も、キャサリンが最期まで公人としての政治家兼女王であるという意味付けから排除される存在ではないことを示す劇的効果をねらったものであると、捉え得るであろう。

　ただし、アーデン版の編者ゴードン・マクマランが指摘するように、キャサリンの存在や政治言説の効力は、終始、ライバルであるウルジー枢機卿の劇的な権謀術数との対比によって弁証法的にコントロールされるし、また彼女の王妃としての存在感も、まもなくアン・ブリンの若々しい存在によって上塗りされていく。臨終にあってすらも、ウルジーをなじるキャサリンの言

葉が侍従グリフィスによってすかさず修正を加えられることからも、キャサリンの言説がこの芝居の力学を支配し得ないことは明らかであろう。では誰の弁論が最終的な説得力を持つのかと問うとき、国王として超越的なポジションに立っているはずのヘンリー八世すら、その影響力は他の廷臣達の存在感に必ずしも圧倒的に勝っているわけでもないことに気づかされる。『ヘンリー八世』という作品の持つアイロニカルな曖昧さは、絶対的と見なされるはずの君主権すら、社会的規範や他者との関係においてのみ形成されることを示唆している。このアイロニーは、君主権すらも、主体と他者、主体と規範との関係をまぬかれない所以なのである。

　ここまで、国王ヘンリーに対するキャサリンの忠告者としての役割と主体性を検討してきた。キャサリンは、ヘンリー八世という絶対権力者のいる宮廷社会や規範の持つ暴力性を批判的に検討し得ている。権力者（である夫）に対して、女性に求められる規範にさからうことなくそれをそのまま政治的忠告者のポジショニングへとずらしていき、規範と主体の関係性を作り直し得るという意味で、極めてパフォーマティヴなパワーを持つ。しかしながら、その彼女のパワーは最終的に、決定的な効力を持つことはない。また、ヘンリー八世は、彼女のパレーシアがその言説としての効力を持つほどの暴君として表象されてもいない。ヘンリー八世の絶対権力の性質は、むしろ後景に配されたままであるとも言える。歴史上、キャサリンが離縁された女王であったことを、シェイクスピアの同時代の観客もあらかじめよく知った上でこの作品を観ていたことからも、彼女の忠告者としての活躍については、あらかじめ限定付けられたものとして表象される。しかしながら、シェイクスピアは、キャサリンのパートを執筆する際に、史実から外れてはいけないという限定の中においてさえも、あるいはその限定の中でこそ、彼女の政治批評力、政治家としての力量をドラマとして強調したと考えられる。それによって、ホリンシェッドよりもより豊かに表象された彼女の揺れ動く情動の深さすらも、忠告者としての特質、政治的な公共性を加味されたものとして見えてくる。そしてそれこそが、歴史書からは零れ落ち、劇場で想起される

べく拾い上げられたパフォーマティヴィティと言えるものであり、シェイク
スピアの初期の頃の歴史劇に登場する女性登場人物にはない、キャサリンの
特質として捉え得るものなのである。キャサリンが生きた時代の約百年後の
観客は、歴史的結末を認識している立場から、歴史上の結末はどうあれ、誰
が「本物の」忠告者なのかを知る者として、この作品を観ていたであろう。

　スーザン・フライは、「女王達の亡霊」という論考の中で、歴史上の人物
であると同時にフィクショナルな世界で甦った女王をシェイクスピアが描く
時、彼女達の「亡霊」を、時代に先んじた、あるいは登場するのが早すぎた
女性君主 (female sovereignty) という、ある種の類型として描いたと論じてい
る。また同時に、「亡霊」として「歴史の時」や「記憶」自体を表象する女性像
を、公的であるとともに私的でもある身体の、どこか薄気味悪さ (the uncanny)
を伴った人物として提示していると論じる[18]。フライは、ここで言う「亡
霊」を、そこに存在するとともに不在でもある存在として呼び起こされるも
の、と定義し、その不確かで時ならぬ時を身に帯びたあり方に注意を向ける
と論じ起こしてから、『マルクスの亡霊たち』の中で有名な冒頭、すなわち
デリダがシェイクスピアの『ハムレット』を論じた箇所を引用する。

　　正しくあること。生き生きとした現在一般を超えて――そしてその単な
　　るネガティヴな裏面を超えて。亡霊的な契機。もはや時間には所属しな
　　い契機。かりにこの時間という名詞をもって、様態化した数々の現在
　　（過去における現在、現在の現在すなわち「今」、将来における現在）の連鎖を
　　了解しているのならば、そういうことになるだろう。この瞬間にわれわ
　　れは問いかけ、時間に対して、少なくともわれわれが時間と呼んでいる
　　ものに対して従順ではないあの瞬間なるものについて問いを立ててい
　　る。亡霊の出現は、束の間のものかつ時ならぬものであり、われわれの
　　時間には帰属せず、時間を――少なくともわれわれの言うこの時間を
　　――与えることはない。«Enter the Ghost, exit the Ghost, re-enter the
　　Ghost»（「亡霊登場、亡霊退場、亡霊ふたたび登場」）（『ハムレット』）[19]。

　デリダも、そしてそれを引用して「亡霊としての女王」を論じるフライ
も、『ハムレット』の亡霊を導きの糸として、その存在のあり方を引用して
いるが、ここで「パレーシア」の文脈でキャサリンとともに焦点を当てたい
のは、「われわれが時間と呼んでいるものに対して従順ではないあの瞬間な
るものについて問いを立てる」「束の間のものかつ時ならぬもの」という指
摘である。こうした「時間に従順ではない」、通常の時の流れを妨げる形の
「瞬間なるもの」は、「記憶」と「想起」に働きかけるパレーシア、および
「記憶」と「想起」に働きかける歴史（劇）上の女性性と、深い関係性を結
んでいるのではないだろうか。それを考慮するために、ここで、歴史や時に
逆らう女性として、パレーシアをパフォーマティヴに体現する存在である、
もう一人の亡霊的存在、すなわちオフィーリアを考えたい。オフィーリア
は、あたかも亡霊が繰り返した台詞を引き継ぐかのように、見せ場のシーン
で「私を忘れないで」と言う。忘れないで欲しい範型を花言葉＝格言のよう
に繰り出すオフィーリアもまた、亡霊的な忠告者と言える。今まで検討して
きたキャサリンが、その出自にふさわしくカトリック・キリスト教的な意味
でのパレーシアを体現しているとするならば、これから論じるオフィーリア
は gnomic な、人々の想起を希うパレーシアのあり方を上演していると考え
られる。その様子を分析していく。

2　オフィーリアの場合

　『ハムレット』は「父親から息子達に向けて発せられた忠告や進言」に事
欠かない。ジェイソン・パウェルに従って言えば、印象付けられるのは、む
しろ復讐への衝動ではなく「進言」として抜き書きされるような
「commonplace（陳腐で新味のないことわざのような決まり文句）」である。この
作品には、父権制社会らしく、父親的な人物達（亡霊、ポローニアス、クロー
ディアス）による「息子」への忠告が響く。その典型的な人物は、ポローニ
アスであろう[20]。ポローニアスは、息子のレアティーズに対して、新国王ク

ローディアスの側近らしく、狡猾なマキャヴェリアンとしての忠告を弄する人物である。

> ポローニアス：ところで、二、三、いい聞かせたいことがある、（略）
> 　　　　　　　胸に刻みつけておけ。まず思ったことを口に出すな。
> 　　　　　　　（略）
> 　　　　　　　人に親しむはよし、だがなれなれしくするな。（略）
> 　　　　　　　金は借りてもいかんが貸してもいかん。(1. 3. 57-74)[21]

　ここで「胸に刻みつけておけ」として記憶と想起を求める規範的な忠告の言葉は、極めて実利的なアドバイスの数々ではあるが、しかし実に陳腐ですぐに忘れそうな commonplace の連続である。スティーヴン・オーゲルに従えば、ここでポローニアスの列挙する注意事項が、戯曲を読んだ読者にも教訓として記憶されていたらしいことは、読者の手によって初期の八つ折本の欄外に残されたフックのような印から推測される[22]。

　一方でハムレットに対するホレーシオは、巧言令色なき素朴で誠実な意見を発する友人として、常に「善き忠告」を与える人物である[23]。図式的に言うならば、父から子に与える権威主義的で抑圧的なポローニアスの忠告が縦（vertical）のラインを見せるのに対して、友人として平等なポジションから友人に与える水平的なホレーシオの忠告は、横（horizontal）のラインを見せる。水平的な関係性における友人による率直な忠告が肯定的に提示されるのは、先に見たキャサリンの場合と同じく、パレーシア表象の常套である。

　ポローニアスから監視され、忠告を与えられる人物は、レアティーズやハムレットといった「息子達」だけではない。オフィーリアもまた、家父長的詮索の視線によって常に捉えられ、作品の早い段階で、まずは兄のレアティーズから、ついで父親のポローニアスから、ハムレット王子との交際をやめるようにと執拗に注意を受ける。

　　　レアティーズ：いいな、オフィーリア、気をつけるのだ、妹、

　　　　　　　　　　つねに愛情のしんがりに身をおいて、

　　　　　　　　　　欲情の矢面に立つ危険を避けるがいい。

　　　　　　　　　　つつしみ深い乙女にとっては、美しい肌を

　　　　　　　　　　月に見せることさえ恥ずかしい行為だ。

　　　　　　　　　　貞女の鑑といえども世間の中傷はまぬがれぬ。

　　　　　　　　　　　　　　　　　　　　　　　　　　　(1. 3. 32-57)

　　　ポローニアス：教えてやろう、自分はまだほんの

　　　　　　　　　　赤ん坊だと考えるのだ。(略)

　　　　　　　　　　やさしいおことばで赤ん坊のように喜んでおると、

　　　　　　　　　　やましい思いで赤ん坊を生まされることになるぞ。(略)

　　　　　　　　　　嫁入り前の身を大事にするがいい。

　　　　　　　　　　いいか、ざっくばらんに言えば、これからは

　　　　　　　　　　たとえほんのわずかなあいだでも、みだりに

　　　　　　　　　　ハムレット様と話をかわしてはならぬ。

　　　　　　　　　　父の言いつけだ、わかったな。(1. 3. 103-134)

　これがことわざ的な決まり文句であり、このことわざが忠告や進言とセットであることを、ポローニアスは、繰り返しを特徴とする台詞によって示唆する存在である。一見すると、オフィーリアはそうした忠告を一方的に受け続ける客体のようにも見える。

　他方、マーグレタ・デ・グラツィアが論じたように、狂乱の場でオフィーリアが花々を手に登場する時、これらの花々は、処女性や散らされた若さを象徴する単なる小道具にとどまるものではない。これらもまた、別の形で「記憶されるべき語句」「ことわざ」「寸言」を形成するのである。「花束(gatherings of flowers)」を指す *Florilegia* とは、このような寸言やことわざを集めたアンソロジーで、デ・グラツィアによると、この時代さかんに出版されていた[24]。狂気の言葉を発するオフィーリアを見たレアティーズの台詞から引用する。

　　レアティーズ：このたあいないことばは意味以上の意味をもつ。
　　オフィーリア：これがマンネンロウ、思いでの花。ね、お願い、私を忘
　　　　　　　　　れないで。それから三色スミレ、もの思いの花。
　　レアティーズ：狂気の中にも教訓があるのか、ものを思って忘れるなと
　　　　　　　　　いうのだな。
　　オフィーリア：あなたには、ふた心のウイキョウと、不義のオダマキ。
　　　　　　　　　あなたには悲しみ悔いるヘンルーダ。私にも少しとって
　　　　　　　　　おかなければ。これは安息日の恵み草とも言うのよ、だ
　　　　　　　　　からあなたとは別の意味ね。それから不実なヒナギク
　　　　　　　　　も。ほんとは忠実なスミレをあげたいのだけど、みんな
　　　　　　　　　しおれてしまった、お父様が亡くなった日に。

(4. 5. 168-78)

　アーデン版でここに付けられた注には、「レアティーズを除き、この花々
が誰に渡されたかは、『ハムレット』の異なる三つのテクストのどこにも明
示されていないが、それぞれの花の象徴するものに照らせば推測はつく」と
なっている。異なる角度からオフィーリアの名場面を再考するならば、この
台詞は、寸言・金言・ことわざ集としてデ・グラツィアの指摘した
Florilegia の伝統を可視化するものである。忘れやすさに対して記憶してお
くこと、軽率に対してもの思うこと。ふた心や不義、不実をいさめる真理の
言葉を花としてひとつひとつ名指していくオフィーリアの台詞は、狂気の言
葉という属性を保持したままで、同時に率直に真理を語り、進言・忠告の機
能を果たし得ている。父ポローニアスの、意味は通じるが単に「陳腐な決ま
り文句」に対して、オフィーリアの言葉は、意味不明であるということによ
って、一幕三場のポローニアスの忠告と明確に対をなし、父権制的
commonplace のありかたを不気味に脱臼させていく狂気のパレーシアとし
て、返歌をうたっていると考えることができる。狂気を演じ、偽りの狂気の
言葉を並べたハムレットに対して、本当の狂気の世界に入ったオフィーリア
は、それによっておそれを知らぬ真実の言葉で忠告を発することになる。そ

れは、「たあいないことばに意味以上の意味」を見出し、「狂気の中にも教訓がある」と断言するレアティーズの合いの手からも証明される。「たあいないことば」であり「狂気」であることによって、逆説的にオフィーリアの花言葉は真理と忠告としての意味を持つようになるのだ。さらに、ポローニアスの「ことわざ」が家族だけの私的空間で発せられていたのに対して、このオフィーリアの *Florilegia* は、宮廷の場に姿を現して発せられた言葉である。不義や不実に満ちた政治の世界に投げかけられることで、彼女の真実の言葉は、真実の狂気を介して公共性を獲得していくのである。

お わ り に

　初期近代演劇において、女性は自らの生存やアイデンティティが揺るがされるような危機のときに、「男性と同じく」パレーシアを行使できる主体として表象されている。それは多くの場合に、強大で抵抗し難い男性権力による抑圧に抗しなければいけない時に行使されるが、女性のパレーシアの場合はあくまでも、conduct book などの規範やキリスト教が定める美徳に表向き従順な態度の中に埋もれている。逆説的にもそこにこそパフォーマティヴィティの契機が読み取れる。しかも、本論で観てきた二人の女性登場人物の場合に代表されるように、女性の生存可能性は、パレーシアの場面を境に無化されることが多い。結局パレーシアは、それを通じて女性主体が成型され変革されることなく、むしろ主体が解体され破壊される場合の方が多い。例えば『リチャード二世』におけるゴーントや、『リア王』のケント伯のように、忠告者である男性登場人物も、その主体は無効化されることが多いが、とりわけ女性主体のパレーシアは、その主体が無化された後に、つまり事後的に、時間を遡って反芻され想起されながら確認されるものであるのかもしれない。あとになって、言われてみればあの女性登場人物の発話はパレーシアだったのではないかと、反芻しながら知ることができるのは、ただ観客だけである。反復される上演や、時代ごとの観客の受容によって生き延びてき

たのが、この、女性のパレーシアであって、その生き延びの中に、パフォーマティヴなパレーシアの意義が発見されると、言うことができるのではないだろうか。

1)　この講義録は、Michel Foucault, "About the Beginning of the Hermeneutics of the Self." *Political Theory* 25.2 (1993): pp. 198-227 所収。これ以降、フーコーの晩年に至るまで、発展していった。本稿では、英訳を主に参照した。*The Courage of the Truth (The Government of Self and Others II): Lectures at the College de France, 1983-84*. Trans. Graham Burchell. New York: Palgrave Macmillan, 2011. 『真理の勇気―自己と他者の統治Ⅱ』慎改康之訳（筑摩書房、2011 年）; The *Government of Self and Others Lectures at the College de France, 1982-1983*. Trans. Graham Burchell. New York: Palgrave Macmillan, 2010.『自己と他者の統治』慎改康之訳（筑摩書房、2010 年）; *Fearless Speech*. Ed. Joseph Pearson. Los Angeles: Semiotext, 2001.『真理とディスクール―パレーシア講義』中山元訳（筑摩書房、2002 年）。

2)　フーコー『生者たちの統治』廣瀬浩司訳（筑摩書房、2015 年）、76 頁。

3)　Foucault, "About the Beginning", p. 225.

4)　この点を詳しく論じているのは廣瀬浩司『後期フーコー　権力から主体へ』（青土社、2011 年）。特に第三部「パレーシア講義の射程」242-297 頁を参照。

5)　ジュディス・バトラーはデリダのパレーシアについて、『自分自身を説明すること』の第三章で「他者との接触や対話を通じた自己の改変」の機会として論じている。（佐藤嘉幸、清水知子訳、月曜社、2008 年）239 頁。

6)　『真理の勇気』51 頁。

7)　パレーシアと初期近代イングランドについては、以下を参照。Curtis Perry, "The Crisis of Counsel in Early Jacobean Political Tragedy." *Renaissance Drama* 24 (1993): pp. 57-81; Diane Parkin-Speer, "Freedom of Speech in Sixteenth Century English Rhetorics." *Sixteenth Century Journal* 12.3 (1981): pp. 65-72; David Colclough, *Freedom of Speech in Early Stuart England*. Cambridge: Cambridge University Press, 2005; "Parrhesia: The Rhetoric of Free Speech in Early Modern England" *Rhetorica: A Journal of the History of Rhetoric* 17.2 (1999): pp. 177-212; "Talking to Animals: Persuasion, Counsel and Their Discontents in *Julius Caesar*." In Armitage et al., eds., *Shakespeare and Early Modern Political Thought*. Cambridge: Cambridge University Press, 2009, pp. 217-33.

8)　本稿を通じて、パフォーマティヴィティという語を、発話しながら行為する

こと・行為遂行性を第一義としつつ、「異なる文脈で再引用することで、話者の意図を超えた新たな意味へと変容させる戦略」という、ジュディス・バトラーによる論点も重視しつつ使っている。『後期フーコー』における廣瀬の議論では、パレーシアと行為遂行性としてのパフォーマティヴは二項対立的に論じられているが、本論では、バトラーの考え方に従い、演劇パフォーマンスとパフォーマティヴィティの関係を同じではないにしても類縁として考える立場から、両概念を連続的なものとして捉えている。パレーシアとパフォーマティヴィティとの関係については、拙論「真実という野良犬―『リア王』における「忠告」のパフォーマティヴィティについて」『甦るシェイクスピア―没後 400 周年記念論集』（研究社、2016 年）103-125 頁を参照。

9)　例外として、Allyna E. Ward, *Women and Tudor Tragedy: Feminizing Counsel and Representing Gender.* Fairleigh Dickinson University, 2016 を参照。けれども、この本では、エリザベス朝初期から中期のセネカ風悲劇にのみ焦点が当てられており、シェイクスピア劇は論じられていない。逆に言えば、この本によって、なおさら、セネカ風悲劇として発展してきたテーマ系を、イングランドの歴史劇や悲劇のジャンルに移して展開したシェイクスピアの独創性や作風を再認識することもできよう。

10)　Agnes Strickland, ed., *Lives of the Queens of England, from the Norman Conquest; with Anecdotes of Their Courts.* vol. 2 (6 vols.) London: George Bell & Sons, 1884, p. 83 を参照。

11)　Ward, p. 41 を参照。

12)　Ward, pp. 4-7, pp. 34-48 を参照。

13)　Sovereignty とは、オクスフォード英語辞典の定義によれば、「君主政体下における、国民や国家の至高の支配者。君主。王。もしくは女王」となっている。しかし、スーザン・フライの指摘に従えば、この最後の「女王」という語には、エリザベス一世のように国を統治する女王や、キャサリン・オヴ・アラゴンのように、君主の配偶者としての女王など、複数の種類のあり方が含まれており、その意味で、辞書的な定義自体がめざす意味上かつ権力上の安定性が揺るがされている。この「権力の絶対性」について、ローリー・シャノンは、「人（person）」と「職務（office）」の間に介在する緊張関係や協約不可能性、つり合いのとりにくさの示唆を通じて、「支配権を保障する諸制度を表象する手段」と論じている。Laurie Shannon, *Sovereign Amity: Figures of Friendship in Shakespeare's England.* Chicago: University of Chicago Press, 2002, p. 227 を参照。

14)　Constance Jordan, "Feminism and the Humanists: The Case of Sir Thomas Elyot's *Defence of Good Women." Renaissance Quarterly,* vol. 36, issue 2, Summer (1983), pp. 181-201, p. 184. イギリスの共和政思想とヒューマニズム思想については、

Patrick Collinson "The Monarchical Republic of Elizabeth I"; Markku Peltonen, *Classical Humanism and Republicanism in English Political Thought, 1570-1640*. Cambridge University Press, 1995; David Norbrook, *Writing the English Republic: Poetry, Rhetoric, and Politics, 1627-1660*. Cambridge University Press, 1999; Quentin Skinner, *Liberty before Liberalism*. Cambridge University Press, 1998 を参照。ただし、これらの文献のいずれも、ジェンダーやセクシュアリティの議論との結節点を示していない。

15) 『ヘンリー八世』からのすべての引用は、William Shakespeare and John Fletcher, *Henry VIII*. Ed. Gordon McMullan, The Arden Shakespeare, 2000 に依り、幕・場・行数を引用末尾に記す。翻訳はすべて松岡和子訳『ヘンリー八世』（ちくま文庫、2020 年刊）に依る。

16) アーデン版の注を参照。

17) Gordon McMallan によるアーデン版 Introduction In Traub, Valerie, ed. *The Oxford Handbook of Shakespeare and Embodiment: Gender, Sexuality, and Race*. Oxford University Press, 2016, pp. 112-130 を参照。

18) Susan Frye "Spectres of Female Sovereignty in Shakespeare's Plays" p. 113.

19) ジャック・デリダ『マルクスの亡霊たち』（増田一夫訳、藤原書店、2007 年）15-16 頁。

20) Jason Powell, "Fathers, Sons and Surrogates: Fatherly Advice in *Hamlet*." In King and Woodcock, *Medieval into Renaissance: Essays for Helen Cooper*. Cambridge: D. WS. Brewer, 2016, pp. 163-86.

21) 『ハムレット』からのすべての引用は、William Shakespeare, *Hamlet*. Eds. Ann Thompson and Neil Taylor, The Arden Shakespeare, 3rd Series, rev. ed., 2016 に依り、幕・場・行数を引用末尾に記す。翻訳はすべて小田島雄志訳『ハムレット』（白水社、1983 年刊）に依る。

22) Stephen Orgel, *The Reader in the Book: A Study of Spaces and Traces*. Oxford: Oxford University Press, 2015.

23) Joanne Paul, "The Best Counsellors are the Dead: Counsel and Shakespeare's *Hamlet*" *Renaissance Studies* 30.5 (2016): pp. 646-65 参照。

24) Margreta de Grazia, *Hamlet Without Hamlet*. Cambridge: Cambridge University Press, 2007, pp. 116-17.

第6章　仕舞い方について

──トマス・ブラウン『ある友人への手紙』における編集の問題──

秋 山　　嘉

はじめに──手紙へ──

　はじめるにあたり、使用する略記号の説明や全体に関わる基礎的情報などを、凡例として掲げる。

【凡　例】

・トマス・ブラウン（1605-1682）の文章のうち *LF* と *CM* の訳出に際しては、本論中で後述する事情（主として、本文校訂関係の記載が詳しいことによるメリット）で L・C・マーティン編選集版を基本テクストにしたが、（意味了解の面で読者に親切なテクストの提供に意を注いでいるという理由で）N・エンディコット編選集版を適宜参照した（文献情報については章末の文献欄参照）。それ以外のブラウン作品の訳出の場合は、ケインズ編全集を基本にして、ウィルキン編全集等を適宜参照した。

・作品名表記（略記）（数字は出版年）

RM：*Religio Medici*『ある医師の宗教』（著者非承認版 1642、著者承認版 1643）

PE ：*Pseudodoxia Epidemica*『伝染性謬説』（1646）

UB ：*Hydriotaphia Urne-Buriall*『壺葬論』（1658）

GC ：*The Garden of Cyrus*『サイラスの庭』（1658）

MT：*Certain Miscellany Tracts*『小論集』（1683）

MC：*Musaeum Clausum*『隠サレタ博物館』（1683：*MT* 第 13 章）

LF ：*A Letter to a Friend*『ある友人への手紙』（1690）

CM：*Christian Morals*『キリスト教道徳集』（1716）

・*LF* について、刊行本と著者自筆原稿を区別して示す場合、刊行本を *LF*1690、自筆原稿を *LF*MS と表記する。

・説明の便宜上、*LF*1690 の 50 の段落と *LF*MS の 20 の段落に、それぞれ最初を起点として番号を付すことにする。いずれにおいても、もとのテクスト（刊行本と原稿）に記されたものではない。

・以下の叙述の中での引用個所・参照個所において、すべてにおいて一貫した扱いではないが、年代などの数字は元の日本語文献において漢数字記載でも、分かり易さのためにアラビア数字に変換した場合がある。

1　宛　　先

　トマス・ブラウンの主要とされる著作は、*PE* 一つを除けば、多少の差はあれいずれも中編と呼ぶのが妥当な長さのもの（ひと括りにいわねばならないのだとすればエッセイ）である。しかし、それ以外にも、もっと短い小品（掌編とまでいかない）で、やはりさまざまな読者に愛されているものがあれこれある。残された原稿をまとめて――刊行までの経緯が多少とも相違するらしいが――死後いくつかの書が刊行された。そのうちの一つ、死の翌年刊行された *MT*（1683）に収められている文章群もそれらの小品に該当する。最後の「おわりに」の節で言及することになる *MC* もその内の一つである。また、小品が単体で独立して出版（1686 年初版 *Works* の重版に合冊として製本されるべく、というのが目的であったらしい）[1] されたものも一つある。今回の考察

での主対象である『ある友人への手紙——ある友へ、その親しき友の死に際して』*A Letter to a Friend, Upon occasion of the Death of his Intimate Friend* がそれだ。

　これは、簡単に説明すれば、病で伏せっている知り合いの若い男（三十代半ば）——ここ以降、特定が必要な場合に簡便のために「患者」という語で呼ぶ場合がある——を診てほしい、とブラウンが友人に頼まれて、実際に診はしたものの、もはや手遅れで治療としてはなすすべがない段階であった。男が亡くなったのち、診た折の所見やその際のそしてそのあとでの感想・意見を付して、診療依頼をした友人宛にしたためた手紙——正確には、手紙としてまとめた文章——である。ブラウン自身は、患者とそれ以前に面識はなかった。

　刊行当時から今にいたるまでの読者皆にとり、これが気を引く、あるいはこれが気になってしまう理由の一つは、その患者と友人の名前が記されていないこと、併せて、誰であるかを特定できるような具体的な事柄（現代であれば情報というべきだろうが、あまりふさわしい語でないように感じられる）も語られていないこと、また、当の本だけでなく当時の関連記録の類にも何らの記載も見つからないこと、である。ひと言でいうならその匿名性だ。

　その謎解きがこの小品についてどこまで重要なことかといえば、二次的であるのは間違いない。おそらくそれが解かれてもこの本の魅力は変わらないだろう。しかし、まったく架空の一般論的エッセイであったなら、これほどの関心は呼ばなかった（呼ばない）だろう。顔も見えないわ名前すら分からないわでは、という向きはあろうが、たとえ誰か分からなくても、誰でもいいだれか、ではなくとにかくこの地上の誰か、について書かれたことが大切に思われ、それがある切実さを感じさせるのである。

　もちろん特定するための試みはなされた。その場合、人物もだが、それと切り離すことができない執筆の時期が問題となる。書かれている内容中の参照固有名に関わる歴史的事実関係を手掛かりにしての間接的な推測により、19世紀の代表的なブラウン選集の一つの編者 W・A・グリーンヒルが執筆

時期を 1672 年頃とした。彼自身の言葉を、その編集版選集の前書きで確認
してみよう。

> *LF* は、内的証拠（中に書かれている事柄）からして、ブラウンによっ
> て 1672 年頃に書かれたと思われる。つまり、死の 10 年前、*CM* と大体
> 同じだが、少しあとだ。そのかなりな部分は、「寄せ集め cento（ブラウ
> ンならばそう呼んだはず）」の様相をしている。ブラウンが自分の大部な
> コモンプレイスブック（書き抜き帳）用にとってあったものであり、生
> 前に使うのをいとわなかったものだ。そのコモンプレイスブック
> （*Commonplace Books*）からウィルキンが抜粋した中にある文章も実際あ
> るし、未刊行のものの中に存在する可能性があるものもあるだろう。
> *LF* は二つの部分からなり、前半の第 1 段落から第 29 段落（今回のナン
> バリングでは 1 から 31―引用者注）が、この手紙の主題に多少とも密接に
> 関わる部分であり、一方後半の第 30 段落から第 48 段落（32 から 50）は
> 前半とはまったく特徴を異にしていて、また後半は多くの異同を伴って
> *CM* のあちこちに見出される。
> 　*LF* は、著者の死の 10 年後（1690 年）に最初に刊行され、今日（1881
> 年）までに 10 回版を重ねた。この回数は過大な評価とおそらくいうべ
> きだろう。前半部分は相対的には面白みが少ない。後半は、*CM* の本文
> を訂正する手段を提供するものとして主に価値がある[2]。

「内的証拠」がどういうことかといえば、「書かれている具体的事象・事件
より以前に、その文章が最初に著者によって書かれたことはあり得ない」と
いうことに尽きる。間違いないのはそれのみである。しかし、同時に、あと
になってから著者が記憶によって記述を補足・修正した可能性は否定できな
い、ということでもあるのだ。

　20 世紀に入ってからの全集版（初版 1928-1931 年）およびブラウン文献目
録（初版 1924 年）の編者ジェフリー・ケインズは、グリーンヒルに従い著者
晩年の作品とした。その後ケインズは目録第二版（1968 年）および全集第二
版（1964 年）で、自説を修正する。その際、フランク・L・ハントリーの説

を採用した。1672 年辺りと推測したグリーンヒルに対して、ハントリーは若い患者の特定と絡めてもっと早い頃の執筆（1656 年）を主張したのである。

　日本でブラウンについて熱心な論考を継続的に発表している宮本正秀による *LF* 論も、このハントリー説に従っている。

　　『ある友人への手紙』をめぐる事実関係については、1951 年に発表されたハントリーの研究によりかなりの部分が明らかにされている。『文献目録』の編者ケインズも、1968 年刊行の第二版ではハントリーの見解にしたがっており、現在では定説となっている（99 頁）。それによると、『ある友人への手紙』は、二つの異なる時期に執筆された。書簡体の部分は作者の創作ではなく、実在した結核患者の臨終を、やはり実在した友人に宛てて伝えた手紙に基づいている。……（中略引用者）……書簡体の部分は患者の死からそれほど時間を空けずに書かれたと考えられる。その手紙が実際に友人のもとに送られたかどうかはともかく、ブラウンはその筆写原稿か何かを手元に残し、後年一編の作品に仕立て上げることになる。ただし、彼はその仕事にすぐに着手したわけではなく、十年以上を経た 1670 年代になって、正しいキリスト教徒であるための心構えを説いた箴言を書き加えることで『ある友人への手紙』を完成させる。その後もブラウンは、箴言集の部分に加筆と修正を続けて、『キリスト教徒のモラル』（【凡例】の表記では *CM*『キリスト教道徳集』―引用者注）というさらなる作品を完成させることになる[3]。

　宮本はこの「定説」を前提にしての *LF* 論を展開しているが、そのスタンスはそれにとどまらない観点に関連している。それは、ブラウンの「文学的」活動期間をどう捉えるか、である。後述するが、ハントリーもブラウンの執筆活動において *GC* を書いた頃を頂点とする見方をしていて[4]、宮本も、頂点という点についてはともかく *GC* を最終作品とする見方をしているからだ[5]。

　20 世紀を代表する全集の一つである校訂版の編者ケインズも従ったことによるためか、ハントリーの考えが一応の定説的な扱いをされることが多い

のは確かである。それはつまり、早い段階で書かれた部分に、その十数年以降に死についての考察を加えて今我々が見る形ができた、とみなすことである。

　たとえば、2013 年に浩瀚なブラウン伝を刊行した R・バーバーは、多少とも具体的に詳しい推察をこのように記す。

　　現在あるテクストは 3 つの形で存在している。(1) 手書き原稿中およびブラウンの娘のエリザベス・リトルトンの元にあるコモンプレイスブック中の少数の項目ないし段落、(2) MS Sloane 1862 (Browne papers, British Library) のフォリオ 8-25、(3) ブラウンの息子エドワード監修の 1690 年刊行本、である。ハントリーは、1690 年版の苦心のほど (elaborateness) が、科学的精神を高めたブラウンが文章をそぎ落とし始めるよりも以前の段階を表していると考えた。しかし、Sloane 1862 は、おそらく 1670 と 1673 の間にブラウンが一応の完成版とみなしたものなのだが、しかし、その後、修正し、再編成し、敷衍し続けて、結局 1690 年版になるものが生まれたのだ、というエンディコットの方が、より説得力をもっている。Sloane 1862 のブラウン自身の覚え書き「この手紙は、赤葉フォリオの手紙に付け加えてもいい」ということからすれば、彼が諸々の書き物を集めまとめて出版しようとしていたことがうかがわれる。……実際、*LF* 後半部分においてあの手この手で書かれた道徳的格言 (mementoes) が相当広範におよんだため、ブラウンは、その後半を *LF* から切り離して、*CM* として集積することになる道徳的所見に収めたのだ[6]。

　あとで詳しく見るが、N・エンディコットは極めて優れた――確実に 20 世紀を代表する選集の一つだ――ブラウン選集 (1968 年刊) の編者であり、また *LF* に関しては相当大胆な扱いをしていて、ハントリー説とはほとんど真っ向から対立している。バーバーはそのエンディコットの考えに賛成している（上記引用後半はほとんどエンディコットの論の要約に他ならない）。つまりハントリー説への異論はこれまでもあったし、現在もある――あとで言及す

るメアリー・アン・ランドもその一人——のだ。

　しかし、バーバーは、続けて、「エンディコットは異議を唱えているが、ハントリーは *LF* が 1656 年頃に、サー・ジョン・ペタスの親友である翻訳者・書簡作者ロバート・ラヴデイ宛ての手紙として胚胎したことを、強い説得力で論じている」、と書く[7]。これは、つまり、*LF* の成り立ち方・過程については、エンディコットに賛同しつつ、しかし、*LF* の実際の起点はどこであったか、および現在の我々がどんなテクスト・文章を *LF* とする（のが適切）かについては、最終的にハントリー説を支持しているということだ。折衷的というか、両説の顔を立ててみせた、という感じがあり、少々すっきりしない。

　エンディコット版同様 20 世紀を代表する選集の一つであるといえる版の編者 L・C・マーティンの慎重かつ適切な言葉によれば、*LF* の筆者をロバート・ラヴデイとする説が多く説かれているが、「ラヴデイの死の日付と場所はいまだ確証されてはいない」[8] のである。

2　日　　付

　以上の経緯からすれば、ハントリー説がどこまで信頼がおけるかについては、やはり今一度検討する必要があるだろう。ここで、ハントリー説、正確にはその変遷、を少し具体的に見ておこう。

　LF についての彼の最初の論文は 1951 年の「サー・トマス・ブラウン『ある友人への手紙』成立の経緯と時期」The Occasion and Date of Sir Thomas Browne's *A Letter to a Friend* である。

　　もしもロバート・ラヴデイが 1621 年に生まれ 35 歳で死んだのだとしたら、彼が死んだのは 1656 年であるに違いない。その年は、*Hymen's praeludia*（『ヒュメナイオス序曲』）の翻訳者の変更があった時と一致する。ブラウンの若者が死んだのは 5 月半ば、誕生日の 2 週間後だ。ラヴデイ

の誕生と死については、以上の年月のこと以上には私には正確な日付は見つけられなかった。兄弟のアントニーがロバートの死んだ歳だといっている「35歳」には、ダンテの方を向いた文飾（literary flourish）が含まれている可能性はある。ロバートのイタリアに関する学識への称賛ということだ。けれども、ラヴデイが死んだ年齢は、ブラウンの若者の正体についての我々の考えを裏付けてくれるくらいに、ブラウンが引き合いに出しているキリストとラザロの歳に近いものなのだ[9]。

これが、11年後に刊行された評伝ではこうなる。

　　もしもロバート・ラヴデイが1621年に生まれ35歳で死んだのだとしたら、彼が死んだのは1656年であった。チェディストン教会の教区登録1953年5月3日付けの「埋葬」の項に以下の記載を私は見つけた。「AD1656年、12月21日に、Robert Luved（このあと読めず）埋葬」。ブラウンの若者は、5月半ばに死んでいる。この記述は、その占星学的含みと合わせると、後になって付け加えられた文飾の可能性がある。12月か5月かはさておき、ロバート・ラヴデイが死んだ年齢は、ブラウンの若者の正体についての我々の考えを裏付けてくれるくらいに、ブラウンが引き合いに出しているキリストとラザロの第二の生涯の歳に近いものなのだ[10]。

　ハントリーとしては教区の記録をあらたに証拠として持ち出した。とはつまり実証面で一歩前進ということを示したいのだろうが、これはどう見ても、補強したというよりは、論証としては後退したといわざるを得ない。論文での確実な根拠の一つである翻訳者の問題は（それ以前の言及含め）すべてカットされている──すぐあとに記す *TLS* 上でのやりとりで、ある種の事実誤認があったことが指摘されたため──し、「文飾」という語が指す内容さえ変わってしまっている。文飾を問題にするのであれば、そもそもこの *LF* が実際の手紙に基づいているかどうか自体が問題になりうる。すべてはフィクションではないか、ということだ。あとで触れるが、*MT* といういさ

さか正体のとらえ難い要素をも持つ書に *LF* が収められ得る可能性を否定することはできないのだ——もっともそれは黒白をつけられない事柄であろうし、つけるのがよいことか否かも問題かもしれないが。

　何より、「12月か5月か」は、「さておける」ような事柄なのか。

　新たに提示された、教区登録に従うなら、埋葬の日付がどうあろうが、死んだ季節は冬である。常識的に考えるならば、やはりこの時期のずれは無視し得ないはずだ。

　ハントリーの評伝刊行のしばらく後、*TLS* 上でやりとり（同紙編集者あての投稿として）が交わされた。寄せられた投稿の順に簡単に紹介する。

　⑴　発端は、*TLS* 1966 年 9 月 15 日号掲載の「Browne's "Letter to a Friend"」[11] で、ハントリーの 1962 年のブラウン評伝にエンディコットが反論を書いたことだ（エンディコットは詳細な *LF* 論を 1966 年 10 月刊の *UTQ* の第 36 巻 1 号に発表した。それを用意していたのと併せての掲載だったのだろう）。それまでの編者たちが *LF* を著者後期（最後期）の作品の一つとしたのに対して、ハントリーが、「友人」と「患者」の特定も併せて、より早い 1656 年頃としたことへの反論である。特に、最初（1951 年）の論考では実証部分が弱かったのを、ハントリーが埋葬の登録記載を探してみて、「患者」は 1656 年 12 月 21 日（ただしエンディコットは 25 日と誤記している）に亡くなった「Robert Luved」なる人物である、と特定したことにエンディコットが反応したのであった。

　⑵　1966 年 10 月 20 日号で K・J・ヘルトゲン（Karl Josef Höltgen、ボン大学）が、「Browne's "Letter to a Friend"」[12] を投稿。MS 中のあるパラグラフについて、*LF* の時期推測に関するコメントをし、エンディコットのマイナーな誤記を指摘し、同時に、ハントリーの埋葬記述について、自ら赴いて確かめた事実を報告している。それによると、記載は明瞭に Robert Luce であり、読めない部分などなかった。従って、ハントリーがいう早い段階での執筆の裏付けは得られていないとの見解を述べている。ブラウンが、以前の患

者についてのメモと記憶を使ったという推測も不可能ではないのであるか
ら、1670 年頃に執筆したという可能性も相当十分にある、としている。

　⑶　1967 年 2 月 9 日号でハントリーが応答し[13]、エンディコットへの反
論と同時に、ヘルトゲンへの賛辞を述べつつ、5 月ではなく 12 月の登録記
載に自分が出会った際の、つまりラヴデイの墓を見出せなかった落胆を告白
したいと述べている。(完全に明瞭な記述になっていないようにも感じられ、誤魔
化したわけではないのだろうが、がっかりしたあまりに筆が滑ったのだというところ
か。つまり、ブラウンではなく、ハントリー自身が少々 literary flourish に走ったとい
うことになるかもしれない……)

　⑷　1970 年 6 月 25 日号で、ヘルトゲンが「Two Brownes」という投稿を
する[14]。ハントリーがいうラヴデイ死亡の日付のあやまりを改めて指摘し、
ラヴデイの翻訳に絡んでのハントリーによる推測の不適切さを指摘し、さら
に、ハントリーがいっていた「Ma. Browne, *Doc. Med.*」が「トマス・ブラ
ウン」ではないことを実証した上で、「ラヴデイとペタスとの間の個人的つ
ながりについては、ペタスとブラウンとの間の個人的つながり同様決定的に
証明されているが、ブラウンとラヴデイの間の個人的つながりはまだ証明さ
れていないことを理解しなくてはならない」としている。ヘルトゲンの判断
は、1966 年 10 月の号の投稿と併せ、実証的研究とはかくあるべしの態度と
いえるだろう――「ラヴデイを、*LF* におけるブラウンの肺病の患者のモデ
ルとすることは確たる根拠に基づいているのか。私の考えでは、残念ながら
そうではない。」

　投稿のやりとりは以上で終わる。⑷の最後の一文が結論といってよいの
だろう。

　念のための付言をするならば、もしも、「文飾」というよりは、Loveday
と特定されないように、死亡の月をブラウンがあえて違う季節にしたのだと
いう推論をしようとしても、このヘルトゲンの実証（その日に埋葬された人物
名は Luce であること）の前にはその推論は何の意味もなさなくなる。

このあとハントリーは、1968年に刊行されたエンディコット編ブラウン選集の書評を、その刊行元の学術誌であり、エンディコットの*LF*論（上記(1)）が第36巻1号に掲載された*UTQ*（*University of Toronto Quarterly*）の、第37巻4号（1968年）に投稿する。かなり長い書評で、その長さの理由の大半は、自説の主張、より正確にいうなら、*LF*を前半で切ってしまうという扱いをエンディコットがしたことの不適切性を、執筆時期についての自分の推測と併せて強くかつ詳細に*LF*のテクストを引きながら主張することから来ている。率直にいって、書評としてはあまりにバランスを欠いている。それは一応措くとして、主張のポイントとしては、刊行版とそれと異なる手書き原稿の両方が存在する時、皆どうして手書きの方が先だと、想定するのか、ということである。そしてそれを*LF*についてさらに展開して、*LF*1690と*LF*MSは長い間、同時進行で書かれていた、との推定をしている[15]。なお、この点は、すでに触れた、ブラウンの執筆活動の頂点問題とも当然関わっているが、次節であらためて扱う。

ハントリーは、17世紀英文学について書いた諸論考を書き直しなど施した上でまとめた*Essays in Persuasion*を、1981年に刊行する。その中の一つ「Browne's 1656 "Letter to a Friend"」で、*LF*についての論を最終的に仕上げている。上記の問題の個所はこうなっている。

　　　もしもロバート・ラヴデイが1621年に生まれ35歳で死んだのだとしたら、彼が死んだのは1656年であった。「35」は、ブラウンの患者がロバート・ラヴデイであったという我々の考えを裏付けてくれるくらいに、ブラウンが引き合いに出しているキリストとラザロの第二の生涯の歳に近いものだ[16]。

行きつ戻りつの感があった論点が整理され、特に1962年刊行本での実証的部分はすべてカットされている。つまりは、すでに引用で示したマーティン編選集版の緒言のように、「ラヴデイの死の日付と場所はいまだ確証され

てはいない」、ということをハントリーも認めているのにほかならない。これが、ラヴデイ説すべての基となっていた論者ハントリーの推論の到着点である。もう少しはっきりいうならば、今多少とも詳しく見てきたこと、特にヘルトゲンの投稿などにしかるべき評価と考慮を払って判断するならば、「ラヴデイの死の日付と場所」ではなく、「患者」も、従って「友人」が誰であるかも、「いまだ確証されてはいない」が妥当な結論なのである。

それでも、上記バーバーをはじめ、近年においてもラヴデイとペタスへの言及が依然として続いているのは、他にこれといって特定できるモデルがいない、見つからないがゆえの事態（やはり未確定でいいから存在してほしという根強い願望の所産）だと思われる。モデルとなる人物（たち）が実在しなかった可能性さえ見え隠れしつつ、少なくとも記録に残っている人物では見つからない、のが問題を生じさせている。見つからなくてもこのテクスト自体のもつ興味深さに変わりないと私には思われるが。

ともあれ、実証的な論を立てる材料の持ち合わせは、残念ながら私にない。ただ、以上の経緯と結果を前にすれば、ラヴデイという人物をそこに置いて *LF* を読むこと、あるいは誰であれ具体的人物の存在を当然の所与として読むことの危うさを自覚すべきであることはいっておかねばならない。

3　書　き　方

書かれた対象あるいはそのモデルが誰であれ、あるいは対象やモデルの存在・実在性がどうであれ、*LF* は存在している。しかし *LF* とは何か、をあらためて検討しなくてはならない。

ここにおいて、*LF*1690 と *LFMS* と *CM* の、三つのテクストの関係が問題になってくる。

19 世紀に執筆時期の推定を行ったグリーンヒルは、*RM*、*LF*、*CM* を収めた詳しく有益な注付きの選集版の序において、*RM* の本文校訂についてはかなり詳しく述べた上で、*LF* と *CM* については、「どちらの作品も、著者の死

後出版されたものであり、テクスト（本文）を定めるのに特に問題はなかった。いずれの場合のテクストも最初に出版された版からとっていて、著者の手書き原稿を不注意に写したに違いない少数の個所を訂正してある」[17]と書いている。つまり、グリーンヒルは、*LF* の本文については問題があるなどとは考えてもいない。

また、2008 年の論文で M・A・ランドは、前節で見た、手紙が語る患者の死の時期をめぐる問題についてはエンディコットの異論に同意し、ハントリー説に対して疑問を付している[18]。ただし、作品については、ランドは *LF*1690 をはっきり 2 部構成、つまり、死に直面した結核患者に関する医師としての臨床的報告、そして死と病に関する（特に徳をめぐる）医師としての一般人への格言・アドバイス、から成っている、と見る。この見方は、*LF*1690 について、ハントリーも含めてそれを読みまた論じるすべての者が等しく認める一つの事実である。つまり前半（三分の二）と、後半（三分の一）という、多少とも性格の異なる二つの部分から成っているということである。21 世紀のランドも構成についてはそれに従っているということだ。

しかし、これらは、1690 版については皆の意見が一致しているということを示すにすぎない。*LF* を読む者にとっては、*LF* というこの作品・テクストを、*LF*1690 版をもって最終的な確定形とみなして間違いないのか、という問題が重要になる。

グリーンヒルが、今言及した個所の少しあとのところに、次のような注をページ下欄に付している。

これまでの編者たちは、これ（*CM* よりわずか後だがほぼ同時期との見方）に反して、*LF* が *CM* より前に書かれたといっているが、その意見の理由をいっている者はいない。例えば、「後半は、……後になって拡張され *CM* になった（Crossley 編 1822 年選集序）」、「この手紙の残り部分は、もっと長い作品である *CM* の基礎としての役割を果たした（Wilkin 編 Bohn's Library 版全集 Vol. III. p. 80)」、「*LF* は、*CM* の導入部として意図さ

れていたようである（Gardiner 編 1845 年選集序）」、「*LF* を締め括る思索
は、より大きな作品である *CM* の基礎となっている（Willis Bund 編 1869
年版選集序）」[19]。

　もうひとついっておかなくてはならないことがある。前節で見たように、
LF のモデルについてのハントリーの論はいささか問題ありだったのである
が、彼が 1968 年の書評と 1981 年の本でいっていることは傾聴に値するの
だ。いささか筆が滑った感の強い前者でなく、すこし冷静に書いたとおぼし
い後者の記述をここでは参照しよう。

　　　コモンプレイスブックにパラレル（共通）な個所が存在することを考
　　慮し、MS Sloane 1862 の短い版との詳しい比較をするなら、ブラウン
　　が *LF* に相当手を入れていたことがうかがえる。
　　　LF の短い版が初期の元のテクストだと考えているものもいるが、私
　　の考えでは、そちらこそが 20 年にわたる、「分かりやすく "plain"」書
　　く努力、削る努力、奇抜な比喩や深遠で遠回しのいい方を取り除く努力
　　の産物なのである[20]。

　グリーンヒルやハントリーの主張に従えば、*LFMS* の方が著者の手がより
入った最終形あるいは完成形だが、実際に刊行されたのは多少とも早く書か
れて形をなしていた *LF*1690 の方であった（1656 年説をとるハントリーによれ
ば、それはつまり、ブラウンの執筆活動のピークが 1658 年の *GC* の頃であって、そ
れ以後ではないことを意味するのに他ならない）、ということになる。
　彼らによるその例証は、それぞれ次のようなものである。
　グリーンヒルは、*LF* の注の中で、*CM* にある間違いや不十分な語が *LF* で
は直されている個所を二つ指摘して[21]、こう述べている。「この相違からす
れば、誤りを含んでいる *CM* がそれらを直された *LF* よりも早い時期に書か
れたという推定が可能になる（もちろん、絶対的に確実であるというわけではな
いが）。」本人の付言部分から明らかだが、いささか頼りない。

　ハントリーが上掲個所のすぐあとで[22]実例として掲げているのは、*LF* の
第 2 段落である。その 1690 版と MS 版を並べて見せていて、微妙に単純化
された MS 版が、後になってからの執筆であることを示す目的であるのだ
が、残念ながら、それで紛れもなく MS 版が後だと首肯できる明示的で説得
的な例だとまでは私には思われない。

　ともあれハントリーが、当時の科学的思潮に与して、時とともにブラウン
の文章が明瞭化した、乱暴にいえば一種の単純化をした、と考えることで主
張しているのは、執筆の順番についてであって、執筆年代自体については、
1690 年版が 1656 年頃（つまりラヴデイとの関係があったとされる頃）に書き始
められて、そのあとでいろいろ修正を施された、という見方自体は変えてい
ないわけである。

　ここでマーティンの常に慎重な意見も参考になる。

　　この作品（*LF*）が書かれた時期を特定しようとする場合、ブラウンのい
　　つもの癖、後になってからもっと一貫したプランに組み込めるようにメ
　　モを集めておく習性を鑑みて、幅を持たせなくてはならない。しかし、
　　LF はある特定の機会のことを語っているのであり、また特定の人物宛
　　てに書かれたものである以上、そのかなりな部分がほぼ同時に書かれた
　　らしいと思われる。……[23]

　この前半は多くの論者の指摘するブラウンの習性であり、次節で言及する
エンディコットの revision につぐ revision という指摘も趣旨は同じである。
そういう習性や *LF* の成り立ちに特有の性質がどう影響を及ぼして実際のテ
クストを生んだのかは、慎重にテクスト自体の具体的な検討をしなくてはな
らない。

　確かに、一般論としてならハントリーの *LF*1690 先行説についての主張は
示唆的で、また理解可能で成り立ち得る面を持っているだろう。特に、著者
が生きている間に刊行された文章であれば。しかし、*LF*1690 は、死後刊行
である以上、ブラウン自身の考え・意向がどこまで忠実に反映されているか

について十分慎重にならなければならないのも同時に間違いないことなのだ。

　前節で見たヘルトゲンの 1966 年の *TLS* への最初の投稿中に興味深い個所がある（個所情報については前掲注 12 を参照）。

　　*LF*MS において、フォリオ 13 は、（エンディコット教授が書いたように）「欄外参照注記のため以外で使われた唯一の verso（対ページ）」なのではない。フォリオ 22 には、17 行からなる、全面的に線で抹梢された 1 パラグラフ（Certainly most things are known as many are seen ... imperfect mixture of truth）があるのだ。このパラグラフの別バージョンが、Sloane 1869 にあり、またその一部が *CM* の Part Ⅱ 第 iii 節に見られる。このパラグラフは、初期の *LF*MS と後期の *CM* との間の新たなリンクになり、*LF* の年代決定にいささかの重要性を持つ可能性がある。

ヘルトゲンの指摘するパラグラフの問題とは、*LF* の母体あるいは材料となったメモ書的性格を多分に持った未決定原稿のなかに、*LF* には採られず、*CM* に使われたものがあったということだ。

　簡明化のために、*LF*1690 と *LF*MS と *CM* の、三つのテクストの関係を多少とも図式的に表してみる。「＋」は、ブラウンが書き加えたこと、「＆」は物理的に別の書・テクストとして同時にあるいは並行して存在することを意味する。

(α)　［*LF*MS（手紙的報告）＋格言集 → *LF*1690］＆ 拡大版格言集（*CM*）
(β)　［*LF*MS（手紙的報告）＋格言集 → Endicott 版 *LF*］＆ 拡大版格言集（*CM*）
(γ)　*CM* ＆［*LF*1690 → *LF*MS］

　(α) は、いわゆる「定説」に一番沿った形である。手紙的な医師としての報告 *LF*MS としてまず書かれ、それに後半の格言部分が加えられて *LF*1690 が成立。そして、格言部分が大幅に書き加え書き直されて *CM* が成立とい

うプロセス。すでに見たように、患者に関する物理的時期の面では否定される可能性が大だが、成立のプロセスとしては検討される余地がある。

　(β) は、このあとで説明するが、実現されうべき *LF*、すなわちブラウンの死により実現しなかった形、を想定するもの。

　(γ) は、上で述べたグリーンヒルとハントリーの (1968 年書評および 1981 年の論考中における) 考えで、*CM* (あるいはその元となるテクスト) が少しであれ先行的に存在していたというプロセスである。

　時期と併せて *LF* というテクストについて大胆な発想をし、発想するだけでなく、自分が考えるあり得べきテクストを、選集に収める形として提示してみせたのが、すでに名前を挙げた N・エンディコットである。*LF* をどう読むか、どういう文章だと考えるか、どう扱うか、エンディコットは独自のスタンスをとっている。それは *LF* のあり方そのものを問い直すことにつながっている。*LF*1690 の第 32 段落までを、ブラウンが考える本来の *LF* としたのだ。MS はそのもととなった原稿と見なされ、その意味でやはり重要な位置を占める。MS の第 20 段落が、エンディコット版 *LF* の最後の第 32 段落となっている。

　エンディコットの編集、あるいはエンディコットの *LF* についての考え方を、次節で検討してみようと思う。検討するだけの価値ある仕事だと私は考える。ただし、その前に少しだけ、ここまでの流れの補足も兼ねて、整理と追記をしておく。

　前掲マーティン編選集の緒言での、この点について関係する意見を簡単に記せば、*LF*1690 の格言と *CM* の間に相異がある場合、手書き原稿版 (*LFMS*) は *CM* よりも *LF*1690 と一致する個所が多い。この事実からすれば、*LF* が *CM* よりも早く成立していたという結論が妥当なものとなる、ということだ[24]。

　そして、上のヘルトゲンの指摘——ブラウンのコモンプレイスブック (書き抜き帳) からの材料で、*LF* にはメモとしては挿入されたが削除され、一方

CM には採られたものがあったという事実――を併せて考慮すると、不自然でなく適合するプロセスは、(α) か (β) だろう。

どうも *CM* は「雑」的な性格――粗雑という意味ではなく、「ぞう」の部という意味であり、つまりいろいろ雑多なものの集まり的あり方――なのだ。*LF* を *CM* から切り離したくなる読者がいたとしても、その気持ちは理解できる。*LF* をどういう作品（テクスト）にしたいか、その読み手側の期待とともに作品の様態も揺れることになるだろう。

とはいえ、MS との比較をしてみるならば、といっても私にできるのは、エンディコットとマーティンがそれぞれの選集に収めてくれた *LF*MS を *LF*1690 と、具に比較して読んでみることに尽きる。

それから分かるのは、エンディコットとマーティンの MS の読みが異なるところがごく少数ある（削除や訂正の書き込み位置など）のは確かだとしても、*LF*MS で訂正の書き込みがされた多くの個所が *LF*1690 に反映されている事実だ。マニュスクリプト（手稿）であることが判断を決する。他方、グリーンヒル自身が留保していたように、*CM* と *LF* において刊行版での語の異同のみからその執筆の順序が絶対的に決定できはしない[25]。

関係する別材料として一つ挙げておくと、よく指摘される例であるが、*LF*1690 の第 32 段落に移る直前で、「以下のような願いや若干の諫めをすることに移る」という個所の proceed（移る）が、MS20 では conclude になっている。つまり、「以下のような願いや若干の諫めをすることで締め括る」となっている。そして MS では一段落分の格言・アドバイスが続き、*LF*1690 では、18 段落分が続く。この事実を普通に考慮するなら、それなりに一つの完結形態としてあった MS が、終わりの部分が膨らんで *LF*1690 になったというプロセスだと捉えるのが、自然あるいは常識的だろう。

従って、常識的に考えれば *LF*MS が先だと考えるのがやはり妥当である。ただ、先行についてのハントリーの疑問を触媒（そのまま彼の説に従うのではなく、ということであり、書き方の変化には意識的であるべきだということである）として検討材料にするならば、*LF* は、起点の時期は確定できないものの 2

部構成で（つまり並行的な要素を含みもって）書き進められ、修正や書き直し
なども行われ続け（つまり *LF*MS はやはりその第 1 部としての原形的位置を占める
ことになる）、それが結局は死後に刊行される結果にはなったが、後半の第 2
部を *CM* として独立させるつもりがブラウン自身にどこかの段階で生まれ、
LF はスリムで単純な前半だけの形として（締め括りとして、後半最初となる第
32 段落を残す形で）独立させる構想が生じた、という可能性は考えられるだ
ろう。それがまさしくエンディコットの立場である。次節では、それをもう
少し詳しく見てみよう。

4　締め括り方

　ここで、*LF* のエディションについて、前述したことを含むが、少し整理
し直しておく。

　マーティンの記述に従えば、最初に刊行されたのは 1690 年。これは、
1686 年発行のブラウン全集がリプリントされる予定となったのに合わせて、
合冊させるべく刊行された（ただしそのリプリントは現存していない）由。さら
にそのあとの歴史的に主なものとして挙げられているものを、記述の表記を
必要な情報のみに簡略化して以下に掲げる[26]。

1712 In *Posthumous Works*
1822 Ed. J. Crossley. In *Tracts*. With *UB* and *MC*
1835 Ed. S. Wilkin. In Vol. IV of *Works*
1845 Ed. H. Gardiner. With *RM* and *CM*
1869 Ed. J. W. Willis Bund. With *RM* and *CM*
1881 Ed. W. A. Greenhill. With *RM* and *CM*
1886 Ed. J. Addington Symonds. With *UB*, *CM* and 'On Dreams'
1904 Ed. C. Sayle. In Vol. III of *Works*
1906 In Everyman's Library. With *UB*, *GC*, *CM* and 'Brampton Urns'
1924 Facsimile of 1690. Haslewood Press

1928 Ed. G. Keynes. In Vol. I of *Works*

　さらに、この後の版のいくつかについても簡単に触れておこう。全集版に収められるのは当然として、それ以外で *LF* が収められた主な選集は四つあり、マーティン編集版、C・A・パトライディーズ編集版、エンディコット編集版、K・キリーン編集版、である（章末文献欄参照）。この内、特に、マーティン版、エンディコット版には *LF*MS も同時に収められていて、前者は *LF*MS 版の各段落の前にブラケット ［　］ によって、対応する *LF*1690 年版の頁数・行数を掲げ、後者は、*LF*MS とエンディコット独自の *LF*1690 版とにそれぞれ段落番号を付す、という工夫をしている。目立たない地味なものであるかもしれないが、いずれも、実際に両方を読んでみようとする者にとって大変役に立つ工夫である。

　もう一つ、C・プレストン編の小さな選集が、*UB* を例外として、それ以外のさまざまな作品からの抜粋を項目別に構成し直すという独特の試みをしている。いわば一度解体しての、ブラウン再構成・再分類だ。項目につけた名称はかなり大雑把なものでしかなく、目次には各項目に収められた抜粋の作品名すべては掲げられていない。しかし、それぞれにどんな作品・個所が入れられているかは *LF* の特徴を考える手掛かりとして役立つので、抜粋された作品をあらためてすべて列挙してみる[27]。

　　宗教：*RM*、*LF*（第 25-29 段落 Not to fear ... の個所）
　　謬見：*PE*
　　古物：*UB*（全部）、*MC*、*Letters*
　　博物誌：*PE*、*CP*（*Commonplace Books*）、*Letters*、*Notebooks*
　　しるし：*GC*、*RM*、*PE*、*CP*
　　医学：*Letters*、*PE*
　　アドバイス：*Letters*、*CM*、*LF*
　　結辞：*GC*

　このプレストンの扱いは面白い。見てのとおり、「アドバイス」の項において、*CM* のあとに、最後に「Humility（へりくだり）」の小項目を立て、*LF* 第 47-50 段落を載せる。*GC* の最後で全体を締め括るが、その一種形式的な結辞を除けば、*LF* をこの選集の実質的掉尾とする。小品であっても *LF* 侮り難しという意図の編集とも思える。ちなみに、ブラウンのコモンプレイスブックからとられた *LF* 後半は、多少の修正を施されて独立した一書 *CM* となるわけだが、プレストンの表現によれば「リサイクルされたといってもいい」[28)] のである。リサイクルされ得た、わけなのだ。

　LF 問題をめぐる視野・位置から、*LF* 本体を見る地点に移ろう。

　まず、*LF* の物理的存在面での情報を整理しておく。

　サイモン・ウィルキン編集の全集版では、ガーディナー編集版同様、*LF* は第 31 段落でおしまいになっている。ウィルキンは、その扱いについては、作品末尾に、「この手紙の残り部分は、もっと長い作品である *CM* の基礎としての役割を果たした。*CM* において少数の多少の変更を加えて収められているので、ここでは省いた」と、重複だから省いて不都合もなしという感じの、ごくあっさりした説明ですませている[29)]。

　それに対して、第 31 段落で終わる唐突さをエンディコットは主張する。確かに、第 31 段落で終わったら明らかに尻切れトンボで、終わりにふさわしくない（次節でその原文と対応する訳文とを掲げるので参照。31 と 32 の二つの段落はほとんどひと連なりである。マーティン版、エンディコット版の両方ともにおいて、*LFMS* では二つで一つの段落になっていることも傍証となろう）。

　その上で、エンディコットが自分の選集に *LF* を収めるにあたり、どのような編集を行ったか。それは、すでに簡単に触れたが、*LFMS* の最終段落、つまり *LF*1690 の第 32 段落を、あるべき *LF* という作品の最後にすることであった。そのあとの格言部分はカットしてしまったのである。この形の *LF* は他にない独特なものだ。

　ただ、いっておく必要があるのは、エンディコットがいきなり無謀なことをやったのではない、ということだ。今述べたように前半でひとまとまりに

する姿勢は以前からあった、のだから。しかし、エンディコットの編集は、ウィルキン達のような、単なる物理的分量節約目的のものではない。

　以下において、*LF* をどう捉えるかという主題を、エンディコットの *LF* 観を起点にして再考したい。

　バーバーも、inveterate revisionist「くりかえし修正し続けないではいられない」人間だというエンディコットの見方[30]──書くことは、ブラウンにとって、暫定的で常に不完全だ──に同意している。私はエンディコットの *RM* 論の論じ方について以前の拙稿で高く評価したこともあり[31]、むべなるかなと思う。またエンディコットの編集になるブラウン選集について、収める作品の選定眼の優れていることについても指摘したことがある[32]。ここに関わる事柄についてエンディコットの論をあらためて丁寧に追ってみる所以である。

　LF の成り立ちについて彼はこういう。

　　　LF は、そのアプローチの点ではフォーマルなもの（取り組みの形式からいえば医学的な報告という形にのっとったもの）であるが、明らかにオケージョナルなもの（たまたま起きたできごとに応じて書いたもの）であり、特にその初期の形においては、亡くなった若者と親しく、医学の心得のある若い友人に具体的に宛てたものであるという、強い印象を私には伝える。*LF* に使われた、学殖と思索を記した多少の断片が、手稿帳に見出される。特には MS Sloane 1862 と 1869 である。しかし、草稿の拡大版などはない。ガーディナーが「一部」、ウィルキンが「単なるスケッチ」と呼んだ、Sloane 1862 のフォリオ 8-25 が、書きあげられた時著者本人により、完成した作品の清書だとみなされたあらゆる証し（表れ）を有している。ケインズがこのテクストを、「ずっと短い別バージョン」と呼んでいるのは適切なのである[33]。

　もちろん、粘り強くかつ手堅いエンディコットは、さらに付け加えて、（バーバーの言に拠って今触れたように）けれどブラウンには一応の完成後もさ

らなる visions と revisions（見ることと再見すること、検討と再検討＝修正）が
加わるのが常なのであるが、との保留を付している。

　　私が推測するところでは、MS Sloane 1862 が、ブラウンがおそらく
は 1670 から 1673 年の間に、完成版と見なしたものを与えてくれるはず
である。タイトルは付されていないが、タイトルというものは、あとか
ら出来ることもあると思われる。この MS がどうなっているかという
と、番号が付された 葉 が続き、空白の葉が一葉、そしてそのあとに、
明らかに同じ時のものである筆跡で、1668 年に掘り出されたブランプ
トンの壺についての手紙（'Brampton Urns' と通称される、1712 年の遺稿集に
収められたエッセイ―引用者注）の清書がある。この MS の *LF* 最後のパ
ラグラフには、もとの著者転写（清書）のあとでブラウン自身により、冒
頭に「Lastly」の語の挿入がなされている。また、最初の一葉の裏に、ブ
ラウンが、「この手紙（this Letter）は、赤葉フォリオの手紙（the Letters）
に付け加えてもいい」と書き添えている。クォートからフォリオへと、
清書用葉に進んで行くプロセスが通常のものであったと思われるが、そ
こからさらに、トマス・テニソン（のちのテニソン大主教）が語ったとこ
ろの筆写が行われた場合もあるようだ。ただし、ブラウンの修正癖から
すれば、現存フォリオが最上の自筆原稿ではない可能性もある[34]。

　最終版についてはかなり慎重で、一応このような保留はしているが、とも
あれ、現存するものが一つのベースになるのは間違いなく、そこから続けて
次のような考察（ごく一部は前節で紹介ずみである）を行う。

　　MS の形での *LF* は、「学校的」ではないとしても、バランスのとれた
伝統的な構成をしている。つまり、〈導入〉、〈物語り〉、〈追悼〉、それと
おまけの〈通例の敷衍少々〉、である。この構成をブラウンはのちに修
正し、拡大した。そうしたところ、最後の「mementos（道徳的格言）」
において、何が起きてしまったかある段階で自分で気づいたわけだが、

誰であれ疑えないほどに、やりすぎてしまったのだ。何が起きたかに気づいただけでなく、最終セクションの大半を切り離して、それを別な形で展開する必要性を理解したと考えることさえ、十分な妥当性をもって可能である。自分の修正癖の結果死後に起こってしまったこと――この死の瞑想・観想を、*LF*1690 と *CM* (1716) によって、二重刊行すること――を、彼が決して容認しなかったであろうことは火を見るより明らかだ。Sloan 1862 ではブラウンは、多少長めのパラグラフで全てを締め括るにあたって「conclude in these good wishes unto you」と書いている。一方、*LF*1690 のテクストでは、最終パートに入る前は、「proceed in these good wishes and few mementos unto you」となっているものの、そのあとに続く格言・箴言（道徳的説論・格言）はフォリオでほぼ三葉（それに先立つ部分の 7 分の 3 の長さであり、*LFMS* 全体とほぼ同じ長さだ）に及ぶ。これは「few（若干）」の語を、いくら 17 世紀基準で見たとしても、いささか馬鹿げたものにしてしまうと思われる。

「若干」についての考察はまったく同感である。しかし、反対する者つまり *LF*1690 をそのまま肯定（しようと）する者は、おそらく、まあそのくらいは言葉の綾、レトリックだから、ときっというのだろうが。

誰にとっても明らかなのは、原稿を残された者たちが勝手にでっち上げたわけではもちろんないが、ブラウンの意図が必ずしも反映していない形になっている可能性があることだ。ブラウンに限らず、手を入れ続ける書き手の場合、一体、どの時点をもってその作品と見なせばいいのか。完了時、あるいは終了時はどこなのか。また、それと関係して、そもそも執筆活動とは何をもってその名で呼べば適切なのか。

今述べたように、エンディコット版、つまりエンディコットの編集の正当性の一つは、*LF*1690 が死後出版であり、ブラウン自身の意向が反映するものでない可能性が考えられることだ。もちろん、十全に反映している可能性もゼロではないかもしれないが、しかし「やり過ぎた」と感じて、それに即して *CM* を作ろうとしたのであるとすれば、ブラウンが考えたひとつの可

能態としての *LF* の形を考えてみることは意味のないことではない。

　それに、一般常識の点からいって、後ろに 20 近い段落が付随した段階で、それはもはや「手紙」とは呼べなくなった、手紙でなくなった、のではないか。*LF*1690 は、手紙と呼ぶにふさわしいありようの文章なのだろうか。それともそれは当初から現実の手紙（に少なくとももとづいたもの）ではなかったのだろうか。

　エンディコットの編集のもたらす（もたらし得る）ものは、短くすることで特徴を明示化すること、可能態を顕在化すること、である。純粋化と呼んでもいいかもしれない。短くすることで見えてくるものがある。妥当性は検討するとして、少なくとも、その効果は大きい、といえるだろう。

　何が見えてくるのか。読者（私）には、*LF* を読んでみることによるしか手はない。*LF* の姿はどのようなものなのか、読んで確かめてみるしかない。しかし、ではどの *LF* を読めばいいのか、がやはりあらためて問題となるのである。

　それについても、読むべき *LF* は読んでいく過程ではっきりしてくるだろう。読むこと、読んで私が得ることと、読むべき対象である *LF* とを切り離すことはできないのだから。

　エンディコット版の構成を意識しつつ、*LF* の文章を詳しく検討してみることにしよう。

5　呼　び　方

　エンディコット版で問題となった第 32 段落をきっかけにすることで、一つのポイントを提示したい。それが、2 部構造が *LF* のあるべき姿なのかどうかを考えることにつながるだろう。さらに、*LF*1690 の段落の流れに沿って読むことと、*CM* との対比で読むことと、二つのことがその役に立つだろう。

　引用に使用するエディションを検討しなくてはならない。検証のベースと

しては、検討対象であるエンディコット版とすべきかもしれないが、その版
に存在しない第33-50段落の引用をする必要上、マーティン版に拠ることに
する。

　第31段落までで*LF*を完結させたウィルキンやガーディナーの版との扱
いの検討をするためにも*LF*1690第31段落と第32段落（語レベルでの相違は
結構あるが趣旨としてはその二つの段落はほとんど*LF*MS第20段落と同じである。
前掲事項の確認となるが、proceed（移る）と conclude（締め括る）以外で、意味の
流れ上での大きな違いとしては*LF*MSでは以下の（32）の冒頭に「最後に」の一語が
入る点がある。さらに細かな補足としては、マーティン版では第19と第20段落は一
つの段落につなげられた形になっている点がある）を読んでみよう。なお各段落
最初の数字は段落番号でありブラウンの原文自体にはない。（なお、この第5
節で論じることに関係があるのだが、拙訳には、全体が稚拙なのはご寛恕を請うとし
て、それとは別に、あえてぎこちない形にした部分が若干ある。）

　（31）　彼は先人たちの歳には達しなかったのではあっても、劣った体の
命の糸（寿命）を強いものにする保持の徳に欠けるところはありません
でした。狡猾な貞潔やずる賢い節制とはまったく縁遠い人間でした。彼
の徳は、微小な傷ひとつ、はたけすなわち色が抜けたシミひとつない、
模範でした。その徳こそが、あなたに対して、以下のような願いや若干
の諫めをすることに移るきっかけを私に与えてくれるのです。
　（32）　善のこの綱渡りの路、細き通り道を、そっと慎重に歩むように。
徳を有徳に遂行するように。慎みをもち穏やかにするように。ふしだら
な目的に足りるように体を丈夫に保持しようとか、お金を惜しもうと
か、その道でよくいる違犯者の悪評をうまく免れようとか、あるいは、
そのようにして、もっと目立たない、もっと隠微な悪徳を相殺しようと
か緩和しようとか、単に健康を得ようとか、しないように。いずれであ
れそんなことによるならば、よき行いを発酵させて変質させたり徳を議
論の余地あるものにしたりしかねません。ひと言でいうならば、真に神

に仕えることができるように、ということです。何であれ病というもの
は、徳なしでは神に仕えることがよくはできないことを教えてくれるの
です。病人のできる捧げ物は、痩せた供物にしかなりません。健康な
日々に積み上げた敬虔の宝が、病の折になすことの瑕疵と無能を免じて
くれます。敬虔という宝なしでは、我たちは、不安な気持ちで、失われ
た健康の機会を振り返らなくてはなりません。そして、汚れていない心
をもって人生の最終幕に臨む、後悔せる悪人が迎える最期を、彼らの魂
をかつて完全に働く状態で与えたもうた神に返す悪人が迎える最期を、
あわれむよりはうらやむも致し方なしとなることでしょう。

　併せて *CM* 冒頭との比較のために、このあとに続く第33段落と第34段
落も。

⑶　汝、自分が、（テーベの）ケベスの表の、すなわち、人生についての
かの古の哲学の図表の、奈辺にいるのかを考えなさい。別言するなら
ば、汝が不確かな道にいまだいるのか否か、汝が細き門をくぐり、丘を
のぼって、健全なる家に続くでこぼこ道を進んできている途上なのか否
か、あるいは、汝を徳ある幸せな生へと清め送ってくれる力のある清浄
化の妙薬を、嘘のない知識の手からもらっているのか否か、を。
⑶　この徳ある航路においては、挫折のせいで意気消沈したりしないよ
うに、また困難のせいで絶望したりしないように。あなたは、リマから
マニラまでのような強い風が吹くところを自分が進んでいるなどと考え
てはいけません。そのような航路では、風を受けて、かじは縛り付けて
寝ることも汝はできます。そうでなく、荒海、突風、逆風が待ち構える
ものと考えなくてはならないのです。反対方向への帆の上手回しや方向
転換を幾度もすることで汝の港へ着くとしてもむべなるかな、です。世
俗の座につき平凡なレベルの徳に落ち着くなどせず、英雄にふさわしい
徳となすように。神に対して感謝の供え物だけでなく大きな犠牲も捧げ
るようにしなさい。我々自身のためだけに神に仕えるとすれば、それは
あまりに偏った部分的な敬虔となるでしょうし、我々自身を神の弥栄の
至高の館に据えるなど見込めるべくもないでしょう。

では CM 冒頭の数段落と比べよう。

(1)　善のこの綱渡りの路、細き通り道を、そっと慎重に歩むように。徳を有徳に遂行するように。よき行いを発酵させて変質させたり徳を議論の余地あるものにしたりしないように。公正できれいな行いを、きたない意図でよごさないように。まっすぐなものを、跛行せる伴行で損なうことも、実において善なるを周辺から堕落させることもないようにしなさい。

(2)　汝、自分が、(テーベの) ケベスの表の、すなわち、人生についてのかの古の哲学の図表の、奈辺にいるのかを考えなさい。別言するならば、自分が不確かな道にいまだいるのか否か、自分が細き門をくぐり、丘をのぼって、健全なる家に続くでこぼこの道を進んできている途上なのか否か、あるいは、汝を徳ある幸せな生へと清め送ってくれる力のある清浄化の妙薬を、嘘のない知識の手からもらっているのか否か、を。

(3)　汝の徳ある人生の航路において、かじもマストも帆も使わずにノアの箱舟のように、目指す港もなく流されるがままにならないようにしなさい。挫折のせいで意気消沈したりしないように、また困難のせいで絶望したりしないように。あなたは、リマからマニラまでのような強い風が吹くところを自分が進んでいるなどと考えてはいけません。そのような航路では、風を受けて、かじは縛り付けて寝ることも汝はできます。そうでなく、荒海、突風、逆風が待ち構えるものと考えなくてはならないのです。あなたは反対方向への帆の上手回しや方向転換を幾度もすることで港へ着くとしてもむべなるかな、です。なんとなれば、我々は、徳へと進む歩みにおいては眠るときもライオンの皮をかぶって戦いに備え、徳にたどりつくには滑り行くのではなくよじ登るのですから。

(4)　世俗の長椅子に座り平凡なレベルの徳に落ち着くなどしないように。神に対して感謝の供え物だけでなく大きな犠牲も捧げるようにしなさい。我々自身のためだけに神に仕えるとすれば、それはあまりに偏った部分的な敬虔となるでしょうし、我々自身を神の弥栄の輝かしい館に据えるなど見込めるべくもないでしょう。

　ほとんど同じだとか、前述のプレストンにならえばリサイクルだとかいう
類のことがよくいわれる（それを間違いとまではいえないだろう）わけであるが、
CM 第 1 段落についていえば、*LF* 第 32 段落と比べ、相当コンパクトになっ
ている。ずっと短くなり、しまっている感じである。第 3 節で見た、削る努
力によって、後の版が単純化されて短くなる場合があるとのハントリー説
が、*LF* と *CM* の間でなら確かに成り立ちそうだ。また、*LF* 第 34 段落は、
多少の書き換えを含みつつ、*CM* の第 3 と第 4 段落の二つに分けられている。
別な形によってではあるがコンパクト感が増している。いずれの場合も、い
わゆる格言、アドバイスに、よりふさわしい体になっているといっていいだ
ろう。

　そして、もう 1 点、単なる些末なレベルにとどまらない違いがある。些末
でないというのは、この文章のありようと密接に関わる事柄だからだ。それ
を明示するために、若干の工夫（それについては後述）を施しつつ、上掲個所
に対応する原文 *LF* 第 31-34 段落と *CM* 第 1-3 段落を掲げる。

(31)　Altho he attained not unto the Years of his Predecessors, yet he
wanted not those preserving Virtues which confirm the thread of weaker
Constitutions. Cautelous Chastity and crafty Sobriety were far from him;
those Jewels were Paragon, without Flaw, Hair, Ice, or Cloud in him:
which affords me an hint to proceed in these good Wishes and few
Memento's unto you.

(32)　Tread softly and circumspectly in this funambulous Track and
narrow Path of Goodness: pursue Virtue virtuously; be sober and
temperate, not to preserve your Body in a sufficiency to wanton Ends; not
to spare your Purse; not to be free from the Infamy of common
Transgressors that way, and thereby to ballance or palliate obscure and
closer Vices; nor simply to enjoy Health: by all which you may leaven
good Actions, and render Virtues disputable: but in one Word, that you
may truly serve God; which every Sickness will tell you, you cannot well

do without Health. The sick mans Sacrifice is but a lame Oblation. Pious Treasures laid up in healthful days, excuse the defect of sick Non-performances; without which we must needs look back with Anxiety upon the lost opportunities of Health; and may have cause rather to envy than pity the Ends of penitent Malefactors, who go with clear parts unto the last Act of their Lives; and in the integrity of their Faculties return their Spirit unto God that gave it.

(33)　Consider whereabout thou art in *Cebes* his Table, or that old philosophical Pinax of the Life of Man; whether thou art still in the Road of Uncertainties; whether thou hast yet entred the narrow Gate, got up the Hill and asperous way which leadeth unto the House of Sanity, or taken that purifying Potion from the hand of sincere Erudition, which may send thee clear and pure away unto a virtuous and happy Life.

(34)　In this virtuous Voyage let not disappointment cause Despondency, nor difficulty Despair: think not that you are sailing from *Lima* to *Manillia*, wherein thou may'st tye up the Rudder, and sleep before the Wind; but expect rough Seas, Flaws, and contrary Blasts; and 'tis well if by many cross Tacks and Verings thou arrivest at thy Port. Sit not down in the popular Seats and common Level of Virtues, but endeavor to make them Heroical. Offer not only Peace-Offerings but Holocausts unto God. To serve him singly to serve our selves, were too partial a piece of Piety, not likely to place us in the highest Mansions of Glory.

次に *CM* 冒頭第Ⅰ節をなす 4 段落。

(1)　Tread softly and circumspectly in this funambulatory Track and narrow Path of Goodness: Pursue Virtue virtuously; Leven not good Actions nor render Virtues disputable. Stain not fair Acts with foul Intentions: Maim not Uprightness by halting Concomitances, not circumstantially deprave substantial Goodness.

(2)　Consider where about thou art in *Cebes*'s Table, or that old

Philosophical Pinax of the Life of Man: whether <u>thou</u> art yet in the Road of uncertainties; whether <u>thou</u> hast yet entred the narrow Gate, got up the Hill and asperous way, which leadeth unto the House of Sanity, or taken that purifying Potion from the hand of sincere Erudition, which may send <u>Thee</u> clear and pure away unto a virtuous and happy Life.

(3)　In this virtuous Voyage of <u>thy</u> Life hull not about like the Ark without the use of Rudder, Mast, or Sail, and bound for no Port. Let not Disappointment cause Despondency, nor difficulty despair. Think not that <u>you</u> are Sailing from *Lima* to *Manillia*, when <u>you</u> may fasten up the Rudder, and sleep before the Wind; but expect rough Seas, Flaws, and contrary Blasts, and 'tis well if by many cross Tacks and Veerings you arrive at the Port; for we sleep in Lyons Skins in our Progress unto Virtue, and we slide not, but climb unto it.

(4)　Sit not down in the popular Forms and common Level of Virtues. Offer not only Peace Offerings but Holocausts unto God: where all is due make not reserve, and cut not a Cummin Seed with the Almighty: To serve Him singly to serve our selves were too partial a piece of Piety, not like to place us in the illustrious Mansions of Glory.

明示のための二種類の下線部（施したのは引用者）に注目してほしい。

LF 第 1 段落（1690 でも MS でも）で、この「手紙」は、その宛名人を「you」と呼んでいた。そのあともずっと——すべての段落で二人称代名詞が出てくるわけではないが——そうだった。いうまでもなく、報告の手紙でも格言でも、you であれ thou であれ二人称代名詞の使用自体は目的にかなったもの（の一つ）である。

　第 1 段落からずっと、今見たとおり第 31 段落でもまた第 32 段落でも you が使われる。特に第 31 段落においては紛れもなく、私に患者の診察依頼をした「あなた」への語りかけである。その段落最後で、ブラウンは、「あなたにたいして、以下のような願いや若干の諫めをしようと」いう気になる。確かに第 32 段落も格言的な内容やいい方なのであるが、語りかけの相手と

して使われるのは you。それが、第 33 段落では thou になる。つまり、格言的要素としてさらにふさわしいともいえそうな人称代名詞になる。また、もう 1 点明らかなのは、単数の thou、複数の you（「あなた方」、「（一般的な）人」）という使い分けをしているのではない、ということだ。今説明したように、第 1 段落以降、ずっと「you」は複数ではなく、どこの誰か名前は分からないものの、宛名人である単数の「あなた」であったのだ。

　第 33 段落におけるこの転換は、定説的な説明の語を借用するとすれば手紙から箴言（格言）への転換とすっきり無邪気に主張できそうだが、ことはそれほど簡単ではない。

　というのも、第 34 段落では、you で始まり次に thou となり、混在が生じている（すべての段落で thou の方を二重下線で示してある）。それも同じ一つの文の中でその二つが使われている（内容からすれば意味による使い分けがあるとは考えられない）。それ以降の *LF* の段落すべてにおいては、使われる二人称は、（もちろん二人称が使われる場合にはということだが）thou のみとなる。

　また、*CM* 第 3 段落においては、一文中での転換は生じていないが、thy の一文から始まり、それから一文後の文中で you が二度使われる。

　*LF*1690 における二人称代名詞の登場を明瞭化のために列挙的に示してみると、次のようになる（登場順。ただし登場回数は示さない）。

　　　　1 と 2 は you、3 なし、4-30 なし、
　　　　31-32 は you、33 は thou と thee、34 は you と thou と thy、35 は thy、
　　　　36 は thee と thou、37 は thou と thy、38 は thy、39 は thy と thee、
　　　　40 は thy、41 なし、42 は thy と thou、43 は thy と thee、44 は thy、
　　　　45 は thou と thy、46 は thy、47 は thou と thy、
　　　　48 は thy と thee と thine、49 は thee と thy、50 は thy

　同様に *CM* の方も記す（後半は簡略化して記載）。

　Part I（第 I 部）：
　S1（Section I：第 I 節）は、第 1 段落なし、第 2 段落は thou と thee、第 3

段落は thy と you（*CM* 第 I 節第 1-3 段落における混在の具合は *LF* 第 32-34 段落と同じ）、第 4 段落なし

S2 は thy と thee と thine、S3 なし、S4 は thy と you（この you の使い方は、*LF*1690 第 32 段落中の、部分的に同一である文での使用とまったく同じ。なお、上記のようにその第 32 段落では thou、thy、thee、thine はない）、S5 は thy と thou と thee、S6 は thou と thy と thee、S7 は thy と thee、S8 は thy、S9 は thy と thou と thee、S10 なし

以後、Part I の S11-S36、Part II の S1-S13、Part II の S1-S30 においては、二人称が使われる場合には thou（thee、thy、thine）であり、you（your、yours）はまったくない。

　この不整合、あるいは揺れ、の意味は大きい。この不整合＝揺れが生じていることの意味は、つまり *LF*1690 も *CM* も、書き手（著者）による真に最終的な判断・チェックを経たテクストではないかもしれない、その可能性が高い、ということである。第 33 段落での転換、そして第 34 段落での混在という一連の事態が発生する起点は第 32 段落が終わった時点だった。第 32 段落と第 33 段落において、事は起こった。*CM* 第 I 部第 IV 節（Part I S 4）における混在は、*LF*1690 第 32 段落の文章が、*CM* の冒頭文つまり第 I 部第 I 節と第 IV 節の二つに分けて使われた結果生じている。あたかも始まってややあってからの出現のように見えても、実は第 I 節からの地続きの地平での出来事である。つまり、*LF*1690 第 32 段落がやはり揺れの出所・淵源・リソースなのである。二人称の変化・変則的使用も、エンディコット版の編集を（証明するとまではいえないだろうが）補強する材料になりこそすれ、否定材料にはならない。

　そこで起きている（いた）ことは、単なる推敲の不十分ということを超えた、*LF* というテクスト特有の事情だ。それが露わになっている（いた）のである。*LF*1690 第 32 段落と *CM* 第 I 節第 3 段落における、正確には揺れというべきこの転換からすれば、この二人称の点から、明確に異なる 2 部構成とする立場の根拠が得られもするだろうし、同時にまた、第 2 部をはっきり切

り離してしまって *CM* の母体とすべし、という立場が一定の妥当性を持つ
ことの根拠にもなる。二人称に注目することによって、*LF* のありようと *LF*
後半の異質性がいっそう明示的に際だつはずだ。

格言・箴言（アドバイス）が手紙にもふさわしい場合があると考えるなら、
この前後二つのパートは、切断点ともなり得るものを契機となすことによっ
て接続され得る、といってもいいだろう。

しかし、編集者がいる（いた）のであれば（もちろん、著者本人が存命である
場合なら、近代的な意味での編集者が確立してはいないこの時代にあって本人が編集
の役割をしただろうが）、人称の不整合は何らかの形でなくしたであろうし、
構成についても、はっきり第1部、第2部として分離ないし独立させたので
はないか。*LF* も *CM* 同様、複数のパート区分を設けるべきでなかったか（も
っとも、3部構成の *CM* の区分の場合には *LF* ほどの構成上・性格上・内容上の差異
はないのであるけれど）。また、複数パート構成ということならば *RM* の2部
構成の例も傍証に加えるべきかもしれない。

そのような推測をたくましくしたくなるほどには大きな揺れでないか。し
かし、ブラウン本人が亡くなり、そのような機会は永遠に失われた。そし
て、二人称問題はなぜか正面切ってはほとんど触れられてこなかった。2部
構成というか、後半における転調ないし転換という大枠のストーリーの中に
呑み込まれてしまって前景化しなかった、ということであったのかもしれな
いが。

それに関わることで一つ記しておかなくてはならない事実がある。2014
年刊行の OUP 版選集に *LFMS* は収められておらず、そのこと自体は、主要
作品網羅によりブラウンの全体像を示そうという目的のためであろうので妥
当なことではある。編者のキリーンは、死後出版物からの選定（1712年の
Posthumous Works の好古的エッセイ類は収めず、それ以外の3つ、*MT* と *LF*1690 と
CM を収めた）理由を、緒言でこうのべている。

　それら（死後出版の）中で比較的早い *MT* は、ブラウンの最良の作品（たとえば 'Of the fishes eaten by our saviour' など）を特徴づける monumental irrelevance（モニュメント的見当違い／ボケ）を共有している。そこには、学問と自然哲学の領域における面倒な質問に対して女性回答者的な姿勢で返事の手紙を書く役割を引き受けているブラウンがいるのだ。そして、*LF* には、よき死についてのアドバイスが書かれている。またそれは、ブラウンの書き物のうちで、もっぱら遊びのない説教調の内容の作品であるせいで最も顧みられないものの中に入っている *CM* と直接重なりまたそこから借りている部分を沢山有している。しかし、この作品（*CM*）は、100％ブラウン的で目がくらむような散文も一部に含んでいるのだ、たとえ集積された sententiae（意見）と集められたアフォリズムというものがあっという間に形式（スタイル）として色あせがちなものであるとしても。しかしながら、それはまた覚え書きのためのコモンプレイスブックでもない。そうであるにはあまりにも芝居がかりすぎていて、「汝に」、「汝が」という様式化された好古家的な形式（スタイル）で著されているし、語り手もバロック的なポローニアスといった感じに思えてくるのだ[35]。

　自分の選別方針の自己正当化のきらいはあり、いささか *CM* を戦略的に持ち上げすぎている感が否めないが、ある的確な記述にはなっている。それにしても、「monumental irrelevance」とは面白い（それでブラウンの最良部分が形容しきれるかどうかは保留つきかもしれないものの）特性規定である。確かに、それに通じ得るような一面を、レズリー・スティーヴンを引いて論じたことが私にもあり[36]、この後の「おわりに」の節の最後で触れ直したいと思うが、キリーンがここで「汝」という呼び方への着目をしていることについては、注目しておかなくてはならないだろう。ただ、（我々の論にとって、残念ながら）見ての通りその着目はもっぱら *CM* についての言なのだ。

　ここまでを簡単にまとめ直すと、格言・箴言的な命令形に目をとめるならば、第31段落までで切る編集が生じ得る。その短縮は、ウィルキンなどのように単純に *CM* との重なりを避けてカットするのを旨とした編集版でこ

れまで実際に行われた扱い、編集行為であった。しかし、第31段落最後の「あなたに対して、以下のような願いや若干の諫めをしようと」いう結びはあまりに尻切れトンボである。ウィルキンがそこで*LF*を締め括りにし、すぐ下に、「この手紙の残りは、若干の個所で多少の変更が施されて、ブラウンのより大きな作品である*CM*に使われた。そこでここでは省略する」と付記したのだが、それはつまり、続く部分は*CM*を読んでくれ、といっているのであり、第31段落までで一つの作品と考えたというのとは違う。少なくとも続きはあるのだといっているのだから[37]。

　他方、人称の揺れに目をとめるなら、第32段落で区切る編集（エンディコット編集版*LF*）が生じる。機械的厳密さを持ってするなら目をとめるべき個所には第32-34段落という幅をもたせるべきかもしれないが、第32段落と*CM*第1段落の違い、そして第33と第34段落と*CM*第2と第3段落の同一具合を見るならば、相同と相異の焦点は第32段落にある、ということになる。

　さて、ではありうべき*LF*はどうなるだろうか？

　切れ目付近でのテキストのあり方を見たわけだが、そこで区切られていた後半群の始まり具合（*LF*1960第33段落、*CM*第1段落）はすでに見たので、前半群の文章がどんな風であるかについて触れておきたい

　*LF*の始まり（*LF*1690第1段落）はこんな風であった。

　　そのようなこともあるのではないかと思うのを大目に見てほしいのですが、この種の知らせが持つ翼はとても重いので、あなたは最愛の友についての知らせをほとんど得ないでいるのではないでしょうか。ですので、私が心ならずもあなたにあらためて知らせなくてはならないのは、彼が「硬直セシ踵ヲ戸口ノ方ニ向ケテ伸バシテイル」こと。つまり、死んでいて埋葬され、今頃はもはや死者たちの大国においてまったく新参者でなくなっていることです。なんとなれば、彼がこの世を去ってさほ

どの日が経ってはいないものの、その冥い世界（くに）が一時間ごとに大きく増員しているのはご存じの通りですから。人間が絶え間なく死んでいることを考えるならば、地球全体では死ぬ者が一時間に一千人足らずとはあなたも考えられないはずですから。

ここで比較として、*LFMS* 第1段落を見よう。

　あなたが、あなたの親友であるあの立派な紳士に関してあまりに知らなかったのは残念なことです。そして、「硬直セシ踵ヲ戸口ノ方ニ向ケテ伸バシテイタ」こと、彼が死んでいて埋葬され、今頃は死者の国の人々の中で新参者でなくなっていることをあなたに伝えるうれしくない役目を私が果たさなくてはならないことも残念でなくて何でしょう。なんとなれば……（以降はほぼ同一なので省略—引用者）

　*LF*1690 は、内容的にはほぼ同じだが、華麗かつ厳かな響きを好む向きから喜ばれそうな調子である。たとえば「翼」もそうであるし、また一書の主題から当然とはいえ死者の国のことはこの後も頻出する。また空中楼閣も登場（第23段落）し、全体にわたって多少とも張りのある調子が一貫する。それに対して、端的にいって、*LFMS* はストレートさ・簡潔さが印象的であり、つまりは「手紙」である。*LFMS* を読むと、これが実際に誰かを念頭において書かれた文章であろうことが自然に想像される。ついでながら、未整理の重複・反復的文言の存在等を別とするにしても、この冒頭を読むかぎりでは、*LFMS* が先であると考えるのが妥当だと私には感じられる。

6　つながり方

　LF の中身について考えるために、実際の姿をさらにもう少し読んでみよう。

エンディコットがいささか力をこめて言っているのであるが、*LF* で（つまり、早い時期に *LF*―1690 にせよ MS にせよ―の主たる部分が成立していたというハントリー説の推定に基づいて）ブラウンの書き手としての力（の発揮）は終わってしまったのか、というその反語的疑問は、それだけにとどまらない事柄を孕んでいる。

そこに一つあるのはリズム・運動、だ。

*LF*1690 の第 25 段落から第 28 段落の内容的な流れをまず見てほしい。

㉕　死を恐れることも、また死を望むことも、彼の堅固な意志に適うものではありませんでした。滅してキリストとともにあることがいまわの際の言葉でした。自分の人生の糸を長いと彼は思いなしたのですが、その実、長の年月を生きたわけではなく、ラザロの第二の人生を上回るかどうかでした。この地上で人間として老いることがないように決められた救世主の年齢に、自分も達すれば十分と考えたのです。

㉖　しかし、死に満足することの方が、死を望むよりもましであるともいえましょう。なんとなれば、悲惨（不幸）な生は私たちに死を望ませるが、徳のある生はその生に安らぐようにさせるのですから。これこそは、志操堅固なキリスト教徒の強みなのです。そのような者は、死を針のひと刺しと見るのではなく、罪の果てる終わりと見、この世の生とよりよき生との間の地平線であり地峡と見て。この世界の死はいまひとつの世界の誕生だと見ることで、すべての者に共通に訪れる必然（死）に満足して甘んじ、エノクもエリヤもうらやまないのです。

㉗　生に満足していないことは、自らを滅ぼす人々の不満足な状態です。そのような人は、生きることを恐れるあまり、盲目的に自らの死に向かうのです。なんぴとであれ死を経験によって恐れることはありません。ストア派には死の恐怖をとりさる有名な教義がありました。すなわち、そのような（死に臨する）窮地にあってもはや避けられないことを望み、こうなるのではと恐れることをこそ願うべし、というものです。この教義によって、ストア派は、悪しきことを自発のものとし、自らの望みに合わせ、それにより恐怖をとりさりました。

㉘　しかし、古の殉教者たちは、そのような誤謬（誤った考え）によって鼓舞されたのではありませんでした。彼らは死を恐れはしなかったが、自らの死刑執行人になることは怖がったのです。かくして、自分の体でなく欲望を十字架にかけることこそ知恵が優っていることなのだと、心臓を突き刺すよりは割礼をすることが、自らを殺すよりは自らを抑制することが、知恵あることだと、考えたのです。

　なかなかの名文句も中に含まれているのは読んで分かる通りであるが、明瞭に見てとれるある一つの特徴を示すために、前後一段落をも含めた上の段落各々の最初の部分を書き抜いてみる（下線部引用者）。

24 He had wisely seen the World at home and abroad, and . . .

25 <u>Not</u> to fear Death, nor desire it, was short of his Resolution: . . .

26 <u>But</u> to be content with Death may be better than to desire it: . . .

27 <u>Not</u> to be content with Life is the unsatisfactory state of those which destroy themselves; . . .

28 <u>But</u> the ancient Martyrs were <u>not</u> encouraged by such Fallacies; . . .

29 His willingness to leave this World about that Age . . .

　第 25-28 段落を見る者は、そこの一連の流れに目をとめないわけに行かないだろう。段落冒頭におけるこの不定詞の繰り返しと、Not . . . But . . . パターンの繰り返しの組み合わせ（ごく単純な単語レベルで見るなら、第 28 段落において、冒頭の But のあとに、パターンではない not が反復の残照のように現れている）。もちろん、書き出しの形のみが問題ではなく、闇雲に死を恐れるのでなく徳のある生を求めるという内容的展開も併せてのことであるのはいうまでもないが。

　*LF*MS と *LF*1690 の対応（エンディコットが 1966 年の *UTQ* 論文で大変詳しく説明している）を見てみよう。簡便のためにここでは、*LF*1960 の段落番号を単

に数字のみで示し、*LF*MS については例えば第 5 段落は MS5 と書く。

　24 は MS18 に、25 は MS17 前半（キリストをラザロに変えるという変更あり）に、対応している。しかし、26-29 は MS の対応段落がなく、純粋に *LF*1690 で追加された段落である。

　すでに書いた部分と一部重なるが全体像を示すためにそのあとをあらためて補足すると、MS19 が 30 になり、MS20 の冒頭の 1 語「Lastly」が 50 の冒頭に移され、また語レベルではそれなりの数の相違を伴いつつ、MS20 前半は 31 となり、MS20 後半は、32 となる。

　*LF*MS という初期形のもつ、整序されていない魅力はむろんあるのだが、*LF*1690 には、ブラウンが手を入れて出来た（出来上がって行きつつあった）魅力がやはりあると感じられ、今掲げた段落パターンも、ブラウン的なリズムの一つといえる。ちなみに、前掲のプレストン編選集版がここを選んで収録している。「アドバイス」の項ではなく、「宗教」の項に *RM* に加えて、*RM* 以外からはこの *LF* の第 25-28 段落のみを入れているのだ。次節で触れる *MC* を収録していることといい、その編集の選択眼の正しさを明かしていると思う。もっとも、そこを選んだ理由などは一切語られていないが[38]。

　では、これに対して、*LF*1960 なら第 33 段落以降、つまり *CM* は、どんな具合かというと、すでに掲げたように、格言にふさわしく命令形になるのである。

　その 32 は、Tread softly . . . narrow Path of Goodness: pursue Virtue virtuously ; . . . と「virtue」をめぐる考察になっていた（第 5 節で見たように *CM* 冒頭に使われた一文でもある）。「徳」はそのあとの格言パート全体を通底する主題のひとつでもある。格言調になって、転調はしたのだが、そこで提示されたテーマは引き継いだともいえる。「切断点」かつ「接続点」、つまり、*LF*1690 において、第 32 段落は「要」として機能する、あるいは機能するようになった、といえるだろう。

　そして、傍証的証拠となるが、ここでもう一つ、別材料から、*CM* の性格について補っておきたい。

CM は「1670 年代に書かれたが、死後紛失し、やっと 1716 年に出版された」[39)]のであるが、CM 出版の当時者であるノリッジ大執事ジョン・ジェフリーは、その「序」でこう書いている。

　　誰であれ、『ある医師の宗教』と、以下のこの文章本文とを読んだならば、同じ人間が両方の著者であるのかどうか疑問を持たれるやもしれぬが、それが書かれた時に父であるサー・トマス・ブラウンと同居していた娘であるリトルトン夫人が、その真なるを証言しているゆえご安心めされよ。夫人は当時、父自身が書いたそれを読んだのである。また、死の直後に著者自身の原稿を読み、あるいはその後同じものを読んだことがある他の者たち（私もその一人だ）の証言するところでもある。これがもっと早くに印刷に付されなかった理由は、他の手稿類にまぎれてしまって不運にも見失われていたからだ。当該手稿は、最近、カンタベリー大主教（トマス・テニソン）立ち会いのもとで探し出されたのであり、手稿のことを大主教猊下が、手紙によってリトルトン夫人に知らせ、それを送ったのである。ここに印刷されている本文なり短い著者注には、著者の元手稿にあるもの以外は入っていない。例外は、精査の結果必要な若干の語を付け加えたり移動したりした個所のみである[40)]。

　この「序」がいっていることが正しいのであれば、つまり、「同じ人間が両方の著者であるのかどうか疑問を持たれるやもしれぬ」と書かれているところからすれば、ということだが、かなりストレートなアドバイス形式・格言スタイルは、大袈裟にいえば、ブラウンらしい著作部分に対して違和感あり、ということになるだろう。

　逆にいえば、CM の方が、ある「正当性」（正確にいうなら、内容についての著者の一方における思いが、意図されざるストレートさをもって反映している可能性）を有していることにもなる。

　同時にこれは、第 4 節で可能性として提示した点、LF1690 の後半三分の一、つまり CM 最初の部分を LF に使うつもりがどこまでブラウンの最終的

意志であったかどうかいささか問題あり、ということにも関わる（*LF*1690 版の構成へのエンディコットの疑念の起点はこの「違和感」近くにあるのではないだろうか）。

　本題に戻る。ポイントは不定詞だろう。といっても、不定詞の名詞用法を命令的な意味で使う（「〜すること」＝「〜するように／〜しなさい」）ことではない。第 32 段落の一部においては、不定詞が命令的に使われていた。そして第 32 段落も含んでそれ以降の *LF* 後半部では、命令形による格言・箴言の流れが専らとなる。それらとはまったく違うあり方にある不定詞に注目する必要がある、ということである。

　不定詞とはつまり、具体的条件に特定されない、人称にも特定されないということだ。そこまで手紙として書かれて来ていて、それに対し、掲げた一連の段落（第 25-28 段落）では二人称が問題ではないように書かれている点が特徴となる。つまり、誰かに宛てた報告的手紙（二人称を使うのが当然の媒体）でなく、また二人称への命令的な語りかけがやはり特徴となる格言・箴言でもない。第 25-28 段落は、*LF*MS にはないが、*CM* にもない、極めて *LF*1690 に特徴的な、あるいは固有な部分であることになる。格言的な段落毎のまとまりが *CM* や *LF*1690 後半に強いのは間違いないが、段落から段落への動き・リズムを、そこに通って流れる呼吸を、感じとることがここを読むのに大切だろう。

　もしも、実在の人物宛てでない、あるいは、宛てであってもほとんどそれが問題にならないあり方になっているとすれば、*CM* 的な面が重きをなすことになる（何といっても *CM* は、独立していて、手紙形式でないのだから）だろうが、*LF* はそうはなっていない。すでに別様ないい方で触れたが、その時それは手紙でなくなっているだろう。読者である者に分かること、あるいはいえることは、*LF*MS と *CM* の境で揺れる *LF*1690 の切断＝編集の現場を、第 32 段落が示している、ことだ。

おわりに――手紙から――

最後に、別な面、上述のキリーン編選集版のところで名前が出た*MT*という一書と、*LF*との関係性について考察することから、*LF*のありようについてさらに見てみたい。

*MT*の出版経緯は、出版者トマス・テニソン（Thomas Tenison）による前書き（「出版者から読者へ」）に次のような趣旨が記されていた――「印刷の運びとなったこの書のもととなった原稿は、しばし以前に著者の令夫人と子息により自分の手に委ねられた。著者自身は、そのまま世に出さないことにするか、それとも出版するか、原稿に関してなんらかの責任をひとに課すことはしなかった。けれども、著者が原稿の写しを作っておいたこと、それらを自分のもとにおいておいたこと、からすれば、出版の目論見があったのだろうと考えられる」[41]。

*MT*は、死後出版ではあるが、翌年に出されたことからすれば、単なる拾遺や補遺にとどまらない位置を占めているといえそうで、実際の中身を読めば確かに得心が行くが、なかなかに端倪すべからざる書であり、充実した作品である。

*MT*におさめられた13のエッセイ・論考は、どれも「Sir,」で書き出され、you に宛てる手紙の形式をとっている（宛名人の名前は文章中では記されていないが、ニコラス・ベーコンやジョン・イーヴリンなど、外的な証拠によって特定されているものもある）。

だとすれば、手紙であるという資格において、*LF* も *MT*（略さずに書けば *Certain Miscellany Tracts* で、【凡例】では『小論集』という訳を掲げたが、意味からすれば「諸論考」である。いろいろ入っている「雑の部」といった性格である）に入り得る性格を持っている。

LF は *MT* に収められていてもおかしくない（なかった）のではないか。

バーバーやヘルトゲンが言及していた、エンディコットによるブラウンの

書き込みに関する論はすでに触れたが、エンディコット編選集の textual notes（本文校訂注）には、論文での説明中にはない *MT* との関係についての推論が次のように補足されている。

> 第一葉にわたって引かれた斜線は、そこにおいても、またしばしばその他においてもみられるが、転写がさらに行われたことを示すように思われる。向かい側の白葉の上部に、ブラウンは、「この手紙（this Letter）は、赤葉フォリオの手紙（the Letters）に付け加えてもいい」と書いている。これは、*MT* として 1683 年に刊行された手紙の一部のことに言及していると思ってよさそうである[42]。

ブラウンの書き込みにおける「この手紙」とは *LF* のことをいっている。このエンディコットの注の言からすれば、*LF* が *MT* に収められるという事態も、まったくありえない妄想ではない。

もう一つの補強根拠としては、第 4 節で掲げた *LF* を収めた選集のうち、1822 年刊の *Tracts*（J. Crossley 編）が、*UB* と *LF*1690 と *MC* を合わせて一書としている事実だ[43]。編者のクロスリーの「口上 Advertisement」に曰く、「これまで世に現れたどれよりも、こじんまりまとまっていてかつ的確な形で、ブラウンの作品の一番興味深い（curious）ものの幾つかで一つの選集を作るのが、本書の編者の意図であった」[44]。すぐ続けて、*PE* と *GC* と *RM* は除いてであるがと、賢明な保留をさすがに付けてはいるし、そもそも宣伝文句なので割り引く必要はあるわけだが、一番的確な（correct）形でブラウンを世の人に提供するという意気込みには、一種の選択眼が働いての書物であることがうかがえる。

プレストン編選集にも収められていたユニークな *MC* は、*MT* の掉尾に位置する第 13 章である。*MC* については、以前ある程度詳しく論じたことがある[45]ので繰り返すのは避けて、ここでの関わりがある限りの説明にとどめるが、まず、*MT* の他の章と同様手紙の形式をとっている点、また、博物誌

的側面をもった報告という点でも共通点を持っていることは触れておかなくてはならない。

　それは、書かれている対象物が存在してもおかしくないが存在しそうもない（物によってはよく考えると存在し得ない）がゆえに興味の弥増す驚異の事物を集めて展覧し報告してみせた、架空のコレクションの一ヴァリアントかつパロディという趣をもった小文である。このいい方にならうならば、*LF* は、書かれている対象＝患者が存在していないかもしれないが、存在していると思われるがゆえに魅力（この語はいささか不謹慎かもしれない。「注目」あるいは「興味」とするのが無難だろうか）の弥増す臨床的な報告の小文である。相似と相違がからまる双子的関係（ブラウンの好きな比喩だ）、あるいは鏡像的関係に、*MC* と *LF* はあるといえそうだ。

　そう考えると、今触れたクロスリー編の小選集に *UB* がその二つとともに収められていた（長さの点だけからいうなら、*UB* にその二つが合冊された、が適切だろうが）ことの意義（クロスリー自身は何もいっていないし、意識的レベルでの意図ではおそらく全くなかったであろうが）が浮かび上がる。*UB*（焼尽・壺による埋葬）と *LF*（消耗・肺結核による他界・辞世）と *MC*（埋もれた博物館）。通底するのは、「肉体的・物質的に見えなくなる（見えていない）こと」、「世に埋もれ（てい）ること」である。そして、そこからさらに一歩推測的想像の歩みを進めるならば、今「患者が存在していると思われるがゆえに」魅力的だと書いたが、ひょっとすると、*LF* は、「対象が存在していると思われるが同時に誰だか分からない（埋もれている）からこそ」魅力的なのではないか。匿名的であるからこそ対象が強く感じられる文章だといえるのではないか。

　少しことを急ぎすぎた。*MC* が収められた *MT* の具体的なありようを見てみよう。たとえば、キリーン編選集版関連で名前が挙がっていた第3論考「Of the Fishes」を具体的に見てみよう。

　これは、イエスが復活後に弟子たちと食した魚の種類をめぐる随想というものだが、それをあれこれ考えたあげく、その形式を利して、プロコピオス（6世紀、東ローマ帝国の歴史家）の語るテオドリック大王（テオドリクス、東ゴ

ート王）の様子——Quintus Aurelius Memmius Symmachus と義理の息子 Boetius の二人を反逆罪で処刑したあと、食卓に出された大きな魚の頭が Symmachus の頭部に見え、歯を剥き出し目が自分をにらみつけているかに思えたという様子を語るエピソードなのだが、いったいその魚とは何だったとあなたは思うかね？と、一文を結んでいる。この最後のところのうっちゃり的機微はまさにブラウン、である。

　ここで、*LF*MS の第 10-12 段落の流れも併せて読むのがふさわしい。

　⑽　子供のころ彼はこの（イングランドの）地の病であるくる病にかかってやつれたことがあった。しかしながら、その病ののち元気になり活動的になった多くの者を私は目にしているのではあるものの、その同じ病を得た者で大変な長生きをした者がいるかどうかについていえば、十分な所見を述べられるほどその病は古くからあるのではないのだ。跛行や足を引きずることが、イストリア半島のロヴィニの住人たちのあいだでいまだに増えているのかどうか、私には分からないが、けれども二十年もたっていない以前、ムッシュ・ドゥ・ロアールはその地について、住人の三分の一は足を引きずっているとの所見を記している。しかしながら、絶対確かなのは、くる病が我々の間で増えていること、天然痘（小ポックス）が梅毒（大ポックス）よりも致命的であること、王の財布こそが瘰癧（王の病）が今も拡大していることの証人であること、その病を誇る古の人は見当たらないものの、今日四日熱で死んだ者のために鐘が鳴らされるのを耳にするのはまれでないこと／四日熱のために鳴らされる鐘の音は馴染みないものではもうなくなっていること、である。

筆は博物誌的に広がり出そうとしているのが分かる。そして、

　⑾　この癆性の消耗状態（肺病）にあって彼の髪が、このような病の最後の徴候の一つであるかなり抜け落ちてしまう状態にならずに、いかに

見事に消えずにとどまっていたかに驚く人たちがいたのを、私は目にした（観察した）のだが、その人たちは彼の顔にある、もし生き長らえたならば、おそらく禿にはならないだろうというしるしに気づくことはなかった。つまり、二重あごの人は禿になりにくいという、アリストレスの観察がもしも消えずに残っているのであれば、の話なのだが。また、やはり禿になる傾向の低いと同じ著者が主張している静脈瘤つまりこぶの出来た血管にも気づくことはなかった。

⑿　あごひげというものは、ウルムス（ジョヴァンニ・オルモ）によって男性という性の特徴と、男性的熱気のしるしだとされただけであるとはいえ、彼（この若者）にあってそれが早熟として早くに生えてきたことが、長生きを指すこととしてよしとされることはなかった。モハーチの戦いで敗れた徳高きなれど悲運のハンガリー王ルイスは、伝わるところでは、生まれた時に皮膚がなかったが、十五歳でひげが生え、二十歳頃には白髪交じりの髪が多少生え始めた。それによって卜占者たちは王が短命で終わり王国を損なうことになると推測したのであったが、早くに白髪交じりになる多くの者がダビデ王（約八十歳まで生きた）より長生きしたことを我々は知っている。……

この内、*LFMS* の第 10 段落は、推敲段階であるのを示すとおぼしい末尾の重複的・反復的個所以外ほぼ *LF*1690 第 13 段落として、また *LFMS* 第 12 段落もかなりな部分が *LF*1690 第 11 段落として使われた一方、*LFMS* 第 11 段落が *LF*1690 ですっかり省かれた。理由は分かる気がする。真面目な医学的博物誌的な記述にちがいないのだし、不謹慎な内容ではない。しかし、生きるか死ぬかの切実な時点にいる人について、髪のあるなしとの関わりを真面目に論じれば論じるほどに、どこかしら不謹慎な愉快さが生じる。病と髪という話題から、二重あごと禿との関係に、静脈瘤と髪との関係に話題が動き、そこから面白さが生まれる。髪は多少とも余命に関わるようではある（引用から明らかなように、第 12 段落の内容はひげとそして髪と長い寿命との関係を述べている。だからおそらく第 12 段落は残された）のだが、第 11 段落では筆は、病との直接的関わりから離れ、観察されるべき度合いの低いであろう二重あ

ごやら静脈瘤やらのことへと好奇心の赴くまま渉猟の先を広げて行く。「珍奇ハンター」ブラウン健在、である[46]。

　死をめぐる主題のつながり・通底性が明瞭な *RM* や *UB* だけでなく、*PE* や *GC* の博物誌（だけではないが）のブラウンがまさにここにいる。エンディコットがいささか力をこめて論じていたわけだが、*UB* と *GC* でブラウンの書き手としての力（の発揮）は終わっていない。*LF* と *MT* において面目躍如は続いているのである[47]。

　そして、うまく説明しきれないものの今回の最後に書き添えずにはいられないことがもう一つある。あの問題の第32段落にある「pursue virtue virtuously」の一句だ。ごく真面目な格言・箴言らしい言葉だ。しかし、響きの連なりのよさだけでないものが存在する。*CM* からは少しだけはみ出る何かがある。本論第5節では、不十分とは思いつつ、「徳を有徳に遂行するように」と一応しておいた。「徳を高潔に追求（遂行）しなさい」と訳せば、分かりやすいし、おそらくいっていることはそういう意味だと考えられるのだが、もとの文から何かが失われる。「徳を徳らしく行ないなさい」。別にトートロジーではないのだが、あまりに正しい命令は自らを裏切る。徳らしくない徳ははたしてあるのだろうか？　似た語を重ねて使う、いかにも格言的ないい方はこのあと *CM* のあちこちで（第43段落 Owe not thy Humility unto Humiliation、第48段落 Lead thine own Captivity captive 等々）使われることになり、その基調をこれがスタートさせることにもなる。しかし、その一方において、上の消された *LFMS* 第11段落から分かる、*LF* のはじめから伏流していたユーモラスなもう一筋の相貌が、この蝶番の段落（第32段落）にも現れているのではないか。

　ただし、伏流という形容は適切でないかもしれない。1690と MS の第1段落はすでに第5節最後で引用したが、そのいずれにおいても、ローマの諷刺詩人ペルシウスからとった「硬直セシ踵ヲ戸口ノ方ニ向ケテ伸バシテイタ」の言葉があったのを覚えているだろう。遺体として安置されているさまへの言及のようであり、つまりもう死んでいることをいうのに、しかしなぜ

こんな回りくどい言及の仕方をしているのか。もちろん、ラテン語を用いることによる（死去にふさわしい）重々しさとか、患者への一種の敬意と慮りの意図とか、あるいは、すぐあとに英語で「死んで埋葬されている」とあからさまに書く前の一瞬の緩衝材となる効果とかも、あるかもしれない。もっとも、エンディコットの注釈によれば、ペルシウス原文のコンテクストでは病による突然の死の見苦しいさまをいっているとのことで、ブラウンのここでの意図（穏やかに死を迎えた徳ある若者について述べようとすること）にはふさわしくない引用になってしまうらしい[48]。仮にそうだとしても、ブラウンが元のコンテクストをわざと外して、という可能性は十分あるわけだが。

　浅はかな誤解と笑われるのは承知のうえで記すが、私は最初読んだ時、この世での死にざまの記述ではなく、墓の中で死者が横たわっているイメージを思い浮かべてしまった。静謐なる永遠の休息の中にいる死者。しかし、すぐ続けて、増え続ける黄泉の国の死者の話が続く。死者となっても若者はそんなにゆっくり安んじるわけにもいかなそうなのだ。この展開というか転換は、シニカルではない微かな可笑しさを呼ぶ。ただ、それは戸口に向いてのびる踵という、いささか唐突な具体物出現が引き起こす効果なのである。地上であろうが地中であろうがその効果は変わらない。

　そして、患者モデル問題で必ずといっていいほど引用される、*LF*1690 第 3 段落の「彼がバッタを目にすることはないでしょうし、ましてやもう一度イチジクを摘み取ることなど望めそうにない」（*LF*MS では第 6 段落で、ほぼ同じだが「イチジクを味わう」となっている）という個所も、同じ展開なのだ。診察した際、患者の周りの者たちは当然ながら回復の期待にすがっているのだが、余命が長くないことをはっきり伝えた、とブラウンは語る。穏やかで的確で──的確というのは、それらが、死期を指す季節を示す目的で使われているからだ──厳格な医師としての見立ての言葉である。しかも使うに典拠あってのいわば正当性ある言葉である[49]。しかし、直接的に夏なり秋なりの季節に言及するのでなく、周りの者を慮っての遠回しの表現なのであろうが、その遠回りや婉曲を目的とすることこそが、かえって具体物を出現させ

る。バッタにイチジク。死の空間の中でのびている二つの踵と同断だ。そし
て、季節を具体的に象徴する生き物と食べ物が、目の前の若者の体に現れて
いる変化の話題、その先で語られる顔に刻まれるしわの話題――健康な時の
顔では深くにしまわれて隠れていたしわのせいで若者は彼の叔父と見間違う
ほどであった、という――を導く。ただ、*LF* MS では、ほぼ同趣旨の文意だ
が、叔父ではなく祖母であった。男と女の顔が似ていて不思議もないかもし
れないが、叔父でも祖母でもよかったのかもしれないのだ。要するに「し
わ」が問題であり、書き手がしわを想起させるものとして、まずは「祖母」
の方が浮かんだ、のではないか。年齢に直結する通俗的なイメージには違い
なく、結局修正されることになったのだろうが、そう思って読むと祖母では
なく叔父のしわ、はかえって少しヘンである。むろん、季節といい時間とい
い、深刻な寿命の話なわけだから、さすがにここをユーモアと強弁するのは
乱暴だろうが、しかし、気づけばヘンだ。

　エンディコットの大胆な編集を起点にして、それに含まれた部分はいうま
でもなく、そこから外された部分からも、見えてくることを出来る限り見、
また読んできた。一見シンプルに見える *LF* のありようが、思いの外定めが
たいものであることがあらためて分かり、それがまた *LF* の魅力の一部とな
る。

1)　選集版編者 L・C・マーティンによる緒言参照。*Religio Medici and Other Works*. L. C. Martin, ed. p. xxii.
2)　選集版編者 W・A・グリーンヒルによる「序」*Sir Thomas Browne's Religio Medici, Letters to a Friend &c. and Christian Morals*. W. A. Greenhill, ed. pp. x–xi.
3)　宮本「医師と看取る人の文学―トマス・ブラウン『ある友人への手紙』論」58 頁。
4)　Huntley, 'Browne's 1656 "Letter to a Friend"'. 125.
5)　宮本「過剰な言葉による自然研究―トマス・ブラウンの『キュロスの庭園』とその周辺―」を参照。そこにおいて宮本は、「『キュロスの庭園』の末尾には「完」（FINIS）と記されているが、これは一編の作品の終わりばかりか、文筆家

としてのブラウンのキャリアの終焉をも意味している」と書いている（60 頁）。つまり、*LF* が比較的早い段階に書かれていたことを既定のこととして、であれば、*GC*（『キュロスの庭園』）がブラウン最後の作品となる、という推定になるわけだ。「既定」という点については本文においてこの後あらためて扱うが、ただし、推定でなく事実関係についてひとつだけここでいっておくならば、「FINIS」の記載があるのを根拠としての判断はいささか勇み足である。*LF* や *CM* にも同じその結語はあるのだから。仮にその二つが死後刊行であるから考慮外だと反論するとしても、最初の作品である *RM* でも最後の頁には同じ FINIS の一語が記されているのだ。FINIS は象徴的な言葉遣いということではなく、一巻の書の最後に付す、単なる決まり事ないし慣習的な末尾の語なのである。それはそうであるとして、ブラウンの著作活動を時間的にどう捉えるかという問題はやはりある、それはこのあとの本文、特には最終節で扱うことになる。

6)　Barbour, *Sir Thomas Browne: A Life*. 329.

7)　Barbour, *loc.cit.*

8)　注 1）において掲げたマーティンによる緒言参照。*Religio Medici and Other Works*. p. xxii.

9)　Huntley, 'The Occasion and Date of Sir Thomas Browne's *A Letter to a Friend*'. 166.

10)　Huntley, *Sir Thomas Browne: A Biographical and Critical Study*. 193.

11)　*TLS*. 15 September 1966, 868.

12)　*TLS*. 20 October 1966, 966.

13)　*TLS*. 9 February 1967, 116.

14)　*TLS*. 25 June 1970, 687.

15)　Huntley, Review of *The Prose of Sir Thomas Browne*. (N. Endicott, ed.). 409, 413.

16)　Huntley, 'Browne's 1656 "Letter to a Friend"'. 119. 本文で書いたように、ハントリーは、*LF* をめぐっては、エンディコットとは正反対の立場だ。だからこそあえて書き加えているのだろうが、この本の中の *LF* 論への注において、ハントリーは、エンディコット編ブラウン選集に対する自分の書評について触れて、次のような（堅い論文集にしてはかなり面白い）感想を追加している。エンディコットの *LF* 編集には異論があるが、彼とは仲のいい友人で、共に中国生まれで共にブラウンとうまいカナディアン・ウィスキーを愛する由（同書 155 頁）。

17)　*Sir Thomas Browne's Religio Medici, Letters to a Friend &c. and Christian Morals*. W. A. Greenhill, ed. p. xv.

18)　Lund, 'The Christian Physician: Thomas Browne and the Role of Religion in Medical Practice'. 240.

19)　*Sir Thomas Browne's Religio Medici, Letters to a Friend &c. and Christian Morals*.

W. A. Greenhill, ed. pp. x-xi.

20）　Huntley, 'Browne's 1656 "Letter to a Friend"'. 124.

21）　*Sir Thomas Browne's Religio Medici, Letters to a Friend &c. and Christian Morals.* W. A. Greenhill, ed. 301, 304.

22）　Huntley, 'Browne's 1656 "Letter to a Friend"'. 125.

23）　前掲マーティンによる緒言参照。*Religio Medici and Other Works.* p. xxii.

24）　前掲マーティンによる緒言参照。*Religio Medici and Other Works.* p. xxiii.

25）　これについては、マーティンのいつもながら沈着な判断がある。彼のいうところによれば、*LF* 後半部分（32 段落以降）は、（患者に宛てた）格言的な段落（パラグラフ）からなっており、それらの段落は、ずっと長い *CM* にも登場していて、たいていは、順序が違い、また言葉遣いも異なった部分がある。スタイルの考察からするなら、*LF* と *CM* という 2 つのバージョンにおけるそれらの段落のうち、*LF* の方が先に書かれたということは議論の余地なしとしないものの、*LF* の方が正しい書き方がされている個所について、*CM* の編者によって見逃されてしまった結果である可能性もある（*Religio Medici and Other Works.* L. C. Martin, ed. pp. xxii-xxiii）。

26）　前掲マーティンによる緒言参照。*Religio Medici and Other Works.* pp. xxi-xxiii.

27）　*Sir Thomas Browne Selected Writings.* Claire Preston, ed. "Contents", pp. v-vi.

28）　Preston, "An Incomium of Consumptions': *A Letter to a Friend* as Medical Narrative'. note 15, 209.

29）　サイモン・ウイルキンによる全集版編者 *LF* 序。William Pickering 刊行版では第Ⅳ巻（1835）35 頁、Bohn's Library 版では第Ⅲ巻（1852）63 頁。

30）　Barbour, *Sir Thomas Browne: A Life.* 329.

31）　秋山「「部分／役割」としての書き手―サー・トマス・ブラウンの『レリギオ・メディキ』を読むための予備作業―」参照。

32）　秋山「「忘却によって認識はつくられる」―サー・トマス・ブラウン『一般的謬説』論」403 頁参照。

33）　Endicott, 'Sir Thomas Browne's Letter to a Friend'. 71.

34）　Endicott. *op. cit.*, 71-72. この後に続く引用個所は同 72 頁。

35）　*Thomas Browne.* Kevin Killeen, ed. pp. xxix-xxx.

36）　秋山「「部分／役割」としての書き手―サー・トマス・ブラウンの『レリギオ・メディキ』を読むための予備作業―」31 頁参照。

37）　サイモン・ウイルキンによる全集版参照。William Pickering 刊行版では第Ⅳ巻（1835）51 頁、Bohn's Library 版では第Ⅲ巻（1852）80 頁。

38）　*Sir Thomas Browne Selected Writings.* Claire Preston, ed. 31-32.

39）　Aldersey-Williams, *The Adventures of Sir Thomas Browne in the 21st Century.*

300.

40)　*Religio Medici and Other Works*. L. C. Martin, ed. 202.

41)　サイモン・ウイルキンによる全集版参照。William Pickering 刊行版では第Ⅳ
　　　巻（1835）119-120 頁、Bohn's Library 版では第Ⅲ巻（1852）149-150 頁。

42)　*The Prose of Sir Thomas Browne*. Norman Endicott, ed. 537.

43)　マーティンはその選集緒言で W. Crossley としている（xxiii 頁）が、正しくは
　　　James Crossley。参照 Keynes, Geoffrey. *A Bibliography of Sir Thomas Browne*. 2nd
　　　ed. 284.

44)　*Tract*. James Crossley, ed. p. iii.

45)　秋山「驚異拾遺――一七世紀イングランドにおけるいくつかの形態のコレクシ
　　　ョンをめぐって」の、特に第五節「懐に吹き入る風のそよぎ―驚異目録・古物
　　　研究・コモンプレイスブック」を参照。

46)　Stephen, *Hours in a Library*. Vol. I. 273.

47)　*RM* におけるブラウンのウイットとユーモアについては以下の拙稿を参照。秋
　　　山「「部分／役割」としての書き手―サー・トマス・ブラウンの『レリギオ・メ
　　　ディキ』を読むための予備作業―」。

48)　*The Prose of Sir Thomas Browne*. Norman Endicott, ed. 591.

49)　バッタとイチジクを、ユウェナリスとホラティウスを典拠にしての夏と秋の
　　　象徴だとするグリーンヒルの注釈にその後の編者たちは従っている。参照 *Sir*
　　　Thomas Browne's Religio Medici, Letters to a Friend &c. and Christian Morals. W. A.
　　　Greenhill, ed. 293.

文　　献

〈Browne の著作：初版刊行年順〉

Tract. James Crossley, ed. Edinburgh; William Blackwood, 1822.

Sir Thomas Browne's Works. Vol. IV. Simon Wilkin, ed. London William Pickering,
　　1835; New York; AMS Press, 1968 Reprint.

The Works of Sir Thomas Browne. Vol. III. Simon Wilkin, ed. London; Bohn's Library,
　　1852.

Sir Thomas Browne's Religio Medici, Letters to a Friend &c. and Christian Morals. W.
　　A. Greenhill, ed. 1881; Peru (City); Sherwood Sugden, 1990 Reprint.

The Works of Sir Thomas Browne. Vol. I. Geoffrey Keynes, ed. Chicago; University of
　　Chicago Press, 1964.

The Works of Sir Thomas Browne. Vol. III. Geoffrey Keynes, ed. Chicago; University of
　　Chicago Press, 1964.

Religio Medici and Other Works. L.C. Martin, ed. Oxford; Oxford University Press,

1964.

The Prose of Sir Thomas Browne. (The Stuart Editions) Norman Endicott, ed. New York; New York University Press, 1968.

Sir Thomas Browne: The Major Works. C. A. Patrides, ed. Harmondsworth; Penguin Books, 1977.

Sir Thomas Browne Selected Writings. Claire Preston, ed. Manchester; Carcanet Press, 1995.

Thomas Browne. (21st-Century Oxford Authors) Kevin Killeen, ed. Oxford; Oxford University Press, 2014.

〈それ以外〉

Akiyama, Yoshimi（秋山嘉）「「部分／役割」としての書き手―サー・トマス・ブラウンの『レリギオ・メディキ』を読むための予備作業―」（中央大学英米文学会『英語英米文学』第 26 集、1986 年）

─── 「「忘却によって認識はつくられる」―サー・トマス・ブラウン『一般的謬説』論」（中央大学人文科学研究所編『イギリス・ルネサンスの諸相』第 9 章、中央大学出版部、1989 年）

─── 「驚異拾遺――一七世紀イングランドにおけるいくつかの形態のコレクションをめぐって」（中央大学人文科学研究所編『英国ルネサンスの演劇と文化』第Ⅹ章、中央大学出版部、1998 年）の、第五節「懐に吹き入る風のそよぎ―驚異目録・古物研究・コモンプレイスブック」

─── 「庭を通って―トマス・ブラウン『壺葬論』と『サイラスの庭』への道」（中央大学人文科学研究所『人文研紀要』第 80 号、2015 年）

Aldersey-Williams, Hugh. *The Adventures of Sir Thomas Browne in the 21st Century.* London; Granta Books, 2015.

Barbour, Reid. *Sir Thomas Browne: A Life.* Oxford; Oxford University Press, 2013.

Barbour, Reid, and Claire Preston, eds. *Sir Thomas Browne: The World Proposed.* Oxford; Oxford University Press, 2008.

Endicott, Norman J., 'Sir Thomas Browne's Letter to a Friend'. *UTQ* 36, 1966, 68-86.

─── 'Browne's *Letter to a Friend*'. *TLS*, 15 September 1966, 868.

Höltgen, Karl Josef. 'Browne's "Letter to a Friend"'. *TLS*, 20 October 1966, 966.

─── 'Two Brownes'. *TLS*, 25 June 1970, 687.

Huntley, Frank Livingstone. 'The Occasion and Date of Sir Thomas Browne's *A Letter to a Friend*. *Modern Philology*, Vol. 48 No. 3. 1951, 157-171.

─── *Sir Thomas Browne: A Biographical and Critical Study.* Ann Arbor: University of Michigan Press, 1962.

—— 'Browne's *Letter to a Friend*' (rejoinder to Endicott's letter of 15 September 1966). *TLS*, 9 February 1967, 116.

—— Review of *The Prose of Sir Thomas Browne* (N. Endicott, ed.). *UTQ* 37 No. 4. 1968, 408-415.

—— 'Browne's 1656 "Letter to a Friend"'. *Essays in Persuasion: On Seventeenth-Century English Literature*. Chicago: University of Chicago Press, 1981.

Keynes, Geoffrey. *A Bibliography of Sir Thomas Browne*. 1st ed. Cambridge: Cambridge University Press, 1924.

—— *A Bibliography of Sir Thomas Browne*. 2nd ed. Oxford: Oxford University Press, 1968.

Lund, Mary Ann. 'The Christian Physician: Thomas Browne and the Role of Religion in Medical Practice'. In Kathryn Murphy and Richard Todd, eds. *"A man very well studied: New Contexts for Thomas Browne"*. Brill, 2008. 229-246.

Miyamoto, Masahide（宮本正秀）「過剰な言葉による自然研究—トマス・ブラウンの『キュロスの庭園』とその周辺—」（十七世紀英文学会編『十七世紀英文学と科学—十七世紀英文学研究 XV —』金星堂、2010 年）

—— 「医師と看取る人の文学—トマス・ブラウン『ある友人への手紙』論」（オベロン会編『オベロン』第 40 巻第 1 号、南雲堂、2014 年）

Murphy, Kathryn, and Richard Todd, eds. *"A man very well studied": New Contexts for Thomas Browne*. Leiden: Brill, 2008.

Preston, Clare. "An Incomium of Consumptions': *A Letter to a Friend* as Medical Narrative'. In Reid Barbour and Claire Preston, eds. *Sir Thomas Browne: The World Proposed*. Oxford: Oxford University Press, 2008.

Stephen, Leslie. *Hours in a Library*. Vol. I. London; Smith, Elder, & Co., 1892.

Ⅳ　個を編む／読む——近代

第7章　時を超える詩人
——ウィリアム・ワーズワース——

井上美沙子

は じ め に

　19世紀末に東アジアから欧州に広まったペストによる感染症の恐怖を、人類は中世にも経験していた。そしてまた、度重なるそうした状況を波のように受け、またしても 2020 年にはいり、新型コロナウイルスによる感染症の脅威に全世界が震撼している。今世紀の感染症拡大の速度は、グローバル化によりとても速かった。もともと 21 世紀は、情報化社会から超スマート社会へと向かう人類の社会的別れ道ともいえる分岐点であった。この新型コロナウイルスの出現により、それがより駿足に、一層の強度を増し世界情勢や価値観を変化させていった。この見えない病原菌の感染拡大は、人々に新たな生活行動様式を強い、今までとは違った価値観を生み出すこととなるであろう。

　人類が誕生してから長い期間、自然との共生による狩猟社会（Society 1.0）があり、その後紀元前 13,000 年ころに農耕社会（Society 2.0）となり、灌漑技術の開発に伴い、人々は定住化した。そうした農耕社会も長く続いていたが、18 世紀にはいり、科学の発明や発見がなされ、蒸気機関車の発明により、動力が人力から馬力そして蒸気へと変化し、その後、電力・原子力へと目覚ましく進化して工業社会（Society 3.0）を形成した。英国でまず産業革命が起こり、これにより、大量生産、大量消費の社会を可能とした時代へと突

入していった。そして20世紀後半になるとコンピューターの発明により情報化社会（Society 4.0）が出現し、大量の情報が流通するようになり、瞬時に情報が世界に発信されることが可能となった。それは、良い情報も害のあるものも、ひどい時には嘘の情報も、どんな個人でも世界に向けて発信できる環境となったということだ。そうした情報化社会が進化し、AIやIoT、ロボット、ビッグデータなどの革新技術が産業と社会に取り入れられるようになった。近年よく耳にするように、今ある職業が半分近くもなくなり、まったく予測できない新たな職種が生まれる社会になるであろうことも予想されている。つまり、人間が今までしてきた職業がロボットに取って代わられるであろう、と。例えば、ホテルや銀行の受付にはロボットが対応したり、介護の現場では人が扱いきれないような力仕事を人間に代わりロボットがしてくれる状況が生まれたり、というように。

　このように急速に進化した社会は、地球温暖化や格差社会等という沢山の弊害を生んでいった。そうした課題を解決するようにと、新しい未来社会（Society 5.0）が21世紀初頭より望まれるようになった。この未来社会は経済発展と社会的課題の解決を両立する、一人ひとりの幸福を達成する社会を目指している。気候変動、食料、健康、医療、エネルギー、安全、貧富の格差等の課題や困難を克服するように、新しい価値を生み出していくことを探究する。SDGs（Sustainability of Developing Goals）という目標を掲げ、持続可能な発展社会を目指している。このようにSociety 5.0という未来社会は、自然と人間との共生社会の実現を求めている。

　狩猟社会、農耕社会、工業社会、情報社会へと移行していくなかで、様々な栄光を享受しながら、負の課題が逆に生まれてきた。従って、未来社会と称される社会は、それらの社会的課題を解決しようと探究される社会である。先に述べたように、地球温暖化、それによる気候変動、飢餓、エネルギー問題、健康被害、医療の進歩と新型病原菌との闘い、平和問題、貧富の格差等を克服し、自然との共生社会の実現を求めていると言えよう。「進歩は善」と考え一途に工業化による大量生産と大量消費が幸せをもたらすと信じ

てきたことへの疑念は、諸課題の影が増してきたことにより、一層深まったようである。エネルギーとしてもてはやされていた原子力の脅威などは、端的にそれをあらわしている。核の脅威は、生物と自然に対する猛威と破壊への道を示唆するものとなった。

　こうした科学の進歩による様々な負の側面を、この進歩が始まった端緒である産業革命が進展した18・19世紀の英国社会で、詩人として活躍したウィリアム・ワーズワース（William Wordsworth, 1770-1850）は見抜き、その未来も見通していたようだ。「世界の工場」、「世界の銀行」、「世界の市場」等ともてはやされた英国の豊かさを謳歌している最中にあって、その光がもたらす濃い影の部分を察知していたと思われる詩作品を創作した。進化する社会の陰で支えていた労働者や女性や子供、言わば社会の弱者たちの生活や心理に注視して創作した作品群を残している。それと共に、現代社会が人間と大自然との共生を目指すことを予示するかのように、自然の美しさを描写したワーズワースは、自然詩人とも呼ばれていたが、その2つの特性は、彼の中では相反する事柄ではなく、相補的な同質のもので、ワーズワースの世界観を全体像として伝えていたと言える。

　ワーズワースは従来の詩とは明確に区別できる自分の詩の特色は、題材は日常的で卑近なもの、対象は社会の弱者や女性や子供。使用する言葉は詩語やラテン語やギリシア語などではなく、誰もが理解できる日常語であることを目指し、会話体詩という詩形を編み出したところにあると述べている[1]。親友の S. T. コールリッジ（Samuel Taylor Coleridge, 1772-1834）と共に出版した『リリカルバラッド』（*Lyrical Ballads*）詩集[2]が、トマス・ロバート・マルサス（Thomas Robert Malthus, 1766-1834）の『人口論』（*An Essay on the Principle of Population*）[3]と同じ年、1798年に出版されたことも、とても象徴的である。人口が農村より都市へと移動集中した工業化社会に英国がなり、賃金が安価な女性と子供の労働者の出現や貧富の格差社会の到来をマルサスは予言し、今後重大な貧困問題に直面していき、衛生環境が劣悪状態となる都市像をも予知していた。こうしたマルサスとワーズワース双方の社会の動向への危機

感と探究心は、分野は異なるが自国の歴史的転換点という重大事に直面した
ふたりの青年による、世界への警告であり、大自然と人間性保持への願い
が、同時期にその論文や詩集にこめられたという意味において象徴的となっ
ている。

　ワーズワースは『リリカルバラッド』の「趣意書」や「序文」等や詩作品
のなかで、自分の詩の目的や詩人とはどのような感動を読者に与えるもので
あるかなどを、語っている。本稿では、ワーズワースの自然の一部としての
人間の在り様とその捉えかた、その根拠、ワーズワース詩のもつ普遍性とそ
の特性等について論ずることより始めて、それがどのように詩作品に描写さ
れているかを、主に *The Reverie of Poor Susan* (1797), *The Complaint of a
Forsaken Indian Woman* (1798), *Goody Blake, and Harry Gill, A True Story*
(1798) の詩作品を扱い探究していきたい。具体的には、"spontaneous
overflow" や "automatically" や "reverie" という言葉などに着目しつつ、世の
中の弱者、特に若い女、老女、老人、または血気盛んな若者の描写を辿り、
ワーズワースの主張を鑑賞していく。そしてワーズワースのテーマを、時代
の急転換を迎えている 21 世紀に生きる我々へのメッセージとして共感でき
るものだとして捉えてみたい。

1　「箴言と返答」――賢い受動性――

　ワーズワースの詩の普遍性及び詩人としての特質、また人間性に対する信
頼とを際立たせている詩のひとつに、『リリカルバラッド』初版に収められ
ている *Expostulation and Reply* (1798) がある。この詩はワーズワースの特徴
でもある会話体詩で書かれている、1798 年の春に創作され、8 連から構成
されている 32 行の詩である。はじめの 3 連 (12 行) は友人の Mathew が
William に話しかける箴言 (expostulation) となっている。("Why, William, on
that old grey stone, / Thus for the length of half a day, / Why, William, sit you thus
alone,/ And dream your time away?") その内容は以下のとおりである。

　「ウィリアムさん、古い石の上に腰かけて、本を読むでもなく半日の長き
にわたって時間を夢見るように無駄に使っているようですね。先人が後進に
対して啓蒙の書を残してくれている、そのような本はどこにあるのですか。
さあさあ起きて、目を覚まして、知識も乏しく分別もない私たちに残された
啓蒙の本のスピリットを飲み干しなさいな！」(Up! Up! and drink the spirit
breath'd / From dead men to their kind.») と良き友のマッシューがウィリアムに
諫めるような言葉を発した。ところが、私（ウィリアム）は何故か理由はわ
からないが、「人生って素敵！」と春の陽射しを浴びていた時であった。そ
こで次のように返答をしたのだった。「目は選択の余地も無く、ひたすら見
てしまいます。耳はといえば、じっと静かにしてなどいられません。そのよ
うに私たちの肉体はどこに在ろうと、自分の意志に沿おうが、意志に反そう
が、関わりなく見たり聴いたり知覚してしまうのです。また、自然はそれ自
体いろいろの力を有しており、私たちの心に印象の刻印を押すのです。こう
して私たちは賢い受動性にあって、自分の心を育てることができるのです。
("The eye it cannot chuse but see, / We cannot bid the ear be still; / Our bodies feel,
where'er they be, / Against, or with our will." （5連) "Nor less I deem that there are
powers / Which of themselves our minds impress, / That we can feed this mind of ours
/ In a wise passiveness." （6連)) こうした絶えることのない印象の雨が四方八
方から私たちに降りそそいでくる力強い大自然のなかにあって、じっとその
メッセージを探し求めていかざるをえないのではないでしょうか。このよう
に賢い受動性の状態にあって、大自然と交信しているのですから、どうか古
い石の上に腰かけて、時間を夢見るように無駄に使っているなどと、問い質
すことを私にしないでください。」はた目には何もせず時間を無駄にすごし
ているようにみえようとも、詩人のこころは能動的に働いていることをこの
ように強調している。そうした詩が *Expostulation and Reply* である。この詩
についてワーズワース自身が『リリカルバラッド』初版の「趣意書」
(*Advertisement*) の最後で次のように述べている。"The lines entitled Expostu-
lation and Reply, and those which follow, arose out of conversation with a

friend who was somewhat unreasonably attached to modern books of moral philosophy."　この詩は友人との会話から着想を得て生まれたとしている。Hutchinson によれば、この友人はハズリット（William Hazlitt, 1778-1830）であると指摘されている。ハズリットは 1798 年の 5 月から 6 月に Alfoxden にあったワーズワースの家を訪問した。ワーズワースは先に見たように、「趣意書」のなかで "unreasonably attached to modern books of moral philosophy" と表現しているように、ハズリットを理性的ではなく、不当に道徳哲学書に傾倒している友人として見ていることがわかる。この詩はクウェイカー教徒の好んだ詩であったので、沢山の機会に習った詩であった、と I.F.（Isabella Fenwick）が注釈を付けていることからも、当時もてはやされていた思想は啓蒙思想であったようだ[4]。しかし、ワーズワースは啓蒙思想ではなく、大自然からの発信と、自然の一部でもあるがゆえの人間のこころの動きに心を惹かれていたようだ。このオーガニックな思想こそワーズワースの魅力を褪せさせず、そして普遍性を与え、21 世紀の現在にも耐えられる主張となっているといえよう。

　また、『リリカルバラッド』1800 年版の「序文」のなかでもワーズワースは次のように説明している。

> For the human mind is capable of excitement without the application of gross and violent stimulants; and he must have a very faint perception of its beauty and dignity who does not know this, and who does not further know that one being is elevated above another in proportion as he possesses this capability. It has therefore appeared to me that to endeavour to produce or enlarge this capability is one of the best services in which, at any period, a Writer can be engaged; (*The Prose Works of William Wordsworth*, Oxford: The Clarendon Press, 1974. vol. I. p. 128)

上記の「序文」の説明によれば、人の心は野蛮で俗悪なことや暴力的な刺激が与えられなくとも躍動することが可能である。こうした人間の心の美質や

尊厳について、微かな認識も持たず、そのことに気付くこともない、もしくはそのことを知らない人々がいる。従って、その人たちに対してこうしたこころの能力に気付かせ、それを生み出させ、増大させたりすることに尽力するのが、詩人の努めであるように思える。詩人によるこの貢献への従事は、どの時代にあっても重要である。しかしながら現在のように、都市へと人口が集中していく流れにあっては、特に有用である。何故なら、膨れ上がった都市の住民たちの仕事は、機械化され画一的であるがゆえに、異常な事件等を住民は渇望する性向へと傾いていく（"and the encreasing accumulation of men in cities, where the uniformity of their occupations produces a craving for extraordinary incident…"）ように感じられるためであると、つづけている。ここでワーズワースが非常に懸念していることは、人間性が生来持っているこころの働きが消されたり、削減されようとしていることにある。それは産業革命により当時もたらされた社会変動が人心に及ぼす悪影響のこと、である。すなわち、*Expostulation and Reply* で述べられているように、「賢い受動性」の状態にある人はこころを自ら育てることが可能であるにもかかわらず、その能力が消滅していくことに怖れを抱いている。とてつもない事柄や事件ではない、ほんの小さなつまらないものに対して、こころを躍らせることができるのが、人の特質であることをワーズワースは見抜いているためだ。こうした人の持つ美質に働きかけることこそ詩人の責務であると考えている。それはワーズワースが何度にもわたり詩には目的があると、それぞれに目的を持ち創作していると繰り返し繰り返し様々なところで主張していることからも、読者は容易に推察できよう。

2 「哀れなスーザンの幻想」
──静寂のなかで情緒が自発的に迸る幻想──

　ワーズワースが1797年に創作し1800年版の『リリカルバラッド』に収めた *The Reverie of Poor Susan*（1797）はどのような意図を持ち創作されたもの

であろうか。ワーズワースはこの詩と *The Childless Father*（1800）を引き合いに出して下記のようにその説明をしている。

> "...it is proper that I should mention one other circumstance which distinguishes these Poems from the popular Poetry of the day ; it is this, that the feeling therein developed gives importance to the action and situation and not the action and situation to the feeling. My meaning will be rendered perfectly intelligible by referring my Reader to the Poems entitled POOR SUSAN and the CHILDLESS FATHER, particularly to the last Stanza of the latter Poem." (*The Prose Works of William Wordsworth*, Oxford: The Clarendon Press, 1974. vol. I. p. 128)

このようにワーズワースは、自分の詩と当時人気のある詩作品とを区別するものについて述べることは妥当であろうと『リリカルバラッド』1800 年版の「序文」のなかで述べはじめる。区別できる違いは、詩作品のなかで展開されている情感こそが、行為や状況（現象）に大きく影響を与えるのだ、ということである。行為や状況が情感に重要性を与えるというものではない、と。例証するものとしてワーズワースがそこで述べている *The Childless Father* の最終連の場合を考察してみよう。何でもない「鍵をかける」という日常的行為に子供を亡くした強い悲しみに沈んでいる父親の心が揺さぶりをかけられて、引き起こされた情感が、「涙を流す」という現象（本質の外面的な現れ）へ大きく影響した。そのことをワーズワースはここで述べようとしていたと考えられる。つまり父親は意識することもなく涙が自然にあふれ頬につたわった、と描写されているのだ[5]。詩の創作の意図は "the spontaneous overflow of powerful feelings" した情緒と身体双方のシステムの相互的な作動体系を辿ろうとしたもののようである。無意識で自発的に力強く溢れ出る情緒の源流は、静寂（"tranquility"）のうちに、過去の経験が思い起こされて生じた情緒である、という。その想いを集中して心に温めていると、反動という体裁をとって静寂な心は徐々に消え、温めていた想いが徐々

に生み出され心の中に実際に存在するように大きくなる。

"Poetry is the spontaneous overflow of powerful feelings: it takes its origin from emotion recollected in tranquillity: the emotion is contemplated till by a species of reaction the tranquillity gradually disappears, and an emotion, similar to that which was before the subject of contemplation, is gradually produced, and does itself actually exist in the mind." (*Ibid.* p. 148)

　情緒が状況（現象）に大きく影響した作用を、*The Reverie of Poor Susan* に実際にあてはめて考えてみよう。早朝でまだとても静かなロンドンの通りを歩いていたスーザンが街角を曲がった時、朝日が昇ってきた。この 3 年間ここでツグミは鳥かごのなかで囀っており、スーザンもその場所を何時も通り過ぎていたものだった。こうした今までの状況の説明と共に、今日の思いがけない出来事（故郷の幻影の出現現象）を第 2 連、第 3 連で語る前提として、スーザンの情緒に大きく働きかけた要因を述べる。その現象のきっかけは、朝の光が顔をだす時間帯に今日はぶつかり、ロンドンの静かな街角の澄んだ空気と光とに出会ったことであると推測させる。こうした静かな夜明けの空気とツグミの囀りとがスーザンの情緒を強く振幅させて、故郷の懐かしい景色の幻影が彼女の前に立ち現れてくるさまを第 2、第 3 連が描写するようになる。

The Reverie of Poor Suzan

At the corner of Wood Street, when daylight appears,
Hangs a Thrush that sings loud, it has sung for three years:
Poor Susan has passed by the spot, and has heard
In the silence of morning the song of the Bird.

'Tis a note of enchantment; what ails her? She sees

A mountain ascending, a vision of trees;
Bright volumes of vapour through Lothbury glide,
And a river flows on through the vale of Cheapside.

Green pastures she views in the midst of the dale,
Down which she so often has tripped with her pail;
And a single small cottage, a nest like a dove's,
The one only dwelling on earth that she loves.

ロンドンの街の Wood Street、Lothbury、Cheapside 周辺に故郷の景色が立ち顕れてくる。それは故郷で聴いていた懐かしいツグミの声と朝の静寂 (“tranquility”) な光のなかで、スーザンの “feeling” が “the spontaneous overflow of powerful feelings” へと昇華して、“the feeling . . . gives importance to the action and situation” へと作動し、幻視という状況へと彼女を導いたことをワーズワースは示唆しようとしたことが理解できる。このように、*The Reverie of Poor Susan* という詩作品の意図は成し遂げられているように思える。

　では、*The Reverie of Poor Susan* に登場しているスーザンはロンドンでどのような境遇にあったのか。またその時代の社会背景はどのようなものであったのか。これらを見ることにより、スーザンの故郷を思慕するこの気持ちの理解を一層深めることができ、幻視へと向かうスーザンの詩に共感を持ち鑑賞することができるであろうと考えられる。

　この詩に出てきた Cheapside という地名は、ロンドン金融街 (City of London) にあり、セントポール大聖堂を近くに望む、様々な小物を昔は売っていた経済と金融の町であった。そこには裕福な家も多くあったので、スーザンのようなメイドたちや労働者も働いていたことが推測される。また、17 世紀の叙事詩で有名な John Milton (1608-1674) の生誕地であり、中世英文学史に名を遺す Geoffrey Chaucer (1340 頃 -1400) が育った町でもあった。

　スーザンが働いていた頃は、産業革命による人口の移動がみられた時期である。農業から工業へと産業が変化し、それにより機械化が進み人口が都市へと集中していった。先に述べたように、マルサスの『人口論』が出版された時期でもある。そこで社会は、安い賃金の労働者を求め、その年齢層が若年化し、労働環境は悪化していった。例えば、少年による煙突掃除は欠かせないものとなっていた。当時、煙突の掃除は煙突の中に入り煤を払っていたので、身体が小さければ小さいほど仕事には好都合であった。煙突を使用していない時間帯でないと煙突の掃除はできない為、寒い朝の3時、4時頃に煙突掃除の少年たちは町に出て働いていた。掃除する煙突の内部にはちょっとした階段のような昇れる壁があったが、足を滑らして骨折をしたり、煤により癌を患ったりといった職業病も生じていた。そうした様子をワーズワースの少し前に生まれた英国の詩人ブレイク（William Blake, 1757-1827）が詩集 *Songs of Innocence*（1789）におさめた詩 *The Chimney Sweeper* のなかで描写していた。それは、少年たちの過酷な労働の上に成り立っている富裕層社会への警告と、合わせて大人たちの社会悪に対する無関心への怒りをあらわしたものである。下記の詩がその一部である。

THE CHIMNEY SWEEPER

When my mother died I was very young,
And my father sold me while yet my tongue
Could scarcely cry 'Weep! weep! weep! weep!'
So your chimneys I sweep, and in soot I sleep.
There's little Tom Dacre, who cried when his head,
That curled like a lamb's back, was shaved; so I said,
'Hush, Tom! never mind it, for, when your head's bare,
You know that the soot cannot spoil your white hair.'

　少年の母は、少年が幼児の頃に亡くなってしまった。当時子供の売買が社

会では行われていた。そこで父は、その子供である少年を煙突掃除の親方に売り飛ばした。「煙突掃除、煙突の掃除は如何ですか」と通りを歩く時、少年はまだ幼かったので "Sweep! sweep! sweep! sweep!" と言うべきところが、舌が回らなくて‘Weep! weep! weep! weep!' と寒さも手伝い叫んでしまっていた。Sweep! とは「煤払い、掃除」の意であるが、その代わりに叫べる言葉は、Weep! となってしまっている。皮肉にも Weep! の意は「嘆き悲しむ」である。この煙突掃除の少年の幼い労働と悲哀により大人たちは暖をとり優雅に暮らせている。一方少年は煤にまみれて寝る悲惨な状況なのだ。少年の仲間の一人であるトムの髪の毛は、仔羊のようにふさふさとした金髪が巻かれている。その髪が剃られた時、トムは泣き叫んでいた。そこで少年は「泣くのはおやめよ！　頭の髪が剃られていれば、君の金髪（仔羊のような白い髪）が煤で黒くならないで済むのだからね。」と慰めてあげた、と記述されている。

　この少年がある時夢を見た。煙突掃除の少年たち何千人もが黒い棺のなかに入れられて、鍵をかけられたのだ。すると金色に光る鍵を持った天使が現れ、棺をその鍵で開け皆を開放してくれた。皆は草地を下り、川で洗った身体を陽光のなかで白く輝かしていた。よい子にしていれば、神を父として喜びを欠くことはないでしょう、と天使に言われた。そこで目覚めた少年は翌朝、寒く暗いうちに起きたにもかかわらず、暖かく幸せな気持ちでブラッシを持って煤払いの仕事にむかったのだった。このように記述されている子供の労働もまかり通っていた時代であった。

　同じブレイクの詩に London（1794）がある。これには、こうした理不尽なことや俗悪な事柄が、政治・経済の中心で、英国の代表的な街・ロンドンであるにもかかわらず横行されており、そこにいる人々の表情は暗い。また、心身共に病んでいる人が群がり、幼児のヒステリックな泣き声等々がロンドンの街に響き渡っている。そのなかに先に見たような煙突掃除の少年たちの叫び声が教会の黒ずんでいく壁をぎょっとさせているようである。戦場で不運にも死に行く兵士の溜息が、宮殿の白い壁に血となって赤く滴り落ちる、という描写となって "How the chimney-sweeper's cry / Every blackening church appals, / And the hapless soldier's sigh / Runs in blood down palace-walls.„ (*London*, ll. 9-12)。このように表現されている。

　今見てきたように、ブレイクはロンドンの街の繁栄の裏にある暗い部分を *The Chimney Sweeper* や *London* で活写している[6]。作者ブレイクは、ワーズワースより 13 年早く生誕したロマン派時代の先駆けの詩人である。そのブレイクと共に、ワーズワースは都市へと人口が集中した弊害や労働環境の悪化の阻止を込めて、*The Reverie of Poor Susan* の詩を創作したようだ。ロンドンで働くことの窮屈さやメイドの仕事の厳しさが増せば増す程、スーザンの望郷の想いが心中深く潜行していたことが理解できる。こうした境遇のなかにいたスーザンの故郷の景色への渇望とその幻想は読者に共感をもって受け入れられよう。

3　「置き去りにされたインディアン女の嘆き」
——感情に及ぼす上げ潮や引き潮の流れ——

　産業革命後に勢力を得て海外進出を狙ったヨーロッパ諸国（主にイギリスとフランス）による、北アメリカ大陸を舞台とした植民地獲得抗争は、17 世紀から 18 世紀にかけておこなわれた。その最後の戦いとなったフレンチ・インディアン戦争は、イギリスの勝利で終結した。その結果、イギリスは北アメリカの植民地のほとんどを獲得した。しかし、この戦争に費やした莫大な費用を埋めるため、イギリスはもともと所有していたアメリカ東部の植民地に様々な重税を課したため、1773 年の「ボストン茶会事件（Boston Tea Party)」というボストン市民による抗議の暴動を誘発させた。これは、イギリス政府が市民に対して掛けた茶税への不満の爆発で、英国船から茶箱を海に投げ捨てたものであった。その後の 1775 年に、13 の植民地は蜂起してアメリカ独立戦争が勃発。翌年アメリカ独立宣言が発表され、1783 年にはイギリスは 13 の植民地の独立を認めることとなった。こうして近代独立国家であるアメリカ合衆国が北アメリカに誕生した。こうした動向とその情勢か

ら、アメリカへの関心は 17 世紀、18 世紀と英国本土で高まっており、ワーズワースもその例外ではなかった。

　ワーズワースは 1798 年に書いた *The Complaint of a Forsaken Indian Woman* の創作経緯を、次のように述べている。"Written in Alfoxden in 1789, where I read Hearne's Journey with deep interest. It was composed for the volume of *Lyrical Ballads*." (*Wordsworth's Poetical Works*, vol. 2. edited by E. De. Selincourt, Oxford: The Clarendon Press, 1952. p. 474) ここで述べられている旅行記と、その作者ハーンとは、サミュエル・ハーン (Samuel Hearne, 1745-1792)『ハドソン湾にあるプリンスウェールズ要塞から北氷洋への旅行記』(*A Journey from Prince of Wales's Fort in Hudson's Bay to the Northern Ocean in the Years 1769, 1770, 1771, 1772*) のことである。ハドソン湾とは、カナダ北東部にある入り組んだ湾で大西洋に通ずるハドソン海峡を擁している。この旅行記ではそこから北氷洋への旅の様子を記している。旅の天候は 9 月でも荒れており、雨と雪や霜が交互に降る凍えるようなものであった。その悪天候に阻まれて、数日間旅を中断せざるをえなかった。その時の旅の中断はまったく無益なものではなかった、とハーンは述べる。何故なら、同行していたインディアンが周辺にいた鹿の群れを殺し、その毛皮とその肉とを得る活躍をしてくれたからであった[7]。この旅は凍るような寒風と雪との闘いであるので、毛皮と食料はとても助かるものであった。その記述によると、1771 年 9 月に下記のような出来事があったようだ。

　　One of the Indian's wives, who for some time had been in a consumption, had for a few days past become so weak as to be incapable of travelling, which, among those people, is the most deplorable state to which a human being can possibly be brought.... but certain it is, that no expedients were taken for her recovery; so that, without much ceremony, she was left unassisted, to perish above-ground. (Samuel Hearne, *A Journey from Prince of Wales's Fort in Hudson's Bay to the Northern Ocean in the Years 1769, 1770, 1771,*

1772. London, 1795. p. 218)

　旅を共にしていたが、もともと結核という基礎疾患を持っていたインディアン女の一人が、ここ数日間で旅が出来ないくらい衰弱してしまった。回復の手立てもないので、なんら儀式もせず、その女は一人置き去られ大地の上で死に果てるにまかされた。これは人間が与える最も悲惨な状態である、とハーンは記している。しかしこれはハーンが見てきた初めての出来事ではなく、このようなことは慣行手段のようであった、と続いて述べている。(Though this was the first instance of the kind I had seen, it is the common, and indeed the constant practice of those Indians; *Ibid.* p. 218) この場合、いくらかの食べ物、水、都合がつく時には燃料を置いていく (some victuals and water; and, if the situation of the place will afford it, a little firing. *Ibid.* p. 219)。そして、これから一隊が行く道筋を、万一病状が回復した時に追い駆けられるようにと教示し、鹿の毛皮を女の身体にかけ、別れを告げ泣きながら歩き去る、というのである。こうした内容は、ワーズワースの興味を大層ひいたと思われる。その証拠に、ワーズワースが死去した時に、まだこのハーンの旅行記がワーズワースの書棚に並べられていたのであったから[8]。

　また、『リリカルバラッド』の 1800 年版の「序文」の中で、この捨て去られたインディアン女の嘆きの感情の動きは、月および太陽の引力により引き起こされる海潮の「上げ潮」(flux) と「引き潮」(reflux) のようであったであろう、と想像して創作したことをワーズワース自らが次のように解説している。

　　I have said that each of these poems has a purpose. I have also informed my Reader what this purpose will be found principally to be: namely to illustrate the manner in which our feelings and ideas are associated in a state of excitement. But speaking in less general language, it is to follow the fluxes and refluxes of the mind when agitated by the

great and simple affections of our nature. This object I have endeavoured
in these short essays to attain by various means; . . . by accompanying the
last struggles of a human being at the approach of death, cleaving in
solitude to life and society, as in the Poem of the FORSAKEN INDIAN;
(*The Prose Works of William Wordsworth*, edited by W. J. B. Owen and Jane
Worthington Smyser, Vol. I. Oxford: The Clarendon Press, 1974. p. 126)

ワーズワースの説明によれば、詩にはそれぞれに目的がある。興奮した心情
の状況に連携し合った想念や感情がどのように動くかを、明らかにすること
がそれである。一般に理解しやすい言葉で説明するなら、生まれながらに持
ち合わせている単純なもしくは偉大なる情愛に激しく突き動かされた、ここ
ろの上げ潮や引き潮のような動揺のさまを追っていくことである。詩人は
様々な方法を取ってこの目的を達成しようとしてきた。わけてもこの *The
Complaint of a Forsaken Indian Woman* の詩では、身近に迫ってくる死に対
する最後の抵抗やあがきの感情と如何に折り合っていくか。反対に死ではな
く、社会や生命への執着の想念を如何に希求するか、という交互に湧き上が
るこころの動揺の浮き沈みを描くことが、この詩の創作意図である、という
理解になろう。

では、*The Complaint of a Forsaken Indian Woman* の詩を見てみよう。7
連から構成されているこの詩の第 1 連は、次のようである。

> Before I see another day,
> Oh let my body die away!
> In sleep I heard the northern gleams;
> The stars they were among my dreams;
> In sleep did I behold the skies,
> I saw the crackling flashes drive;
> And yet they are upon my eyes,
> And yet I am alive.

Before I see another day,
Oh let my body die away!

　この出だしは、死を受け入れているが、"Oh let my body die away!" と早く
この死への苦しみから解放してくれるように、という願いが込められてい
る。"In sleep I heard the northern gleams; / The stars they were among my
dreams; / In sleep did I behold the skies, / I saw the crackling flashes drive;"
と続く詩行には、「眠りのなかで」、「眠りのうちに」と二度までも眠りを強
調して、人がもつ五感（視覚、聴覚、嗅覚、味覚、触覚）の働きの混乱を示唆
しようとしている。つまり、北極地の陽光の光と光がパチパチとぶつかり重
なり合う音を耳にし、その光を見ている。また夢のなかで、夜空に輝く星々
が同じようにぶつかり合う光の澄んだ音を聴き、見守っている。この幻視で
もあり幻聴ともいえる感覚の混濁こそ、限界に達している人の自然な現象と
みられる、"organic sensibility" や "habitual mind" の現れと解釈できよう。
　この無意識に起きた肉体の連繋こそ、ワーズワスが大いに関心を持って
いたエラズマス・ダーウィンの著書 *Zoonomia: The Laws of Organic Life*
(1796) に記述されている様々な症例のひとつである[9]。このダーウィンの観
察記とも言える科学が顕現させる真理とその表出としての自然現象や人の行
動、人の身体機能と心理との連繋など、これらにワーズワスは興味を抱
き、その著書を取り寄せて熟読していたのだ[10]。例えば、先の節で見てきた
The Reverie of Poor Susan の詩は、現実に住んでいるロンドンの街のなかに
故郷の幻影を現出させたものであった。それはロンドンでの生活の苦しさか
らの、無意識による逃避のようにも見える。思いもかけずに遭遇したロンド
ンの夜明けの光や早朝の空気が、スーザンの想念にはたらきかけ、無意識の
うちにその望郷の想いを増大させ、幻想を彼女に見せたものであった。しか
し、ここで示したインディアン女の感覚の混濁こそ、スーザン以上に逼迫し
た死を意識した境遇に置かれている状態を、読者に切実に伝えている。
　"Before I see another day, / Oh let my body die away!" と第 1 連の詩行のな

かでの最初と最後の繰り返しは、静かな諦念の感情を強く印象付けている。そして第 2 連 "... I will die. / When I was well, I wished to live, / For clothes, for warmth, for food, and fire; / But they to me no joy can give, / No pleasure now, and no desire. / Then here contented will I lie; / Alone I cannot fear to die." とあるように、"no joy"、"No pleasure"、"no desire" であり、たった一人であっても死を怖れていないことを明言している。この静やかさはワーズワースの他の詩 *Old Man Travelling; Animal Tranquillity and Decay, A Sketch* (1797) の老人を思い起こさせる。それは戦争で負傷して死にかけている息子に、最後のお別れをする為に病院へ向かっている老人のスケッチである。親よりも早く死の床についている息子、そのような状況に対する不条理への怒りとか、無念の想いとかを感じさせない、まさに "patience" を必要とせず、完璧な平和なこころへと導かれている老人の姿が描写されている。タイトルにあるように、静寂と衰退（"Tranquillity and Decay"）そのものである。こうした老人の姿とインディアン女の姿とは、今見てきたように重なって見受けられる。

　しかし、次の第 3 連の始まりの言葉 "Alas!" が即座に情緒の転調を伝える。

　　Alas! you might have dragged me on
　　Another day, a single one!
　　Too soon despair o'er me prevailed;
　　Too soon my heartless spirit failed;
　　When you were gone my limbs were stronger,
　　And Oh how grievously I rue,

　もう 1 日この私をそりに乗せて引きずって連れて行って欲しかった、という悔しい気持ちを仮定法過去完了という叙法がよく表わしている。"Another day, a single one!" の言葉も、その思いを重ねて強めている。そのすぐ後に続く "Too soon"、"Too soon" という繰り返された言葉や、置き去りにされたあ

の日は、今よりはずっと体力も強かったという、"stronger" の比較級の言葉
などは、恨むという意味の "rue" という言葉に強い光彩を与えている。

　1連、2連は諦念のような「引き潮」の状態であった情緒が、3連と4連
では生きる執着へと向かい、「上げ潮」のような力強い言葉が使われており、
その恨めしい思いが読み取れる。その後の第5連では、自分から引き離され
た赤ちゃんへの注視へと移り、母としての優しさが戻ってくる。この連の中
間から幻視のような幻想がこの女のなかに生じたことが下記の詩文より読み
取れる。

      Through his whole body something ran,
      A most strange something did I see;
      — As if he strove to be a man,
      That he might pull the sledge for me.

愛しい赤ちゃんへの想いを温めているうちに、その小さな赤子の体に何かが
突き抜けて走ったのを見た。とても不思議なものを見たのであった。それ
は、坊やが必死になって大人の男になろうとしているかのような光景であっ
た。そのことを、赤ちゃんを表す代名詞 "it" ではなく "he" という言葉で示
している。彼が大人となっていたら、私を乗せて小さなそりを引くことがで
きるであろう、という仕草の様子を描いている。それはインディアン女の幻
想であった。想いが究極にまで高まった時、そこに人は幻影や幻想を見た
り、幻聴を耳にしたりする。それが有機体としての人間の自発的な機能の連
動の顕れのようである。この潮の満ち、引きのように生ずる無意識の身体の
連動こそ、ワーズワースが一番関心を持ち観察し、その状態を詩に表現する
ことを、詩のひとつの目的としているところである。

　第6連は、愛しい自分の赤ちゃんの様子から慰めを得て、自己中心であっ
た想いが赤ちゃんへのいたわりの情念へと変化する。その様子は次のような
6連の出だしが予測させる。

My little joy! my little pride!

In two days more I must have died.

Then do not weep and grieve for me;

I feel I must have died with thee.

Oh wind that o'er my head art flying,

The way my friends their course did bend,

I should not feel the pain of dying,

　私の歓びであり、誇りでもある赤ちゃんと共に私は死ぬことができる。死へ
の痛みも感じることもないであろう。ただ、もっと話しておきたいことが沢
山あるが、頭上を吹き抜けていく風に託そう。また、もう一度坊やをきつく
抱きしめられたなら、もっと幸せな気持ちで死ぬことができるに違いない、
などという残念な想いを持つという感情の多少の浮き沈みを経ながら、つい
に意識が朦朧としてきて、"I feel my body die away, / I shall not see another
day." という死を受け入れ、最期をむかえる。このように浜辺に繰り返し打
ち寄せられる波のように、ワーズワースの意図通り気持ちの起伏を繰り返し
ながらこの詩は終わっている。

4 「グッディ・ブレイクとハリー・ギル、本当にあった話」
──想像力が人の肉体に作用して奇跡を起こす力──

　『リリカルバラッド』初版の「趣意書」にある最後のパラグラフのなかで、
ワーズワースは次のように述べている。"The tale of Goody Blake and Harry
Gill is founded on a well-authenticated fact which happened in Warwickshire."、
と。これによると、この節で取り上げようとしている *Goody Blake and
Harry Gill* の詩で語られている話は、充分な根拠がある。それは、権威ある
書籍に収められているワーリックシャーで本当に起きた話。つまり想像では
なく、事実（ファクツ）に基づいて詩作したものである、とわざわざ記して

いる。この事実を記述している書籍とは、エラズマス・ダーウィンによる
Zoonomia: The Laws of Organic Life（1796）の 2 冊本のことである。

　また、1800 年版の「序文」では下記のようにもワーズワースは記述して
いる。

　　In consequence of these convictions I related in metre the Tale of
　　GOODY BLAKE and HARRY GILL, which is one of the rudest of this
　　collection. I wished to draw attention to the truth that the power of the
　　human imagination is sufficient to produce such changes even in our
　　physical nature as might almost appear miraculous. The truth is an
　　important one; the fact (for it is a *fact*) is a valuable illustration of it. And I
　　have the satisfaction of knowing that it has been communicated to many
　　hundreds of people who would never have heard of it, had it not been
　　narrated as a Ballad, and in a more impressive metre than is usual in
　　Ballads. (*The Prose Works of William Wordsworth*, edited by W. J. B. Owen and
　　Jane Worthington Smyser, Vol. I. Oxford: The Clarendon Press, 1974. p. 150)

確信の結果、ワーズワースはこの Goody Blake and Harry Gill のミラクルと
言っていい程の驚異的実例の話は散文ではなく韻文で書いた、としている。
この確信とは、散文で書く小説のようなものは長いものとなるので、読者は
1 回しか読まないことに陥りやすい。しかし韻文なら散文よりも短いため、
百回は読めるであろう。従って、多くの人に読んでもらい、世間一般に流布
されることを願ったワーズワースは、この興味深い話をバラッドという韻文
で書いた、としている。ワーズワースの興味の中心は、人の持つ想像力は肉
体の変調を起こし、まるで奇跡的とも見える変動を招くほど強力であるとい
うことである。（この *Goody Blake and Harry Gill* の詩で語られている事実とは、呪
いのような言葉が、それをかけられた人の肉体の機能を衰えさせ、死をもその人にも
たらした、そのことを指している。）この真実に皆が注目し関心を寄せることを
ワーズワースは願っていた。真実は重要なことがらで、その事実（ファクツ）

は真実（真理・truth）の現象を説明する貴重なことがらである、と強調して
述べている。

　より分かりやすい言葉で説明するなら、こころが受けたトラウマのような
ものが、身体の機能へ影響を及ぼす。しかもそのことは自然発生的に引き起
こされるのだ。この無意識に起こるこころと身体との連動作用に、ワーズワ
ースは非常にこころを動かされたようだった。この自動的作動について、何
度も何度も繰り返し様々な表現を使って、『リリカルバラッド』の「序文」
や「趣意書」のなかで叙述していることからも、そのことを容易に察せられ
る。

　このように、*Goody Blake and Harry Gill, A True Story*（1798）の創作意図
は、人間の身体とこころの無意識に生ずる連繋作用による驚異的なことがら
を、実際におきた事実[11]として人々に広く知ってもらうことにあった。しか
も、親しみやすく興味をかきたてるのにふさわしいリズムを持つバラッドで
著述して、『リリカルバラッド』の詩群のなかでも一番人気をとった、とも
言われている。この詩は 16 連から構成されている、全部で 128 行からなる
ものである。まず、1、2 連は、ハリーの急変した症状が驚きをもって語ら
れている。

　　　Oh! what's the matter? what's the matter?
　　　What is't that ails young Harry Gill?
　　　That evermore his teeth they chatter,
　　　Chatter, chatter, chatter still.
　　　Of waistcoats Harry has no lack,
　　　Good duffle grey, and flannel fine;
　　　He has a blanket on his back,
　　　And coats enough to smother nine.

　　　In March, December, and in July,
　　　'Tis all the same with Harry Gill;

The neighbours tell, and tell you truly,
His teeth they chatter, chatter still.
At night, at morning, and at noon,
'Tis all the same with Harry Gill;
Beneath the sun, beneath the moon,
His teeth they chatter, chatter still.

(*Goody Blake and Harry Gill, A True Story*, ll. 1-16)

"What"、"What" と重ねた言葉が状況の異変を読者に直ぐに伝えている。しかも "chatter" という言葉の積み重ねとその音感も手伝って、ガタガタ、ガタガタと身体が震えており、歯もガチガチガチガチと鳴っている様子が見て取れる。春でも冬でも、また夏でも。夜でも、朝でも昼であっても、と続き、あらゆる季節、どんな時間帯でも、ハリーの寒さはおさまらない。寒さを鎮めるためのコートや夜具も、それも何枚も重ねようとも何の役にも立ちはしない。太陽のもとでも、お月さまのもとでも、身体と歯の震えは治まることを知らない。こうした体調の激しい変化の現実を伝えている。こうなる以前のハリーの声と姿は若さと力がみなぎっていた。(Young Harry was a lusty drover, / And who so stout of limb as he? / His cheeks were red as ruddy clover, / His voice was like the voice of three.)

　他方年老いたグッディ・ブレイク婆さんは、どれ程貧しいかは直ぐに見て取れる。一日中糸を紡ぎ、夜なべ仕事も 3 時間。それでもローソク代にもなりはしない。寒風が吹きつける山の中腹のそのあばら家を通り過ぎれば、グッディ婆さんの困窮ぶりはすぐにわかる。その地方の石炭は海を渡ってくるのでとても高かった。従って煮炊きをするにも、暖をとるにも容易なことではなかった。そこで 5 連は次のようになっている。

By the same fire to boil their pottage,
Two poor old dames, as I have known,

Will often live in one small cottage,

But she, poor woman, dwelt alone.　（*Ibid*. ll. 33-36）

当時は貧富の差は激しく、老女は生きにくい世の中であったらしい。そこ
で、2人の老女が住む小屋と光熱を共有し、助け合って生活していること等
は誰もが知ることであった。産業革命後の農村人口の激減や都市への人口集
中、それに伴う一変した社会情勢はこうしたことにも影響を及ぼしていたよ
うだ。

　このグッディ婆さんは一人暮らし。夏は太陽の恵みで暮らしは楽であった
が、冬ともなれば、寒さが骨まで震えさせる。寝床に行っても、寒くて一睡
もできない。（"For very cold to go to bed, / And then for cold not sleep a wink." （ll.
47-48））霜が降り、北風が吹き付ける頃には、生け垣の木の枯れた枝が地面
に散らばる。それを拾い集めたところで、グッディの暖炉には3日分にしか
ならなかった。それでもグッディ婆さんの骨が寒さで刺すように痛む時など
は、ハリーの生け垣の散らばった枯れた小枝に誘惑されて、そこに行き小枝
を盗んでもいた。8連はそれに気付いたハリーが寝ずの番をして、不法侵入
をする婆さんを捕まえ、復讐しようとしているところから始まる。

Now Harry he had long suspected

This trespass of old Goody Blake,

And vow'd that she should be detected,

And he on her would vengeance take.

And oft from his warm fire he'd go,

And to the fields his road would take,

And there, at night, in frost and snow,

He watch'd to seize old Goody Blake.　（*Ibid*. ll. 65-72）

ハリーはわざわざ温かな寝床を離れ、寒い外に出て、グッディ婆さんを捕ま
えようと物陰に隠れて待っている。ハリーの身体も芯から冷えて待っている

と、婆さんがやってきて、木の小枝を取り集めた。エプロンに一杯の小枝を
持って帰ろうとした時、ハリーは進み出て婆さんを取り押さえた。小枝をエ
プロンから取り落としたグッディ婆さんは、しなびた手[12]を高く、高く天へ
と伸ばし、冬空に冴え冴えと輝く冷たい月に向かい跪いて祈ったのであっ
た。

　　　She pray'd, her wither'd hand uprearing,
　　　While Harry held her by the arm ―
　　　"God! who art never out of hearing,
　　　O may he never more be warm!"
　　　The cold, cold moon above her head,
　　　Thus on her knees did Goody pray,
　　　Young Harry heard what she had said,
　　　And icy-cold he turned away. （*Ibid.* ll. 97-104）

　頭上に白々と輝く月に向かって手を差し伸べて跪き祈る姿は、影絵のよう
な魔女の祈りの姿そのものであったと思われる。その魔女の呪いの祈りを聴
いたハリーは、氷のように冷たくなった体で家に帰ったが、その日以来、グ
ッディ婆さんの祈り通り、暖をとることはかなわなかった。どんな方策を講
じても、ハリーの骨と歯はガタガタガタガタと震えるばかりであった。

　　　A-bed or up, by night or day;
　　　His teeth they chatter, chatter still.
　　　Now think, ye farmers all, I pray,
　　　Of Goody Blake and Harry Gill.　（*Ibid.* ll. 125-128）

こうしてこの物語は終了する。最後に読者に向かって著者が語りかけてく
る。「さあ農夫の皆様、どうかこのグッディ・ブレイクとハリー・ギルのお
話をこころに深く噛み締めてください」これは不思議かも知れませんが、こ

れが自然の一部である人間の有り様なのです。このような不可思議なこころ
と身体の連動を保持しているのが私たちなのです。何故なら、これは本当に
あったお話ですから、と畳みかけて述べているようである。

　このハリーの症例は、ダーウィンの *Zoonomia: The Laws of Organic Life* の
なかの、'Diseases of Volition'（「気力の欠如」）[13] に採集されている。同じダー
ウィンの書にある他の症例がヒントとなって、ワーズワースが創作した詩は
この他にもあるようだ。ダーウィンの書によると、パーティーの席上である
紳士が、ウイスキーのボトルを開けた時に過ってそのボトルのシールがお酒
に交じり一緒に飲み込んでしまった、ということがあった。周囲の人々は、
冗談で「君はこのお酒のシールを飲んでしまったのだから、これからは、水
分の摂取が出来なくなるだろう」と口々に言った、という。するとその紳士
はそのことが非常にこころに引っ掛かり、一切水を飲む行為ができなくなっ
た、という症例が記述されていた。これに刺激され、ヒントを得て創作した
と推測されるワーズワースの詩とは、ちょっと不思議で曖昧な分類に入るも
のとされている。それはルーシー詩群の一部として知られている、下記のよ
うな詩である。

　　　　A slumber did my spirit seal,
　　　　I had no human fears:
　　　　She seem'd a thing that could not feel
　　　　The touch of earthly years.

　　　　No motion has she now, no force
　　　　She neither hears nor sees
　　　　Roll'd round in earth's diurnal course
　　　　With rocks and stones and trees !

　まどろみが私の心を封印した。そこで人が抱く恐怖も持ち合わせていな
い。地上の歳月も彼女に影響することもなく、なにひとつ感じることもでき

ず「もの」と化してしまっている。動きも力もなく、聴く力も見ることもできず、ひたすら地球の天体の軌道に沿い、岩や石や木々と共にぐるぐると日周を巡り巡っている。この「まどろみ」とは「死」とか「仮死」[14]とも言ってよい状態と理解できる。それは、"spirit"（精神、こころ）が "seal"（封印）されてしまった、ということであろう。この状態は先に見た症例、ある紳士の食道がお酒（"spirit"）のボトルのシール（"seal"）に封印され、気力の欠如へと向かったことと呼応しているようにも思える。このように考えることも可能な程、ワーズワースのダーウィンへの傾倒ぶりが作品のなかに垣間見られる。

　上記にある "slumber" の詩は 1799 年に創作されたもので、*Goody Blake and Harry Gill, A True Story* の 1 年後に書かれている。こうした症例を含むこのダーウィンの書に、ワーズワースは深く関心を示し、眼には見えないが、身体とこころに潜在している有機的な働きの力の顕われとしての様々な症例を読んでいたようである。その影響もあって、1798 年から 1799 年にかけて、科学とドイツ語を学ぼうと、友人のコールリッジと妹ドロシーとでドイツに行き、ゴスラーに滞在したのだ[15]。この旅費を工面する為に、『リリカルバラッド』を出版したという経緯も、複雑に関係し合って興味深い。

おわりに

　これまでワーズワースの詩人としての特質を『リリカルバラッド』の「趣意書」や「序文」のなかに探究し、その表現として創作された *Expostulation and Reply*（1798）、*The Reverie of Poor Susan*（1797）、*The Complaint of a Forsaken Indian Woman*（1798）、*Goody Blake and Harry Gill, A True Story*（1798）などを中心に考究してきた。そこで見えてきたものは、ワーズワースの関心のありかのひとつが、科学と詩の関連であったといえよう。ファクツ（事実・症例）が証明する科学的真理を、詩人として作品化することである。それは、有機体としての人間のこころと身体の緊密でありながら、無意

識で自発的な連動作用となる。ワーズワースの時代に科学が長足の進歩を遂げ、産業革命を進化させて社会構造を一変させた。人々の価値観もそれにより大きく変化させられた時代であった。そうした近代化の端緒にあり、その光と共に襲来してくるその影をも察知していたワーズワースであった。変革していく社会にあって、変わらぬもの、もしくは失いたくないものをワーズワースは求めていた。それを普遍的なことがらとして、いつもこころの中心においていたようである。科学が発見した目には見えない真理を、人々と共に享受する。それが詩人の責務であると認識していたようだ。こうしたワーズワースの姿をダーウィンとの関わりにおいて、次のように King-Hele は述べている。ダーウィンは詩人として、また医者として活躍していた人であった。当時まだ解明されていない不可思議な自然現象に関心を持つ人々が、満月の晩に馬に乗ってバーミンガムに集まり、「月の会」で互いの情報や意見を交換しあっていた[16]。その会合を主体的に催していた仲間のひとりはダーウィンであった。

> *The Lyrical Ballads* announced a new age of Poetry, and put paid to Darwin's popularity as a poet ; but his spirit broods over Wordsworth and Coleridge in a strange and commanding way. His influence over two of the brightest minds of the new generation is the most striking example of his magnetism. (Desmond King-Hele, *Doctor of Revolution; The Life and Genius of Erasmus Darwin*. London: Faber & Faber, 1977. p. 266)

このように、ダーウィンは詩人としての影響力は新時代の二人の詩人であるワーズワースやコールリッジに及ぼしてはいない。しかし、自然科学に造詣の深い医者として、博物学者としてのダーウィンは、この二人の詩人たちに対して、輝かしい精神と論理とに、大きく影響を及ぼしていたことを、King-Hele はここで表明している。

　そのことを、もう少し推し進めて、アイルランド生まれのジョン・ティン

ダル（John Tyndall 1820-93）は科学的思考と人文学的思考とは相補的関係で
あることを主張し、現在に至るまでの、この二つの思考の乖離に警告を発し
ていた。この二つの思考が乖離ではなく融合することの重要性を講演のなか
で述べ、ワーズワースの詩を講演の最後に引用している。世界は科学的なる
ものと文学的なるものとを包括しており、自然の総体は人間性そのものであ
る、と次のように述べている。

> ... Not in each of these, but in all, is human nature whole. They are not
> opposed, but supplementary — not mutually exclusive, but reconcila-
> ble.... Wordsworth did it in words known to all — Englishmen, and
> which may be regarded as a forecast and religions vitalization of the latest
> and deepest scientific truth.（*19th Century Science*, ed., A. S. Weber. Canada:
> Broadview press, 2000. p. 383）

　ティンダルは、ワーズワースが人間を科学的なるものと、文学的なるもの
との総体としてとらえ、その行動やこころの動きを内面から突きあげてくる
命の力として創作した詩人として解釈し、このなかで高く評価している。こ
れは科学と人文学研究とが遊離してしまい、相補的関係から遠くなってしま
った二十世紀の終末を迎えていたことを明示しているようだ。現代が抱えて
いる課題である、地球温暖化による気候変動、食料難、健康被害、医療問
題、エネルギー問題、貧富の格差等を、こうした傾向を生んでいったのだっ
た。もともとの狩猟社会が、灌漑が整備され定住できる農耕社会へ、産業革
命後の工業社会、そして情報社会へと移行していった。これによる様々な栄
光を享受しながら、沢山の弊害である負の課題が逆に生まれてきていた。そ
こで、21 世紀初頭より新しい未来社会（Society 5.0）が望まれるようになっ
た。この未来社会は経済発展と社会的課題の解決を両立させ、一人ひとりの
幸福を達成することを目指している。それは SDGs という目標を掲げた持続
可能な発展社会のこととなっている。この未来社会は、自然と人間との共生

社会の実現を求めている。この意味で、ティンダルの視野は先見性があり、ワーズワースの詩をその例証として講演の最後に引用したことは大変意義深い。このことは、ワーズワースの詩作品は二十一世紀までも届く射程距離を示すと同時に、ワーズワースが求めたものの普遍性を証していると言えよう。

　すなわち、産業革命が進展し、科学の進歩が始まった18・19世紀の英国社会で、詩人として活躍したワーズワースは、これによりもたらされる様々な負の側面をも察知していた。そこで必然的に、進化し発展する社会の陰で支えている労働者、女性、子供、言わば社会の弱者たちの生活や心理に注目して創作した作品群を、ワーズワースは残している。それと共に自然の美しさを描写し、自然詩人とも当時呼ばれた詩人でもあった。しかし、その2つの特性は、彼の中では相反する事柄ではなく、相補的な同質のもので、ワーズワースの世界観を全体像として伝えていたと言える。題材は日常的で卑近なもの、対象は社会の弱者や女性や子供。その言葉は詩語や古典的な言葉などではなく、誰もが理解できる日常語を使用すること。そこで、会話体詩の詩形をとったりもした。自国の歴史的転換期という局面と向き合い、大自然と人間性保持への危機感を抱いたワーズワースは、自然と人間との共生、科学の発見した真理と人間との関わり、その連繋作用にその関心を傾注した。その結果として、真理を孤独のなかで追究するのが科学者であり、その科学者を追い駆けて詩作するのが詩人である、と述べる。詩とはあらゆる知識の息吹きであり、洗練された精神である。それを人々と共に詠い享受し真理を慶ぶものが詩人である、とも著述している[17]。

　このような認識を持つ詩人、ワーズワースは、*Goody Blake, and Harry Gill, A True Story*（1798）の中では、想像力が奇跡的とも言える力を露顕させた事実を扱っている[18]。精神的外傷は肉体に猛威を振るうことを。それがダーウィンの書のひとつの章ともなっている「気力の欠如」である。その章は「死」もしくは「仮死」をも招いた事実を告げている。現在では精神的な外傷は「トラウマ」として誰もが知っている事柄であるが、ワーズワースの

時代では不思議な現象であった。そうしたこころと肉体の自発的連動の奇跡と言ってもいい働きを書くことを、ワーズワースは目指していた。

　The Complaint of a Forsaken Indian Woman の目的は、感覚の混濁と、感覚の混乱をも引き起こす、死への恐怖への描写。そして、その怖れに対する情緒の「上げ潮」と「引き潮」の繰り返しとその消滅を辿っていくことにあった。すなわち、"to follow the fluxes and refluxes" である[19]。また、*The Reverie of Poor Susan* にあっては、何気ない日常の行動のなかで、ちょっとした些細なことが、こころ深く眠っている想いを引き出し、その幻想を見せる、という人の持つこころの作動への関心の表れであった。つまり "spontaneous overflow of powerful feeling" への感動を伝えることがこの詩の目的であると思われる。まさに、この幻想とか幻影とは *I Wandered Lonely as a Cloud* の詩の最終連にある静寂のなかで、"flash upon that inward eye" にひらりと閃光のようにこころに浮かび、その幻影を見た黄水仙の群れと同様の現象と思われる。この幻影が、過去にそれを実際に見た時の詩人の歓びの心理状態へと詩人を導く。つまり、静寂のなかで詩人が寝椅子に横たわり何か空虚な憂鬱な気分でいた時に、見つめていた暖炉の炎の揺れや、風にゆらりと揺れたカーテンなどという、日常の何気ないものが契機となり、思いもかけず閃光のごとく輝く黄水仙の楽し気な群れがこころに浮かび上がり、かつて黄水仙を見た時と同じ歓びの気分に転じて、その気分を生き直したという *I Wandered Lonely as a Cloud* の詩と同様と考えられるのが、スーザンの幻視したものである。すなわちロンドンの都会の光景のなかに、故郷の風景が立ち現れた幻想こそ、スーザンに生きる力と感動を与えた Reverie 現象に他ならない。

　こうしたワーズワースの詩作の原理を解明するひとつの手がかりとして、「回想の論理」がある。それは、上記にのべたプロセスにより創作されるものである。回想：re-collection ということだ。こころの中に重なり合い、重層となって深く潜在する過去の様々な光景や想いが、何かのきっかけでヒラリとこころの表面に採り上げ（re-collect）られて、過去と同じ情緒をこころ

が再享受して、生きる力や歓びを得られる。この経緯をとって創作された詩は、詩人自身や読者たちにそうした力を与える。これが詩の働きであり、効用と言える。この崇高な味わいを得るには、*Expostulation and Reply* のなかで語られている、"wise passiveness" という能力が重要となってくる。目や耳という人の持つ五感は選択の余地も無く、その人の意志に関係なくひたすら機能している。また大自然は、私たちの心に印象の雨を四方八方から降りそそぐ。こうした力強い大自然のなかにあって、じっとそのメッセージをこころが探し求め、受信するのだ。従って、私たちは賢い受動性にあって、大自然と交信しながら自分の心を育てる能力を生来美質として持っていることとなる。はた目には何もせず時間を無駄にすごしているようにみえようとも、詩人のこころは能動的に働いていたことを強調しているのが、*Expostulation and Reply* の詩であった。このことが、ワーズワスの魅力を褪せさせず、その主張の普遍性を与えているといえよう。人の心は暴力的な刺激を与えられなくとも、日常的で些細な刺激だけで躍動することができるという、人間性の根幹に備わっている美質と尊厳さに注目することの重要性を人々に説いているといえよう。

　以上説明してきたことを端的に主張しているのが、*My Heart Leaps Up* (1802) の詩であるように思える。1800 年に、ドイツ出身のイギリスの天文学者・音楽家フレデリック・ウィリアム・ハーシェル（Frederick William Herschel 1738-1822）は赤外線を発見した。続く 1801 年には、ドイツの物理学者ヨハン・ヴィルヘルム・リッター（Johann Wilhelm Ritter 1776-1810）が紫外線の発見をした。眼には見えないが、七色の虹の端に厳然と存在する熱線の科学的真理の発見がこのように続いた。これは当時の人々に大自然に対する畏怖の念を抱かせ、大変なセンセーションを巻き起こしたらしい。ワーズワスもまた、この発見に啓発され、一般に *Rainbow Poem* と呼称される詩、*My Heart Leaps Up* を創作した。

　　My heart leaps up when I behold

　　　A rainbow in the sky:
　So was it when my life began,
　So is it now I am a man
　So be it when I shall grow old
　　　Or let me die!
　The Child is father of the Man:
　And I could wish my days to be
　Bound each to each by natural piety.

　この詩は、雨あがりに日常的におこる虹のような小さな現象のなかに、こころを躍らせる真理が隠されていることを示唆している。こうした大自然からの発信をこころが驚きを持って受け止められる、「賢い受動性」、すなわちナイーブな感覚を幼児の時、青年の時、また如何に歳月を重ね老齢になろうとも、持ち続けることこそ、大切なことである、と主張している。それを失うことは、生きていないことと同然である。生きるということは、この力を持ち続けることに他ならない。日々新たなるこころの躍動を得て生きていくことである。このようなワーズワースのテーマは、時代の急転換を迎えている 21 世紀に生きる我々にも共感できる普遍のメッセージとして鮮やかに迫ってくる。この意味においてワーズワースは今までも、そしてこれからも人間と共に在り、真理を親しい友として、詩を共に愉しむ存在で在り続けよう。

　まさに先に見た 1850 年版の「序文」のなかで、ワーズワース自身が定義した人々と共に真理を目に見える友人として楽しむ詩人として。ありとあらゆる知識の息吹きでもあり、そして未知のものをも含む、いっさいの科学という容貌を備える感動的な表現となっている詩を創作する[20]。こうして時を超えて生きる力を枯らすことなく、人々にこころの躍動を泉のように与えつづける詩人として、ワーズワースはこれからも絶えることなく存在し続けることであろう。

1)　It is the honourable characteristic of Poetry that its materials are to be found in every subject which can interest the human mind. The evidence of this fact is to be sought, not in the writings of Critics, but in those of Poets themselves.The majority of the following poems are to be considered as experiments. They were written chiefly with a view to ascertain how far the language of conversation in the middle and lower classes of society is adapted to the purposes of poetic pleasure. (*Advertisement,* ll. 1-8)

2)　『リリカルバラッド』 *Lyrical Ballads*（1798）ワーズワースとコールリッジ共著の『抒情歌謡集』。英国ロマン主義の文学運動の先駆的な内容と手法で、新時代を画する詩集。

3)　『人口論』 *An Essay on the Principle of Population*（1798）トマス・ロバート・マルサスによる人口論の古典的著作。大きな反響を呼んだ初版は匿名で出版された。産業革命によりイギリス社会が一変し、人口が農村から都市へと大きく移動する弊害を示唆している。実際に、人口が集中した都市は劣悪な労働条件と環境になった。1871 年の平均寿命が 26.4 歳という数字はその労働の過酷さと、環境状況の劣悪さの事実を示している。

4)　"This poem is a favorite among the Quakers, as I have learnt on many occasions. It was composed in front of the house at Alfoxden in the spring of 1798." ─ I. F. (*The Poetical Works of William Wordsworth,* ed. By E. De Selincourt and Helen Darbishire, vol. 4. Oxford: The Clarendon Press, 1952. p. 411）この I.F. とは The notes dictated by William Wordsworth to Isabella Fenwick in 1843. のこと。

5)　ワーズワースの詩は全て創作における実験と言えると述べている。ここでの *The Childless Father* や *The Reverie of Poor Susan* もその意味で情感が外に生じさせた行為や状況へ影響を及ぼすという共通した実験であったようだ。ワーズワースのこれらの詩は、20 世紀の小説家ヴァージニア・ウルフ（Virginia Woolf, 1882-1941）より 150 年くらい早くなされた、詩における実験の先駆であったといえよう。20 世紀の意識の流れ小説を手掛けたウルフは *Flush*（1933）という小説のなかで、犬である Flush が、その飼い主であるヴィクトリア朝の女流詩人エリザベス・バレット・ブラウニング（Elizabeth Barrett Browning, 1806-1861）のこころの変化を、声の調子、脈拍の動揺、食欲の増大、来客のノックの音に身構えたり、身体を緊張させたりすること等から察知し、女主人も気付いていない無意識までも気付くという実験小説を書いている。人間の言葉を理解できない犬が、外に顕れた現象から内なる情動を理解し、女主人の恋人に対するこころの変化や無意識までをも洞察する。"I" voice を超える "speaking" voice（声にだす発話ではなく、身体や様々な外に顕れた発話）という手法を使って、心理や意識を認識する実験小説が、*Flush* であった。したがって、ワーズワースの

これらの詩は、ヴァージニア・ウルフより 150 年くらい早くなされた、詩にお
ける先駆的実験であったといえよう。*The Childless Father* で描かれている子供を
亡くした父は、無意識のうちに涙を流し、外が内を思わず露呈させてしまった
のだ。(参照『人文研紀要』96 号 2020 年)

6)　ブレイクの *The Chimney Sweeper* や *London* もワーズワースの詩 *The Reverie of
Poor Susan* と同様に、人口の都市への集中の弊害や労働環境の悪化への警告で
あった。煙突掃除の少年が天使による救済の夢を見たことが、現実の日常生活
の苦しさを越えていそいそと辛い仕事に彼等を向かわせている。これもまた、
夢想が幼い少年たちに影響を及ぼしている実験的例証であるようだ。

7)　On the third of September, we arrived at a small river belonging to Point Lake,
but the weather at this time proved so boisterous, and there was so much rain,
snow, and frost, alternately, that we were obliged to wait several days before we
could cross it in our canoes; and the water was too deep, and the current too rapid,
to attempt fording it. During this interruption, however, our time was not entirely
lost, as deer were so plentiful that the Indians killed numbers of them, as well for
the sake of their skins, as for their flesh, which was at present in excellent order,
and the skins in proper season for the sundry uses for which they are destined.
(Mr. Samuel Hearne, *A Journey from Prince of Wales's Fort in Hudson's Bay to the
Northern Ocean in the Years 1769, 1770, 1771, 1772*, Chapter VII. 3. 9. 1771) 時に
置き去られたインディアンの衰弱が回復し、仲間を追い駆けて再び合流した例
や、他のインディアンの一隊に救助され生き延びた例も無くはない。例にだし
たインディアンは何度か再会できたようだ。しかし、これが最後であったと、
ハーンは紀行記に次のように記している。"Sometimes persons thus left, recover;
and come up with their friends, or wander about till they meet with other Indians,
whom they accompany till they again join their relations. Instances of this kind are
seldom known. The poor woman above mentioned, however, came up with us three
several times, after having been left in the manner described. At length, poor
creature! she dropt behind, and no one attempted to go back in search of her.
(*Ibid.*)

8)　The book referred to by W. in his preparatory note (and still in his library at the
time of his [W. Wordsworth] death) is *A Journey from Prince of Wales's Fort in
Hudson's Bay to the Northern Ocean 1769-1772, by order of the Hudson's Bay
Company* by Samuel Hearne, 1795.

9)　Erasmus Darwin (1731-1802) エラズマス・ダーウィンは、進化論を述べた
『種の起源』、『人類の由来』、『ビーグル号航海記』の著者で有名なチャールズ・
ダーウィン (Charles Darwin, 1809-1882) の祖父にあたる。医者であり、博物学

者でもあり、詩人であった。

10)　ワーズワースはダーウィンのこの書籍をコトルから 1797 年に借りて、次節で扱うハリーの事件を読んでいる。Erasmus Darwin, *Zoonomia: The Laws of Organic Life*, vol. 1-2, London, 1794, 1796. 新聞にも出たらしい実話によると、ワーウィックシャーの若いハリーは寒さへの怖れから 20 年以上もベッドから離れることができずにこの世を去った、という。*Goody Blake and Harry Gill* の NOTES として、*Wordsworth's Poetical Works*, vol. 4. edited by E. De. Selincourt, p. 440（The Clarendon Press, Oxford. 1952）に記述されている。エラズマス・ダーウィンのこの著書を速達で取り寄せて再度読み、確認したのちに幾つかの詩をワーズワースは創作した。それは彼の手紙や散文からも窺われる。(*The Letters of William and Dorothy Wordsworth: The Early Years, 1787-1805,* ed., revised Chester L. Shaver. Oxford: The Clarendon Press, 1967. p. 198, p. 214)

11)　この詩にある Harry Gill のように、寒さと恐怖が引き金となって、脳波も停止し、心臓の鼓動もなく、全ての感覚が麻痺して仮死状態となる現象は、第一次世界大戦中に、闇夜に塹壕のなかで過ごした、英国の兵士のなかに症例として多く見られたという。

12)　この詩では魔力を持つ老婆として Goody Blake が描かれており、その象徴のように "withered hand" が寒夜に光を放つ月に対して手を挙げのばす印象的な描写がある。ワーズワースより後の時代に英国の作家・詩人として活躍したトマス・ハーディ（Thomas Hardy, 1840-1928）の小説に "The Withered Arm" という小作品が *Wessex Tales*（1888）の中にある。初出は月刊雑誌 'Blackwood's Magagine'（1888 年 1 月）。その話は、魔力を持つ女として周囲から恐れられ迫害された要因は、同じようにその女の "withered arm" にあった。

13)　このハリーと同じように、寒さが招く症例として、次のようなものが *Zoonomia* の中で記述されている。それは体の機能を低下させた「仮死」の項目に入っている。人の想像力が、寒さと孤独感から心臓の鼓動や脳波を停止させ、全ての感覚を失わせ見かけも実体も死と同じような状態になった、というものである。

14)　「仮死」とは、いわゆる「失神」のような短い時間ではなく、3 日間という長い期間、死と同じような状態になりながら、蘇生後に精神も頭脳も破壊されていないという症例である。ダーウィンは、スタフォードの若い女が馬車で旅行中に、丘を駆け降りる馬車から投げ出されるのではないかという恐怖に襲われ「仮死」状態になり、3 日後に蘇生した例を述べている。(Erasmus Darwin, *Zoonomia: The Laws of Organic Life,* London; 1796. pp. 67-68)

15)　". . . my sister and myself of going to Germany, where we purpose to pass the two ensuing years in order to acquire the German language, and to furnish ourselves with a tolerable stock of information in natural science." (*The Letters of William and Dorothy Wordsworth, the Early Years 1787-1805,* Oxford: The Clarendon Press, 1967. p. 213)

16) 「月の会」 ルナー・ソサエティ (The Lunar Society of Birmingham) のこと。これは 1765 年から 1813 年の間、化学者、発明家、自然哲学者、事業経営者などが、月に 1 回バーミンガムに集まり様々な不思議な現象や科学雑誌などの情報を共有する交流会であった。街燈も整備されていなかった時代に、満月の晩に馬に乗って集合したという。その月と lunatic（変人）からその名称が付されたという。ダーウィンが中心的存在で、陶芸家・実業家ジョサイア・ウェッジウッド、蒸気機関の発明家ジェームス・ワット、ワットとの共同経営者マシュー・ボールトン、酸素の発見者・神学者ジョセフ・プリーストリー、ジギタリスの薬効効果の発見者ウィリアム・ウィザリングなどがメンバーであった。

17) *The Prose Works of William Wordsworth*, vol. I. p. 141.

18) "I wished to draw attention to the truth that the power of the human imagination is sufficient to produce such changes even in our physical nature as might almost appear miraculous. The truth is an important one; the fact (for it is a *fact*) is a valuable illustration of it." と 1800 年版の「序文」で述べている。(*The Prose Works of William Wordsworth*, vol. I. p. 150)

19) *The Prose Works of William Wordsworth*, vol. I. p. 126.

20) The Man of science seeks truth as a remote and unknown benefactor; he cherishes and loves it in his solitude: the Poet, singing a song in which all Human beings join with him, rejoices in the presence of the truth as our visible friend and hourly companion. Poetry is the breath and finer spirit of all knowledge; it is the impassioned expression which is in the countenance of all Science. (*The Prose Works of William Wordsworth*, vol. I. p. 141)

第8章 『ダーバヴィル家のテス』における 「近代の痛み」と（ポスト）ロマン主義
──「シェリー的」な愛を導きの糸として──

木 谷 　厳

はじめに──ハーディとシェリーが共有する懐疑主義──

　トマス・ハーディを詩人シェリーあるいはロマン主義との関係において語る際、きまって理想主義的、楽観的なロマン主義に対するアンチテーゼとして、人間社会の悲哀を曇りなき眼で見通し描き切ることを実践した厭世主義的な作家ハーディ、といったような図式が出されることがある。たとえば、レスリー・ヒギンズ（Lesley Higgins）の解釈では、シェリーのようなロマン派詩人はあらゆるものが流転する世界を受け入れながらも、それらを超越した真の世界がのちに到来すると信じていたが、そのような生き方は、生来の反形而上的な感性ゆえにそうした楽観主義を受け入れられないハーディにとって「"妥協した"ロマン主義（"compromised" Romanticism）」の最たるものであり、それゆえに、ポストロマン主義の作家ハーディは、『森林地の人々（*The Woodlanders*）』（1887）において、意図的にシェリーを用いることで、「近代の痛み（the ache of Modernism）」を定義づけようとしたという（Higgins, 45）[1]。本稿では、『ダーバヴィル家のテス（*Tess of the d'Urbervilles*）』（1891〔以下『テス』〕）を読み解くことをつうじて、シェリーとハーディをつなぐ「近代の痛み」──これはもともと『テス』に登場する言葉である──という重要な論点について、ヒギンズとは異なる視点から考えてみたい[2]。

　そのためにも、そもそもシェリーはハーディにとってそのように否定的な
対象であったのかという疑問から議論を始めたい。たとえば、「影響の不安
(the anxiety of influence)」の理論で有名なハロルド・ブルーム (Harold Bloom)
は、むしろシェリーには根深い懐疑主義があり、それがハーディに対して強
い影響を及ぼしていると指摘する。ブルームが根拠とするのは、シェリーの
「ひばりに寄せて (To a Sky-Lark)」(1820) からの一部である。

　　　わたしたちは前を見ても　後ろを見ても
　　　　　そこにないものに憧れる──
　　　どんなに心から笑っても
　　　　　それはどこか痛みをともなっている──
　　　わたしたちのもっとも美しい歌は　もっとも悲しい思いを歌っている

　　　だが、もしわたしたちが蔑みの目を向けることができたなら
　　　　　〈憎しみ〉や〈高慢〉や〈恐れ〉に──
　　　もしわたしたちが生まれついていたのなら
　　　　　涙を知らない存在に──
　　　おまえの喜びにどうして近づくことなどできよう

(ll. 86-95)³⁾

　この詩行で重要なのは、「笑い (laughter)」と「痛み (pain)」が、「もっと
も美しい歌 (sweetest songs)」と「もっとも悲しい思い (saddest thought)」が、
「涙 (tear)」と「喜び (joy)」が、それぞれ分かちがたく結びついている点で
ある。このような理想と現実のあいだで煩悶するシェリーの詩人像は、その
他にも「理想美を讃える歌 (Hymn to Intellectual Beauty)」(1817) やいわゆる
「ジェイン詩篇」など、さまざまな詩のなかに見られる。また、ブルームは
指摘していないが、シェリーは実際に「無常 (Mutability)」(1816) という詩
を残している──「昨日と明日はきっと同じではありえない、〈無常〉に耐
えうるものなど何もない」(ll. 15-16)。さらに、シェリー的理想主義の代名

詞ともされている『プロメテウス解縛 (*Prometheus Unbound*)』(1819) のフィナーレ間近の場面においてさえ、人はまだ「偶然や死や無常からは (From chance, death, mutability)」逃れられないと書いている (III, iv, ll. 201)。

ブルームによれば、シェリーの詩において理想主義（憧れ）と表裏一体になっているこうした懐疑主義あるいは現実主義（「痛み」）をもっとも共有していたのが、ハーディ最晩年の詩集『冬の言葉 (*Winter Words in Various Moods and Metres*)』(1928) である。この詩集には全体に広がる懐疑主義のトーンの中にも「ロマン派最盛期の理想主義 (High Romantic Idealism)」の回帰が感じられる瞬間もあるという (Bloom, 22-24)。このような視点に立てば、ハーディにとってシェリーの思想は「妥協したロマン主義」ではなくなる。ブルームの言葉を借りれば、「まるで〔老いた〕ハーディがシェリーの祖先であり、革命を志す理想主義者にとって捨て去ることのできない暗い父 (the dark father) でもあったかのよう」に、両者は近しい存在である (Bloom, 24)。ワーズワスの「子どもは大人の父 (The Child is Father of the Man)」を思わせるこの逆説的なフレーズが意図しているのは、老成したハーディをあたかも夭折しなかったシェリーの晩年の姿のように錯覚するほど、両者がある種の暗さとともに、同じ思想を共有していたということであろう。

以上のような観点から『テス』を読み解くにあたり、ブルームは別の興味深い手がかりを残している。それは、テスの夫となるエンジェル・クレア (Angel Clare) が「シェリーのパロディ (parody of Shelley)」のようにも描かれているという見方である (Bloom, 22)。ハーディにとってのシェリーが理想主義的な「想像力の豊かな懐疑主義者 (a visionary skeptic)」であるように、エンジェルは「頭 (head)」と「心 (heart)」、つまり理性と感情のあいだに矛盾を抱えている (Bloom, 22)。あるいは、トム・ポーリンがいみじくもアーノルドのシェリー評を引き合いに出して形容したように、「美しい無力な天使 (beautiful and ineffectual angel)」とみなすこともできる (Paulin, 57)。たしかに、エンジェルは当初テスという一人の女性を勝手に理想化して、勝手に幻滅し、一時的ではあるが離れていった。その姿は、『エピサイキディオ

ン（*Epipsychidion*）』（1821）において、エミリー――本名はテレーザ・ヴィヴ
ィアーニといい、くしくもテスと同じ名前の女性である――という少女を理
想的美の顕現として描いたものの、現実のエミリーの振る舞いに失望し、急
速に興味を失ったシェリーの姿と重なるようにも見える。

　とはいえ、『テス』においてより重要なのは、エンジェルがこれまでの自
己中心的な愛の理想、「天上のヴィーナス（Venus Urania）」――その詳細は後
述する――として神秘化されたテス像の追求を断念し、ありのままのテスを
愛し、受け入れるようになるという内面の変化である。変化や無常を受け入
れたうえで、それでもなお愛することこそ、本来的な意味でのシェリー的な
愛のかたちである。『プロメテウス解縛』には、デモゴルゴンと呼ばれる謎
めいた存在による以下のような言葉がある――

　　〈運命〉、〈時〉、〈時機〉、〈偶然〉そして〈変化〉に対して
　　おまえたちに語れと命じたところで何になる？　これらに
　　あらゆるものが従うのだ、永遠の〈愛〉を除いてはな。

（Ⅱ, ⅳ, ll. 118-20）

この〈愛〉の秘密は結局最後まで明かされることがないものの、この詩行
を、変転する「〈時〉（Time）」という〈無常〉のなかにあっても、あくまで
愛を信じ、自己の生を肯定する姿勢として理解することも可能であろう。こ
のような愛と生の肯定は、『テス』の世界観とも響き合っている。

　以上をふまえたうえで、本稿ではハーディがシェリーの文学的特質であ
る、（天上のヴィーナスによって導かれる）プラトニズム的理想主義と懐疑主
義・現実主義の葛藤を受け継いでいたという解釈、また、シェリー的な人物
とされるエンジェルは、たんなる（挫折した、あるいは妥協した）理想主義者
に終始しないという見方を出発点として、シェリーのロマン主義とハーディ
のポストロマン主義をつなぐモダニティ（modernity）――現代性あるいは近
代性――に着目しつつ、『テス』において描かれる「近代の痛み」に深くか

かわる〈時〉の無常、ならびに太陽のイメージについて考察する。

1　『テス』における「シェリー的」愛
——天上のヴィーナスと太陽のイメージ——

　ハーディの小説において「シェリー的」な愛が言及されることは珍しいことではない。たとえば、『森林地の人々』のフィッツピアズはシェリーの『イスラムの叛乱（*The Revolt of Islam*）』（1818）の詩行を交えながら、のちに妻となるグレイスの美しさを滔々と語る（Ch. 16, 105-06）。しかし、その口先だけの所作ゆえに、フィッツピアズは、真の意味での「シェリー的」な（自己犠牲を厭わない）愛の体現者であるジャイルズとは正反対の存在として描かれている（Higgins, 44）。また、『恋の霊（*The Well-Beloved*）』（1892）の主人公ピアストンは、その題名どおり、つねに理想の女性像である「恋の霊（The Well-Beloved）」の化身を求め彷徨い続けるという意味において、『アラストー（*Alastor*）』（1815）や『エピサイキディオン』のシェリー的主人公を彷彿とさせる。

　『日陰者ジュード（*Jude the Obscure*）』（1895〔以下『ジュード』〕）におけるジュードとスーもまた、スーの夫フィロットソンをして「プラトン主義的（Platonic）」というよりむしろ「シェリー的（Shelleyan）」であると言わしめるほど固い絆で結ばれている（Part IV, Ch. 4, 231）。スーもまた、『エピサイキディオン』の一節を暗唱しながらシェリー的な愛をジュードに語る。

　　「ある〈存在〉がいた、その方にわたしの魂はたびたび
　　出会っていた、ヴィジョンのなかを天高く彷徨っていた時に。
　　　　　　　　　　　　　　　　　　　　　　　　　　　　〔ll. 190-91〕
　　……
　　〈天上〉の熾天使、人と呼ぶにはあまりに高貴な方、
　　あの光り輝く女性の姿はヴェールでおおわれて……」　　〔ll. 21-22〕

　「ああ、なんてお世辞なの、これ以上続けていられない！　でもそれが
わたしだと言って！　――それがわたしだと！」
　「きみだよ、ああ、まさにきみだ！」　　　　　　(Part 4th, Ch. 5, 244-45)

　スーが諳んじている詩行において、詩の語り手は、「あの光り輝く女性の姿
(that radiant form of woman)」というフレーズが示すとおり、エミリーを光り
輝く「熾天使 (seraph)」のような女性として描いている。『エピサイキディ
オン』の女性には二種類あり、ひとつがこの輝けるエミリーであり、それと
対置されるのが「毒の旋律の声をした女性 (One, whose voice was venomed
melody)」(l. 256) である。スーが遠慮がちにみずからと同一視するのが前者
であるとすれば、後者に対応するのはアラベラであろう。
　シェリーの『エピサイキディオン』において、この二種類の女性像は聖愛
を司る「天上のヴィーナス (Venus Urania)」と俗愛を司る「地上のヴィーナ
ス (Venus Pandemos)」がモティーフとなっている (White, 2: 262)。二柱のヴ
ィーナスとは、もとを辿ればプラトンの『饗宴 (The Symposium)』(紀元前 4
世紀頃) においてアガトンが愛について説明した際の喩えであるが、シェリ
ーは友人のトマス・ラヴ・ピーコックをつうじて『饗宴』を知り、みずから
英訳 (題名は The Banquet) を手がけるほどまでに熟読し、そこからあまたの
詩的霊感を得ていた (Plato, 421-22; Notopoulos, 99)[4]。シェリーは同時期に「ア
タナシウス王子――断章 (Prince Athanase: A Fragment)」(1817) という詩の断
片を残しているが、その元の題名こそ「ウラニアとパンデモス (Urania and
Pandemos)」であった。したがって、この二柱のヴィーナスは、天上のヴィ
ーナスがスー、地上のヴィーナスがアラベラに対応することになる。実際
に、スーはヴィーナスの表象に興味を抱いており、ジュードからヴィーナス
とアポロ (アポロン) の彫像を購入している (Part 2nd, Ch. 3, 94)。さらに、小
説の後半においても、スーは「天上のヴィーナス (Venus Urania)」の名を出
し、ジュードとの天上的な愛と、周囲の世俗的な男女の愛を区別してい
る。

「あの人たちの考え方は、動物的な欲望に基づいた関係しか認めていない。欲望の役割などどうしたって二の次になるような、強い愛情の広大な世界が存在することなど、あの人たちは気がつかない——その領域は——さあ、誰？——天上のヴィーナスのもの。」

(Part 3rd, Ch. 6, 167-68)[5]

　『ジュード』の後半においても、ジュードはスーと天上のヴィーナスを同一視する姿勢を失わず、「僕がこれまで知りうる限り、君は間違いなくもっとも天上的で、官能的とはほど遠い女性 (absolutely the most ethereal, least sensual woman) だけれども、人間らしさや女性らしさを失っているわけでもない」と述べている (Part 6th, Ch 3, 344)。またその直後、スーに対して「僕のオジギソウ (my sensitive plant)」とも呼びかけている (Part 6th, Ch 3, 345)。ここには明らかにプラトニズム的とされているシェリーの詩「オジギソウ (The Sensitive Plant)」(1820) の含意があり、ハーディがシェリーによるプラトニックなヴィーナスの表象を小説の中に意図的に滑り込ませていることがわかる[6]。そしてまた、このような天上のヴィーナスとその愛のイメージは、先に引用したフィロトソンの言葉どおり、純粋なプラトン主義というよりもあくまで「シェリー的」なのである。

　こうした背景をもとに、『テス』におけるシェリー的な愛の描写を見てゆく。『テス』の場合、二柱のヴィーナスの形象はテスに対して向けられる二種類の愛——エンジェルの聖愛とアレクの俗愛となって登場する。テスの結婚相手として登場するエンジェル・クレアは、その名前が示すとおり、テスが崇拝する天使ともいえる存在である。この人物が「シェリー的 (Shelleyan)」な愛をテスに捧げていたことは、物語の本文にも確認できる (Ch. 31, 211 [上 392])[7]。この愛こそ、「天上のヴィーナス」が司る聖愛にほかならない。そして、テスがエンジェルに返す愛もまた「地上の愛といった風情はまるでなかった (There was hardly a touch of earth)」とされる (Ch. 31, 211 [上 391])。その希望に満ちた愛の描き方は、『エピサイキディオン』の光り輝く天上のヴ

ィーナスとしてのエミリーの描写を想起させる（ll. 190-205）。

　だが、エンジェルと対極に位置するアレク・ダーバヴィルの立場からすると、テスは一貫して変わることのない官能的な地上のヴィーナスである。アレクは、テスに去られたのち、エンジェルの父クレア牧師との偶然の出会いによって、熱心な福音伝道者として再出発を果たすものの、エンジェルに去られて途方に暮れていたテスと再会したことで、またたく間にもとの放埒な悪漢へと立ち戻る。その際、語り手は「ヴィーナスの姿が突如として現れた（her Cyprian image had suddenly appeared）」という比喩を用いつつ、アレクの中にあった「司祭のともし火（the fire of the priest）」をかき消し、「聖霊の側（the side of the Spirit）」から官能の世界へと誘惑したと説明している（Ch. 45, 326［下 166］）。この直後に、「僕をけっして誘惑しないと誓ってくれ（swear that you will never tempt me）」とテスに一方的な誓いを立てさせる、クロス＝イン＝ハンドでの場面が続くことになる（Ch. 45, 331［下 176］）。

　このように、エンジェルが天使であれば、アレクは悪魔になぞらえられる人物である。アレクは現に、みずからを『失楽園（*Paradise Lost*）』（1667）の蛇になぞらえて、イヴ（テス）を誘惑したと回想し、それを聞いたテスに「私はあなたがサタンだなんて言ったことも考えたこともありません（I never said you were Satan, or thought it）」と返答させている（Ch. 50, 369［下 176］）。エンジェルの清新さとアレクの俗悪さ、光と闇といった対比的な属性は、小説の舞台設定にも表れている。エンジェルとテスの黄金時代の象徴――エンジェルは自分たちをアダムとイヴに喩えている――ともいえるトールボッテイズは夏の陽光に輝く、善人の集まる牧歌的な場所である。対照的に、アレクが支配するトラントリッジの村は陰鬱で、比喩とはいえ「サチュロス（satyrs）」や「パン（Pans）」、「プリアポス（Priapos）」や「シレノス（Sileni）」が跋扈し、夜宴を繰り広げるような世界である（Ch. 10, 72［上 124-25］）。テスがアレクに襲われるのもこの夜であった。また、ダーバヴィルの屋敷にゆかりあるグロービーの農場も、乾いた北風の吹きすさぶ荒涼とした場所にあり、テスたちには劣悪な環境のもとで過酷な労働が課せられている。そこに

アレクが昼夜を問わず訪れ、テスを誘惑するという点においても、まさしく「万魔殿（pandæmonium）」と形容されるにふさわしい場所である（Ch. 48, 355[下 225]）。

　また、エンジェルとアレクがそれぞれまとう光と闇の属性は、あきらかに太陽のイメージとともに強調されている。『テス』と太陽のイメージをめぐる解釈の研究には枚挙にいとまがないが、もっとも良く引用される先行研究は、ルイス・B・ホーン（Lewis B. Horne）、J・ヒリス・ミラー（J. Hillis Miller）、J・B・ブリン（J. B. Bullen）によるものであろう。三者のうち、ホーンの解釈がもっとも素朴ではあるが、のちの二者の解釈の基礎となるシンボリックな読解を提示している。ホーンによれば、自然風景とテスの内面はリンクしていて、太陽は、テスの中で生まれては消えてゆく希望のシンボルであるという（299）。この太陽の有無、つまり光と闇の反復するパターンは物語において一貫しており、それはエンジェルと初めて出会った五月祭の明るさから始まり、その後、夜中に愛馬の事故死が起こり、つづいて昼にまだ見ぬ親族であるダーバヴィル家へ援助を求めて一家の代表として向かう、といった具合に、希望は昼の陽光とともに、絶望は夜の闇とともにある、というのがホーンの解釈である（Horne, 301-04）。

　このような反復のイメージをさらに洗練させたのがミラーの『小説と反復（Fiction and Repetition）』（1982）である。ミラーは、『テス』のテクスト内にさまざまな「赤い事物（red things）」が差異をもちながらも反復して現れてくること——これはジル・ドゥルーズ（Gilles Deleuze）から着想を得ている——、そして、こうしたモティーフがそれぞれの出来事の根底に流れている「内在的意思（Immanent Will）」と呼ばれる「あの創造的かつ破壊的なエネルギー（that creative and destructive energy）」によってもたらされると説明している（124）[8]。そのようなエネルギーのひとつの表れこそ、ミラーによれば、太陽のイメージである——それは、農作業中に芝刈り機の赤いペンキを照らし燃え上がるような赤に変える太陽の光となって、また、エンジェルとのハネムーンで訪れたダーバヴィル家の別邸の場面における、テスのスカートに

ペンキで書いたマークのような赤い染みをつくる太陽の光となって描写され
ている（Ch. 14, 99［上 175］; Ch. 34, 236［下 442］）。

　ただし、ミラーにとって、太陽のイメージとそれに関連する赤い事物は、
あくまで多様な姿をまとって登場する内在的意思のひとつの表れに過ぎない
（Miller, 126）。現にさまざまな別の出来事の反復についても――「御猟場（the
Chase)」における白い牡鹿殺しの伝説がのちにテスの凌辱として反復される
例など――指摘している（Miller, 129-30）。さらに、ミラーはひとつの小説の
中に中心となるシンボル的な事物を置くことを慎重に避けている。ミラーが
目指すのは、さまざまなイメージやモティーフをある絶対的なシンボルへと
還元することを通じてテクストの全体性や有機的統一あるいは単一の起源を
志向することではない。比喩やイメージ、神話的なもの、形而上学的なも
の、政治的なものなどが重層的に決定されたテクストを解釈するためのさま
ざまな読みの可能性、あるいは「解釈の連鎖（[t]he chain of interpretations)」
を読者へと開いたままにするのがミラーの姿勢である（Miller, 145）。

　とはいえ、ミラーによる太陽のもつ創造的かつ破壊的な力という解釈には
たしかに魅力がある。ブリンは、太陽のイメージに込められたこの二面性を
ヴィクトリア朝の異教趣味と結びつけることで、『テス』を読み解く助けと
している（Bullen 1989, p. 187）。具体的には、テスが崇拝する、ハープを携え
たエンジェルをギリシア神話のアポロ的存在――物語中、エンジェルはテス
の「アポロ（Apollo)」であったという描写もある（Ch. 57, 408）――と解釈し、
アーノルドやペイター、ジョン・アディントン・シモンズ（John Addington
Symons)、そしてマックス・ミューラー（Max Müller）やジェイムズ・マクド
ナルド（James MacDonald）といった同時代人による異教研究とこのカップル
を紐づけながら、エンジェルの理想主義がもたらした皮肉な結末、すなわち
ストーンヘンジにてテスがみずからを新たな時代のドルイド、すなわち警察
に差し出すことによって贖われる象徴的な結末を、救済者であり破壊者でも
ある（ヴィクトリア朝イングランドの）アポロによる配剤と解釈している（Bullen
1989, 197-98)[9]。この論考から 30 年後、ブリンはニーチェの思想的枠組みを

取り入れ、エンジェルをアポロ、アレクをディオニュソスになぞらえることで、『テス』における光と闇のイメージを新たに読み解こうと試みている（Bullen 2019）[10]。

このように『テス』という豊饒なテクストは、まさしくヒリス・ミラーの言う「解釈の連鎖」を生み出し続けている。したがって、本稿においてもテスを天上のヴィーナスや地上のヴィーナスとして解釈するだけでは、その試みもイメージの解釈の連鎖の中に呑まれ消え去ってしまうことは避けられない。そこで、ここからはハーディの分身でもあるエンジェルが、テスをつうじた天上のヴィーナスの崇拝に象徴される超越的な理想美への信仰を断念するという点、さらには太陽のイメージがそこにどのようにかかわってくるかという点に焦点を当てる。こうした意識とともに『テス』を読み解くことによって、ポストロマン主義の作家としてのハーディのモダニティと歴史をめぐる葛藤を、あるイメージの分析とともに浮かび上がらせたい。

2 （ポスト）ロマン主義と「近代の痛み」、そして「ゆれる」イメージの連鎖

ハーディにとって、シェリーと近代を切り離すことは不可能である。一例を挙げれば、ハーディの文学ノートに17世紀の詩人とシェリーを比較した以下のような覚書が残されている。

　　ちょうど近代の詩人が、山並みに沈んでゆく太陽に心動かされるように、宗教に感動する詩人がいたと知るのは不思議な気分だが、17世紀においては宗教こそが、想像力ゆたかな人びとにとっての主たる関心事であり、宗教は彼らの道徳律のみならず、彼らの夢にまで着想をもたらしたのだった。〔中略〕クラショーは、その全盛期にあっても道徳的な教化を目論んだことはなかった。みずからの恍惚について書きあらわしたクラショーが、もしシェリーのような近代の詩人であったならば、シェリーに親近感を覚えるとともに、自然の荒ぶる力をもっと感じ取って

いたかもしれない。 (Hardy 1985, 2: 170)

　リチャード・クラショーのような17世紀の詩人は、近代の詩人が自然か
ら得ていた感動を宗教に見出していたという趣旨の文だが、見逃してはなら
ないのが、ハーディがシェリーを「近代の詩人（modern poet）」のひとりと
見なしている事実である。ハーディが、自分のおよそ半世紀前に生まれたシ
ェリーを、同時代人とは言わないまでもカーショウよりもずっとモダニティ
（現代性）をそなえた詩人と考えていた可能性をここに確認できる。また、遠
い山並みや落日といった風景、すなわち自然に感動することもまた近代的な
感性によるものであるならば、ターナーの絵画を愛し、風景描写を得意とし
たハーディが同様の感性を持ち合わせていたと理解してもなんら不思議はな
い。
　だからといって、ヴィクトリア朝時代を生きるハーディが「最後のロマン
派」であったと主張したいわけではない。重要なのは、ハーディとロマン派
詩人が同じモダニティを共有していたという点である。このモダニティと
は、いわゆる17世紀の新旧論争に端を発し、（新）古典主義とロマン主義の
対立を経た結果、文学思潮としての「モダニズム（modernism）」が誕生し
——それは「現代生活の画家（Le Peintre de la vie modern）」（1863）において
ボードレールが提示した「モデルニテ（*modernité*）」の概念をもって嚆矢と
する——、これを機にモダニズムはロマン主義との決別を果たした——とい
う教科書的な時代区分とはいささか異なる。ポール・ド・マン（Paul de
Man）によれば、ポストロマン主義を生きたボードレールやニーチェの思想
において、モダニティは「モダン」と「歴史」のあいだに存在する不可避の
相克とともにある（de Man 1983, 148）[11]。一方で「モダニティは、真の現在
と呼びうるような点、新しい出発を印づける原点へとついには到達しようと
望みつつ、どんなものであれ先行するものの一切を払拭せんとする欲望とい
うかたちをとって存在する（Modernity exists in the form of a desire to wipe out

whatever came earlier, in the hope of reaching at last a point that could be called a true present, a point of origin that marks a new departure)」がゆえに、この「払拭」すなわち「意図的な忘却」への欲望は、必然的に歴史と相反することにある。他方、そのようなモダニティの生もまた「人間の無常という時間的な経験 (a temporal experience of human mutability)」を避けては通れないため、「どんな現在も絶え間なく過ぎ去りゆく経験として必然的に体験されざるをえず、過去〔すなわち歴史〕がどんな現在とも未来とも切り離せない以上、そうした経験によって過去は不可逆で忘れられないものになる (the necessary experience of any present as a *passing* experience that makes the past irrevocable and unforgettable, because it is inseparable from any present or future)」という (de Man 1983, 148-49)。無数の現在（瞬間）が過ぎ去ることで、その連続や反復が過去を形成するのであれば、たとえ過去を拒絶して自身の新規性（モダニティ）を主張したとしても、それはすぐさま過去のものになるうえに、その新規性を証明するには、みずからの文学と過去の文学を比較し、別のやり方でアピールしなければならない。つまり、過去に依存しなければ現在の新しさは証明できない。しかも、その新規性もまたすぐに歴史の中に再統合されてしまう。その意味において、既存の文学から脱し、現在という〈いま、ここ〉を希求し、歴史を拒否すること、そしてそこから不可避に起こる歴史への後退を反復することこそが、歴史を形づくる根拠・条件にもなりうる——このようなモダニティと歴史をめぐる不可能性のあいだで揺れ動く心理的葛藤、それが文学におけるモダニティの苦境であるとド・マンは説明する (de Man 1983, 151, 162)。

　また、ド・マンの見立てでは、そのような文学的自己のなかにある相克が顕在化しはじめたのがロマン主義の時代である。超越的な〈起源〉として神秘化された自然と自己を同一化することにより、自己が有限であり死に向かう時間的な運命のもとにあるという現実を忘却しようとする誘惑とその断念もしくは諦念のあいだで葛藤し、揺れ動く状況こそ、ド・マンの考えるロマン主義のモダニティをめぐる苦境である。ド・マンにとって、その代表者はワーズワスであったが、この系譜には、〈無常〉のテーマと不可分であった

シェリーの詩想もまた含まれている[12]。そして、その苦境を継承し（そこなっ）たのが、ボードレールやイェイツといったポストロマン主義の詩人であった（de Man 1993）。ただし、ド・マンの議論にハーディの名が出てくることはない。

　もちろん、ハーディがド・マンの著作を読むことは不可能であるし、実際にボードレールやニーチェを読んでいたのか、それすらも定かではない。しかし、（ポスト）ロマン主義とモダニティをめぐるド・マンの明察とハーディの小説『テス』には不思議な共鳴がみられる。ド・マンがモダニティの苦境として提示したような、時間性からの逸脱への誘惑とその断念とのあいだの葛藤が、『テス』のテクストにも別の寓意的な対話をつうじて立ち現れてくるのである。それは、過去を忘却し、歴史を乗り越えようとしつつも過去に縛られて逃れられないテスとエンジェルのあいだで交わされる。このふたりの姿を、シェリー的な（ポスト）ロマン主義文学のモダニティのアレゴリーとみなすことも可能である。この文脈において、エンジェルがテスに歴史を学ぶつもりはないかと問う対話は示唆的である──

　　　「わたし、ときどき、歴史についてはこれまでに知っていることで沢
　　山、もう何も知りたくないっておもうんです。」
　　　「どうしてまた？」
　　　「だって、自分が長い列にくっついている一人に過ぎないんだってことを知ってみても、何のたしになるでしょうか？──何かの古い本の中にわたしそっくりの人が書きとめてあるのを発見して、わたしもただその人の役を演じるだけかと思うと、悲しくなるだけです。自分の性格や、自分の過去にしてきたことが、ほかの幾千幾万の人たちとそっくり同じだったとか、将来の自分の人生も、なすことやること、幾千幾万の人たちと同じようなものだろうとか、そんなことは忘れてしまうのが一番だわ。」
　　　「それじゃ、実際はきみ、何も学びたいとは思っていないわけだね？」
　　　「いえ、わたし、こんなことなら学んでみてもいいと思うんです──どうして太陽は、正しい者も、正しくない者も同じように照らすのかっ

ていうふうなことなら。」と彼女は答えたが、かすかにその声は顫えて
いた。「でもそういうことは、本の中には書いてありませんものね。」

(Ch. 19, 142 [上 255-56])

　テスは、歴史（書物）という記録をつうじて自分が過去の「幾千幾万もの
人たち」とおなじような人生を繰り返すことは悲しいと述べているこの引用
部は、あきらかに、ハーディがポストロマン主義の作家として、シェリーら
先行する作家群すなわち文学史に対して抱いていたモダニティの意識を重ね
て読むことができるが、テスにとって、歴史とはあくまでみずからの生の記
録のことである。その文脈において、書物からは学ぶことのできない問いと
して、「どうして太陽は、正しい者も、正しくない者も同じように照らすの
か」とテスは語る。もちろん、これはテスにとってエンジェルをからかって
気を引くための軽口でしかない——じつはこの問いこそが、本論の核心とも
いえる太陽のイメージの秘密なのだが、それについては後述する——が、そ
もそも、テスは自分の尊厳を踏みにじったアレクとの結婚を拒否し、独断で
息子ソロウに洗礼を施すことで伝統的なキリスト教の価値観に異議を唱え、
また、マーロットでの悲しい過去を忘れることで前に進もうとしている。過
去を捨て去り現在を生きようとするテスにとって、過去の集成としての歴史
——そこにはダーバヴィル家の血筋も含まれる——は不要かつ不吉なもので
しかない。とはいえ、テスがいくら忘却しようとしたところで、さまざまなか
たちをとって何度も回帰してくるダーバヴィルの過去からは逃れられない。
この場面においても、エンジェルの気をさらに引くために自分がダーバヴィ
ル家の末裔であると打ち明けようか思案しているという点で、テスは自己を
際立たせるために過去に依存せざるをえない状況にあるとも解釈できる。
　テスがみずからの過去と未来に感じている不安は、トールボッテイズの農
場ではじめてエンジェルと言葉を交わす場面において、まさしく「近代の痛
み（the ache of modernism）」をめぐるモダニティの問題として語られている。

　「木はみんな好奇心に満ちた眼つきをしているでしょう——つまり、いかにもそんなふうに見えるんです。川は、こう言っているわ——"なぜおまえさん、そんな顔をしてわたしを悩ませるんだい？"って。それから、明日という日がいくつもいくつもずらりと一列に並んでいるように見えるんです。一番手前のが一番大きくはっきりしていて、遠くに行くにしたがってしだいに小さくなってゆく。ところがね、それが皆ひどく猛々しい残忍な顔をして、こう言っているみたいに思えるの、"さあ行くぞ！おれに気をつけろ！おれに気をつけろ！"って……でもあなたは音楽で、心に夢をかきたてて、こんな恐ろしい空想なんか、全部追い払ってしまえるんですものね！」

　彼〔エンジェル〕は、この若い娘——乳搾りの女にすぎないが、どことなくに鄙（ひな）はまれな風情を漂わせており、一家の仲間たちの羨望の的になっている娘——がこんなにもの悲しい想像を思いめぐらしていることを知って、驚いた。彼女は自分の生まれながらの言葉で——わずかながら小学校6年級の教育に助けをかりてはいるが——ほとんど時代の感情と呼んでもかまわないほどのもの、近代の痛み (feelings which might almost have been called those of the age—the ache of modernism) を言い表しているのだった。しかし世に先進的な思想と称されているものも、実はおしなべて、世の男や女が何世紀にもわたって漠然と皮膚感覚的に摑んできた気分を、最新の流儀（ファッション）で定義しなおしたもの——なになに学（ロジー）、なになに主義（イズム）という術語によって、さらに正確に表現したものに過ぎないことを省みたとき、彼をとらえた発見も驚きがうすれてゆくような気がした。

　　　　　　　　　　　　　　　　　　　(Ch. 19, 139-40 ［上 251-52］)

　この小説において、生（き）のままの自然美そのもののように描かれているテスは、いわゆるモダニティとはほど遠い存在にみえる。しかし、引用の後半部分で示されるように、テスはその純粋さゆえに無自覚ではあるものの、伝統に縛られないという意味で「先進的な思想 (advanced ideas)」を別の道を通って到達しているとされている。そして、痛みをめぐるそのモダニティもまた、たとえ「最新の流儀 (the latest fashion)」で表現されていようと、言わん

としている内容は「何世紀にもわたって（for centuries）」漠然と捉えられて
きた普遍的な感覚であるという（まさにド・マンの定義する文学のモダニティの
あり方と重なる）。過去を捨て去ってこの地に来たテスが心配しているのは、
自分に対して、過去から現在、そして現在から未来に連なる「明日」が、恐
ろしい剣幕で過去を暴きにやってくるかもしれない、彼女に社会的な死ある
いは物理的な死をもたらすかもしれないという不安である。こういった未来
への不安を、エンジェルは疼痛（ache）という語とともに、近代人が「時代
の感情（those of the age）」として避けては通れない苦痛・苦悩と解釈してい
る（それは『ジュード』において、「リトル・ファーザー・タイム」少年が抱いてい
た生そのものに対するペシミズムと同種のものである）。エンジェル自身もまた、
思想的な意味において先進的な人物であり、そのモダニティは、中世以来の
キリスト教的な価値観から解放されていることを自認しているところにあ
る。彼はトールボッテイズでの生活を始めたことによって「慈悲深き大いな
る存在〔キリスト教の神あるいはキリスト〕への信仰の衰えとともに目下ひ
ろく文明人をとらえ始めている慢性の憂鬱病（the chronic melancholy which is
taking hold of the civilized races with the decline of belief in a beneficent Power）」を乗
り越えていた（Ch. 18, 134 [上 239]）。しかしその後、結婚初夜におけるテスの
告白が、エンジェルをふたたび「近代の痛み」のなかに突き落とす。『テス』に
おいて、ハーディの文学的モダニティは、つねに、歴史から逃れようとする
新たな自我が当の歴史によって阻まれるという寓喩（アレゴリー）によって描かれている。

　このように、モダニティと歴史のあいだで揺れ動くテスとエンジェルであ
るが、その宙づりの状態を示す特徴的なイメージあるいは音の連鎖が存在す
る。それは「ゆらぐ」もしくは「うねる」ことを意味する undulate という
語によってもたらされる。ゆらぐイメージは、まず、陽光の降りそそぐマー
ロット村を囲むブラックムーアの「丘陵のうねり（undulations of the Vale）」
として現れる（Ch. 2, 18 [上 19]）。続いて、テスを乗せて暴走するアレクの馬
車の馬影が見せる「上へ下への波打ち（rising and falling in undulations）」へと
変わる（Ch. 8, 60 [上 104]）。続いてそれはテスに口笛が吹けるかと問いかけ

るダーバヴィル夫人の顔貌にうかぶ皺の「波打ち (undulations)」となる（Ch. 9, 67 [上 114]）。こうしたイメージの連鎖は、夕方の酪農場の庭で、エンジェルのハープの調べの波と、それに耳を澄ませるテスの昂揚した心（あるいは魂）が一体となってゆらめく描写へと至る。

　　時間も、空間も、テスの意識にはなかった。彼女が前に述べた、夜空の星を見つめることによって意のままにもたらされるという、あの昂揚状態が、いまは意思の助けを借りずにやって来た。中古のハープのか細い調べの波に乗って彼女は上へ下へと揺られ（she undulated upon the thin notes of the second-hand harp）、そのハーモニーは彼女の躰の中をそよ風のようにつき抜けて、眼頭に涙をさそった。あたりに漂う花粉は、眼に映ずる形となって現れたハープの調べ、そして、庭の湿り気は、庭の感受性がこぼす涙であるかと思われた。もう日は暮れかかっていたが、あの嫌なにおいを発する雑草の花々は、いまは懸命で、まだとても花弁を閉じるつもりはないぞとでもいうように輝き、その色彩の波が音色の波と混じり合っていた。　　　　　　　　　　　　　　（Ch. 19, 138-39 [上 248-49]）

　この散歩場面のなかで注目すべきは、恍惚としたテスの主観による世界認識と現実の庭の様子とのあいだには齟齬がみられるという点である。客観的にみれば、テスは「庭の湿り気 (the dampness of the garden)」や「あの嫌なにおいを発する雑草の花々 (the rank-smelling weed-flowers)」に囲まれて「中古のハープ (the second-hand harp)」のかすかな音色に聴き入っている。しかしながら、森松健介の指摘するとおり、この庭を、現実の認識を誤ったがゆえに彼女が破滅する物語の象徴として解釈することは誤謬である。むしろこの場面では、恋する娘の主観がどのように世界を認識しているかが客観的かつ緻密に描かれている（森松 306-08）。妙なる調べのなかで恍惚状態にあるテスの心から生まれる情景は、庭自体にある種の変身 (metamorphoses) 作用をもたらす――庭に漂う花粉をハープの調べそのものに、湿り気は感受性をもつ庭の涙へと変化し、揺れ動く雑草たちの色彩はハープの音、そしてテスの心

と混じりあう。このような植物の擬人化を、テスあるいは語り手による感傷的虚偽（pathetic fallacy）とみなすには、情景に投影される自我が稀薄すぎるため適切ではない。文中の単語に seemed や as if が使用されるとおり、そうしたイメージはあくまで印象（impression）にすぎない。雲の切れ間から差す夕方の残光のなかで庭の一部となったテスを、ハーディは愛好するターナーの前印象主義を思わせる風景画のように描いている[13]。そのなかで時間と空間（肉体）から離れたゆたうテスの心は、か細く聞こえてくるハープの調べをつうじて、エンジェルの心と溶けあうかのような印象を読者に与える。

　音楽を通じたテスとエンジェルの間接的な接触は、のちにテスがエンジェルに抱きかかえられて大きな水たまりを越える場面において、直接的な身体の接触へと変わるが、その描写もあくまで霊妙さを失わない。

　　「わたし、重くありませんか？」おずおずとテス。
　　「いや、どうして。メアリアンをかかえてご覧よ！　なんて大きかったことか。きみはさしずめ、太陽に暖められた波のうねり（an undulating bellow warmed by the sun）ってところさ。そしてきみの着ているこのふんわりしたモスリンは、波の泡。」
　　「きれいね――もし、わたしがあなたにそんな風に見えるのなら。」

　　　　　　　　　　　　　　　　　　　　　　　　（Ch. 23, 160［上 292］）

テスがまったく重みを感じさせない様子を意味する「太陽に暖められた波のうねり」という、シェリーを彷彿とさせる比喩は、抱き合うふたりに官能的な印象を与えてはいない[14]。この比喩の目的は、もちろんテスとメアリアン（他に運ばれた 3 人の娘のうちのひとり）の体重を比較することではなく、エンジェルがテスのなかにどれほど清らかで非肉体的な、霊的な美を見出しているかを物語るためにある。この理想化は、エンジェルが自分たちをアダムとイヴに喩えた、魂が触れあうような「あの虹色の、朝露と半ば入り混じったような光（[t]he spectral, half-compounded, aqueous light）」に溢れた牧場の情景

をみれば明らかである（Ch. 20, 145［上 263］）。エンジェルはテスを「ヴィジョンとして現れる理想の女性そのもの（a visionary essence of woman）」として、女神のように称えている（Ch. 20, 146［上 264］）。この理想化は、エンジェルが両親にテスとの結婚について相談する場面においても、「彼女は詩情にあふれんばかり――詩の化身です（She's brim-full of poetry―actualized poetry）」や「詩人が文字で紙の上に書く詩を彼女は生きてるんです（She *lives* what paper-poets only write）」といった賛辞とともに強化されている（Ch. 26, 182［上 332］）。まさにシェリーの詩における理想の女性像――『イスラムの叛乱』におけるシスナ、『プロメテウス解縛』のエイシア、『エピサイキディオン』のエミリーなど――を想起させるこのような物言いは、エンジェルに太陽神であると同時に詩の守護神でもあるアポロのイメージを重ねている（つまり、テスはエンジェル＝アポロンの加護のもとにある）かのようでもある。

　しかし、『テス』における「ゆらぐ」イメージの連鎖は、ふたりの愛が最高に高められた段階を過ぎても続き、ふたたび過去と未来のあいだに宙づりになったあの不安となって舞い戻る。その不安を助長するのが、エンジェルのなかでエスカレートするテスの理想化あるいは審美化（aestheticisation）である。ここからは、エンジェルによるテスの理想化がなぜ彼女を追い詰めるのか、また、この過剰な理想化のために、エンジェルが本来の意味での「シェリー的」な愛から逸脱することについて、順を追って論じてゆく。

　両親から結婚の許可を得たのちに酪農場へ戻ったエンジェルは、夏の日差しのなかで午睡から目覚めたテスのしどけない姿にひどく肉感的な印象を覚えるが、この瞬間エンジェルによるテスの理想化はある種の臨界を迎える。この時期のテスは、かつてアレクに魅入られた官能的な地上のヴィーナスから魂の美を司る天上のヴィーナスへと高められている。何気ないテスのしぐさにエンジェルは「精神的な美の極致」（the most spiritual beauty）が受肉し顕現した姿を見出す（Ch. 27, 187［上 343］）。しかしその描写は、精神の美を歌うにはあまりに官能的である。あくびをしたテスの、蛇の口のように赤い口内や、伸びをして腕を高く上げた際に（おそらく首筋から）垣間見えた、「日

焼けをしていない上の部分の、肌の繻子のようななめらかさ（its satin delicacy above the sunburn）」、そして赤みを帯びた顔貌やまどろみを残した瞳——こうした艶めかしい描写は、テスの肉体を物象化あるいは物神崇拝の対象にしているようにも見える（Ch. 27, 187［上 343］）。

テスの「精神的な美」を讃えてはいるものの、このあまりに肉感的な場面描写は、エンジェルによる過剰な理想化および審美化の不自然さを露わにしており、またこの過度な期待のために、テスの心は未来と過去の間で揺れ動くことになる。こののち、エンジェルはテスにおもわず求婚するが、その直前の場面において、エンジェルはテスの手についたクリームをトールボッテイズ流の「自然に即したやり方（in nature's way）」——すなわち舐め取るという行為——によって拭きとる（Ch. 27, 188［上 345］）。この行為は、テスに無理やりイチゴを食べさせたアレクの行為と本質的には変わらない。「灼けつく太陽の光（too burning a sun）」にも擬えられる、エンジェルのますます燃えさかる恋の炎によって、アポロに迫られたダフネのごとくテスはたじろぎ「その手は震えた（her hand trembled）」（Ch. 27, 188［上 345］）。ここで動揺のために手が震え、牛乳のクリームをすくえなくなってしまったテスの「すくえない、できない！（I can't skim—I can't!)」という嘆きが、彼女の未来を暗示しているのは言うまでもない（Ch. 27, 189［上 348］）。それに対して根気強く説得をつづけるエンジェルの言葉が、テスの心を落ち着かせたとき、再度 undulation の語が登場する。

> 彼はさらに、帰省中の出来事や、父親の生活ぶり、父親の自分の主義に対する熱意について語った。彼女はしだいに気持ちも落ち着き、クリームをすくうその腕も波立たなくなった（the undulations disappeared from her skimming）〔以下略〕。　　　　　　　　　　（Ch. 27, 190［上 350］）

このように、手の揺れは未来の幸せと「自分の過去のあの波瀾（the turmoil of her own past）」のあいだで揺れるテス自身をあらわすしるしとなっ

ている（Ch. 27, 191［上 352］）。またこの場面において、テスには超越的な〈自然〉――蛇から植物への変身を経た――が重ねられており、エンジェルは、この神秘化された〈自然〉（テス）に超越的な美のイデア（天上のヴィーナスという理想の女性像）を読み込みながら、〈自然〉との合一（結婚）を果たそうとしているとも解釈できる。それと同時に、テスに対するエンジェルの過剰な理想化と教育への意思――熱すぎる太陽の光――がもたらす結末が、ゆらぐイメージによって仄めかされているのである。

　その後、プロポーズを受け入れたテスは、エンジェルとささやかな結婚式を挙げるが、その時の彼女は、「その存在を詩に負うている天上の人――ふたりで散歩するときによくクレアが彼女に話して聞かせた、古典時代の神々のひとり（a sort of celestial person, who owed her being to poetry; one of those classical divinities Clare was accustomed to talk to her about when they took their walks together)」として、まごうことなき天上のヴィーナスとして描写される（Ch. 33, 231［上 432］）。語り手によるこの説明は、テスがエンジェルによる偶像化あるいは美的客体化を内面化していることを示している。このときからテスはエンジェルを盲目的に愛するようになり、「偶像崇拝的（idolatry)」と形容されるまでになる（Ch. 33, 233［上 436］）。むろん、それはエンジェルによるテスの偶像化の裏返しであることに疑いの余地はない。「僕が君をもくろみ通りの教養ある女性に育てたら（after I have made you the well-read woman that I mean to make you)」という言葉が示唆するとおり、ここで想定されているのはありのままのテスではなく、彼の理想と期待を一身に受けた、社会的・教養的な意味での完成を待つ美の客体である（Ch. 30, 207［上 384］）。こうした偶像崇拝的な傾向は、ポーリンの指摘するとおり、当初のエンジェルにあった「自己中心的な理想主義、その対象を美術品に変えてしまう女性崇拝（egocentric idealism, a worship of women which transforms them into art objects)」に由来することは間違いない（Paulin, 57）。この時点において、エンジェルは因習的な宗教・階級制度に囚われない先進的な思想をもった――すなわちモダニティを備えた――人物ではあったが、こと女性に向ける眼差しや女性に

求める社会的、道徳的価値観にかんしては、アレクのそれとさしたる違いは
なく、その意味において、アン・Z・ミケルソン（Anne Z. Mickelson）の言葉
どおり、エンジェルとアレクは「ひとりの同じ男性（one and the same man）」
であったといえる（Mickelson, 118-19）。

　このように夢のような時間を過ごしていたテスとエンジェルであるが、そ
の過程でテスは自分の過去と未来の恐れを忘却し、エンジェルもまた、テス
を「天上のヴィーナス」として審美化し、その夢想にふけることによって、
自分の将来のことや家族からの承諾の問題をふくめ、真の現実から乖離し
た、時間性を超越した理想のなかに安住しようとしているように見える。す
なわち、この時エンジェルのモダニティは本来的な時間性を忘却しているが
ゆえに、テスの「明日」あるいは「歴史」による突然の到来への備えができ
ていなかった。これが本来的な意味でのシェリー的な愛の成就ではないこと
は指摘するまでもない。シェリーの思想にある、現実すなわち時間性と死を
見据える真正なロマン主義の「暗さ」がそこにはない。それゆえに、テスの
「歴史」を知ったときに、エンジェルは狼狽し、夢遊病という形式を通じて、
理想化された天上のヴィーナスとしてのテスが失われたことを嘆くことにな
る——「ぼくの妻は死んだ、死んでしまった！」（Ch. 37, 267［下 50］）。エン
ジェルがようやくテスを受け入れられるようになるためには、物語の終盤、
ブラジルの大地にて、死さらには〈時〉（Time）の無常を認識するところま
で待たねばならない。またそのとき、真のシェリー的な愛とモダニティが見
出されることになる。

　『テス』において、〈時〉すなわち時間は、あらゆるものに等しく死をもた
らす（それは、ド・マンのいう「人間の無常という時間的な経験」である）。みずか
らの過去の告白によってエンジェルを失意の底に追いやることになったテス
は、無慈悲な〈時〉が彼らを皮肉っているような感覚を覚える。そのとき、
スウィンバーンの詩劇『カリュドンのアタランタ（*Atalanta in Calydon*）』（1865）
からの一節が挿入される。

テスには、彼が自分を光につつまれた姿ではなく、赤裸々な姿を見ていることが判った。いま〈時〉は自分に向かって皮肉な讃歌を歌っていると思った――

　見よ、その素顔現れ出づるとき、恋人は憎悪を抱かん、
　運命（さだめ）のくずれ去るときその顔容（かんばせ）はもはや美しからず。
　いかにもその生命は木の葉のごとく散り、雨のごと流されて、
　汝が頭（こうべ）のヴェールは悲哀となり、冠は苦痛とならん。

(Ch. 35, 251 ［下 18］)

しかし、この詩行が語っているのは、時の移ろいの前に人の美や命は儚い、あらゆるものは過ぎ去ってゆくという、〈時〉の無常のことでもある。その後、ブラジルでの体験がエンジェルの精神をこの新たな認識の段階へと導く。エンジェルのあらたな価値基準において、「悲哀 (pathos)」という現実が「美 (beauty)」の理想よりも重視されるようになると同時に、以前から不信を抱いてきた教会的な「神秘主義の古い体系 (the old system of mysticism)」に加えて、「道徳をめぐる古くさい価値観 (the old appraisement of morality)」にも疑念が抱かれるようになっていた (Ch. 49, 360 ［下 236］)。エンジェルはキリスト教の古い神秘主義のみならず、みずから称揚してきた「ギリシア的異教精神 (Hellenic Paganism)」をも変化させた (Ch. 49, 361 ［下 238］)。とりわけ偶然出会った男による未来にまつわる言葉――「テスの過去にあった出来事など、彼女の将来に較べれば全くとるに足らない」――、そしてその男の死、さらにはイズ・ヒューイットが語った言葉をめぐる過去の記憶――「テスなら彼のために生命さえ投げ出すだろう (Tess would lay down her life for him)」――がエンジェルの意識に変化をもたらしたのだ (Ch. 49, 360-61 ［下 237-39］)。つまり、それは天上のヴィーナスの原型をテスに当てはめようとする理想を完全に放棄するということである。そのなかでエンジェルはダーバヴィル家とテスの血縁に思いをはせ、「こうして〈時〉が、おのれの生み出した［ダーバヴィル家の］ロマンスを容赦なく破壊してゆく (So does

Time ruthlessly destroy his own romances)」未来を想像する（Ch. 49, 362［下 240-41]）。過去と未来を包括するより大きな流れの時間性という観点を獲得したエンジェルは、人の世の無常を理解するとともに、真の意味でテスのつらい過去（歴史）と向き合い、未来を見据えたうえで彼女をふたたび愛し受け入れるのである。

おわりに——〈時〉の意匠としての太陽といのちの記憶——

　ここまで、モダニティと歴史のあいだで揺れ動くテスとエンジェルの姿をundulation のイメージの連鎖とともに見てきたが、その多くの場面が太陽のイメージをともなっていたことも明白である。前述のとおり、ヒリス・ミラーは、この小説における太陽のイメージは神秘的かつ唯一の意味を表すシンボルというよりも、さまざまな姿をまとって登場する内在的意思のひとつの表れであると解釈したが、本論はこれを敷衍し、物語の結末についてハーディは、「神々の司（the President of the Immortals)」が決定したものではなく、偶発的な出来事の積み重なった結果と考えていたとみなす（Ch. 59, 420［下354]）。それとともに、太陽を〈時〉をあらわす換喩的（メトニミック）な比喩形象と解釈する。もちろん、作中において太陽が男神のように描写されたこともある（Ch. 14, 99［上 174]）。だが、太陽が神のシンボルを意味するとなると、描かれている場面があまりに多すぎて、一つひとつ解釈してゆくのは現実的ではない。むしろ、なぜ太陽が小説内でつねに描かれ続ける必要があるのか、と考える方が適切である。テスとエンジェルが幸せな時も不幸のなかにある時も、太陽は変わることなく輝いている。すべての出来事は〈時〉のもたらした偶発的なものであり、太陽はその証人（witness）に過ぎない。つまり、これが「なぜ太陽は正しい者も、正しくない者も同じように照らすのでしょうか」というテスの問いに対する回答である。

　このように、あらゆる出来事が偶然の結果として生起する『テス』の世界において、太陽のイメージは〈時〉の意匠として場面のなかに書き込まれて

いる。エンジェルとの再会後、アレクを殺害することでその束縛から逃れた
テスは、未来の自分の命を引き換えに、つかの間ではあるがエンジェルとの
幸福な時間を取り戻し、皮肉なかたちではあるものの、ようやく蜜月の旅を
実現することになる。その場面のひとつに、太陽＝〈時〉がもたらす偶然の
出来事が描かれている。空き家の屋敷に潜伏（というにはあまりに不用意では
あるが）したテスとエンジェルは、眠っていたところを管理人の老婆に目撃
されるが、彼女がこの場所を訪れたのも、朝日があまりに燦然と輝いていた
ので、早くに目が覚め、屋敷の風を通すことを思い立ったことがきっかけで
ある。

　　　錠はきかなくなっていた。が、家具が一つ内側によせかけてあって、
　　ドアはほんの1、2インチしか開けられなかった。朝の光が、鎧戸の隙
　　間から流れ込んで、深い眠りにつつまれている男女の顔に当たり、テス
　　の唇は彼の頬の近くで、ほころびかけた花の蕾のように開いていた。管
　　理人は彼らの無邪気な姿と、そして椅子にかかっているテスのドレス、
　　傍らの絹のストッキング、きれいなパラソル、そのほかにも彼女が着の
　　身着のままで到着したときに身につけていた品々の、その優雅さにすっ
　　かり心を打たれて、そして当初の渡り者か、あるいは浮浪人の図々しさ
　　に対する憤りは消え失せ、どうやら上流の男女の駆け落ちらしい、この
　　ふたりへのいっ時の感傷に、彼女は負けてしまった。老婆はドアを閉
　　め、来たときと同じようにそっと引き退がり、この奇妙な発見について
　　近所の人びとに相談をしに行った。　　　　　　　　　（Ch. 53, 413［下 339］）

このときテスが老婆に顔を見られたのも、鎧戸の隙間にさす朝の光がテスの
顔貌を照らしたせいである。だが、高貴さを漂わせるテスの美貌と、椅子に
掛けられていた衣装——アレクに買い与えられた最新の流行服という記号
——が見目麗しい上流階級の駆け落ちではないかという勘違いを老婆にさ
せ、感傷的な思いにひたらせたことで、即座に警察に通報されることはまぬ
かれている。これらはすべてさまざまな人物の思惑が重なった結果もたらさ

れた偶然の出来事であるが、太陽の光がさまざまな判断のきっかけを与えて
いる点は興味深い。

　こうした〈時〉と太陽の関係をめぐる描写は、夜明け前のストーンヘンジ
——太古の昔、太陽崇拝の祭祀がおこなわれたとされる地——において佳境
を迎える。それは、テスとエンジェルが警察に確保されることではない。重
要な手がかりは、〈時〉について語るふたりの会話のなかにある。それは、
キリスト教文明における終末論的な時の理解とは別の異教的な要素である。
日中太陽で温められたストーンヘンジのうえで休みながら、エンジェルはこ
の場所がダーバヴィル家よりも古く、有史以前までさかのぼる歴史的遺物で
あることをテスに教え、テスもまた自分の先祖のひとりがこの地で羊飼いを
していたことを話し、エンジェルにとって「異教徒 (heathen)」のような自
分は故郷に戻ってきたのだと呟く (Ch. 58, 416［下 344］)。このとき、テスは
エンジェルに向かって自分の死後、妹のライザ＝ルーと結婚し、自分の代わ
りに教育してほしいと頼むが、その理由は、ライザ＝ルーを介することで
「死がわたしたちを離ればなれにすることがないように (as if death had not
divided us)」思えるからであるという (Ch. 58, 416［下 346］)。テスは、自分が
死後の世界でエンジェルに会えるか尋ねるが、答えないエンジェルの様子か
ら、死後の再会が叶わないことを察知する。トマス・ヘンリー・ハクスリー
(Thomas Henry Huxley) の不可知論に親しみ、キリスト教の教えを避けてき
ただけでなく、もはや天上的のヴィーナスに導かれるイデアの世界への憧れ
という、プラトニズム的理想主義をも断念したエンジェルのモダニティは、
テスの問いかけに答えることはできない (Ch. 46, 341［下 197］)。このときテ
スは、みずからの未来の死を認識しながらも、自分が超越的な永遠の世界へ
向かうのではなく、〈時〉の無常のなかに消えてゆく存在であることを悟る。

　しかし、その認識はけっして悲観的にはならない。テスが遺してゆく想い
は次世代のライザ＝ルーに託されることになるからである。このように世代
を経て想いとともに生命が継承されるという考え方は、かつて酪農場で『万
物の賦 (Benedicite)』を口ずさむテスとともに描写されていた、〈自然〉のな

かで生きるテスのような女性の魂が引き継いでいる「遠い祖先の異教の夢想
(the Pagan fantasy of their remote forefathers)」に起因しているかもしれない（Ch.
16, 119-20［上 210-11］）。また、自然と交感できるテスのこのような心性につ
いて、エンジェルは別の場面で「汎神論的」とも解釈していた（Ch. 27, 189-
90［上 349]）。実のところ、これはスピリチュアルというよりも、自然界に
おけるより物質的な生命サイクルに近い。というのも、自然界における生命
の循環は、物語の前半においてすでに語られている。

　　　季節は進み、熟れていった。またしてもこの年の花や、葉や、ナイティ
　　ンゲール、ツグミ、フィンチなど、つかの間の生きものたちが、ほん
　　の一年前に胚細胞、でなければ無機的な細かい粒に過ぎなかった
　　(nothing more than germs and inorganic particles) 頃、ほかの者たちの占め
　　ていた位置に、今度は彼らがかわってついた。朝陽の光線は、草木を芽
　　ぐませて、それを長い茎に伸ばし、音もなく流れるように樹液に昇ら
　　せ、花弁を開かせ、また芳香を吸い出し、眼には見えない噴流にして風
　　にそよがせた。　　　　　　　　　　　　　　　　(Ch. 20, 144［上 260]）

　ここで、老ハーディの『冬の詩』にふたたび目を向けたい。太陽の光とと
もにまたたく間に育まれる自然の生命というモティーフは、晩年の詩「気高
き歌い手たち (Proud Songsters)」(1928) において、同じくナイティンゲール、
ツグミ、そしてフィンチとともに語り直されており、トム・ポーリンは、こ
のふたつのテクストを、物質的ないしは機械的な自然観が示された例として
紹介している（Paulin, 62-63)。

　　太陽が沈もうとしている今　ツグミたちが歌う
　　　　フィンチも　独り　あるいはつがいで口笛を吹く
　　暗闇が迫れば　声の高いナイティンゲールが
　　　　　あちこちの茂みのなかで

四月も立ち去ろうとする今　まるで全ての〈時〉が
　　我が物であるかのように　いと高らかに笛を吹く

これらはこの十二ヶ月に育った　真新しい鳥たち
一年前には　少なくとも二年と経たない以前には
フィンチでもなく　ツグミでもなく
　　　　ナイティンゲールでもなかったものたち
ただの　穀類の　細かい粒たち
　　　そして　土　空気　雨だったものたち

(II. 1-12)[15]

　むろん、ここで描かれている自然は、たんなるペシミズムに還元されない。ポーリンは、この詩集『冬の言葉』において自然の生き物たちが見せる一瞬一瞬の歓びがそうした悲観主義に抗っていると解釈する（Paulin, 67）。だが、これは「〈時〉（Time）」の無常という遙かに大きな視点から語ることも可能であろう。鳥たちの寿命は儚い。しかし、1年前に大地の一部であったツグミは、「細かい粒（particles）」にすぎない状態から瞬く間に成長して巣立ち、太陽が昇り沈むまで「まるで全ての〈時〉が我が物であるかのように（As if all Time were theirs）」高らかに歌う（l. 11 ; l. 6）。ツグミたちは、前の世代から生命を受け継ぐことによって、個ではなく種として〈時〉の無常に抗い、それを克服しているかのようにみえる。テスの場合、当初エンジェルが称揚していたような、プラトン的、超越的な〈自然〉の一部となって、天上のヴィーナスに導かれて形而上的な〈起源〉に帰還するわけではない。ストーンヘンジはそのような形而上的なシンボルではない。テスはあくまでみずからの有限性と迫り来る死を認識し、物質的な自然の一部へと帰る未来を先取りしている。自身の生をライザ＝ルーに託し、その生の記憶を刻印することで、テスはエンジェルを愛しつづけながら、忘却の彼方に消えゆくダーバヴィル家の歴史もろとも、さらなる大きな流れである〈時〉の一部となる。この選択は、もちろんテスの自暴自棄から生まれた結末ではないし、彼

岸への信仰にもとづく形而上学的な救済でもない。それは「近代の痛み」の
なかで精いっぱい生きた「ある純粋な女性（a pure woman）」の思いから生じ
た、「妥協したロマン主義」とはほど遠い選択である。エンジェル（＝ハーデ
ィ）はその決意を理解しているがゆえに、テスの希望をすべて受け入れるこ
とに決めたのである。エンジェルに〈時〉の流れを、死に向かう運動を留め
るすべはもうない。彼にできるのは、その最期を見届けることだけである。

　その意味において、テスの結末は、シェリーの『アドナイス（*Adonäis*）』
（1821）よりも、「オジギソウ」の最終行に近い。

　　愛や美や歓びにとって
　　死や変化は無いにひとしい――それらの力は
　　わたしたちの感覚器官では捉えられない――わたしたちの
　　曇った 眼 では　光に耐えられないのだ
　　　　　　　　　　　　　　　　　　　　　　　　　　　　（"Conclusion" ll. 21-24）

言うまでもなく、ここで称揚されているのは、大文字の〈美〉、すなわち美
のイデアではない。「愛（love）」、「美（beauty）」、「喜び（delight）」のいずれ
も小文字で書かれている。詩行で語られているのは、彼岸における個の救済
ではなく、愛する主体が失われても、その愛は対象の意識や記憶のなかに刻
まれるという想いの継承である[16]。テスの愛もまた、エンジェルとライザ＝
ルーのなかに残り、彼らがこの世を去ったのちも、その子孫のなかに、ある
いは行動様式のなかに残り続ける――生を繋ぐツグミたちのように[17]。それ
はもはやダーバヴィル家の歴史というスケールの話ではなく、有史以前より
悠久の時のなかで紡がれてきたいのちの記憶の物語である。シェリーのロマ
ン主義を経由したハーディは、死を不可避にともなう時間性とモダニティの
あいだにたたずむ主体のなかで起こる葛藤をあらわす比喩表現、すなわち
「近代の痛み」にたいするひとつの回答を、このようにストーンヘンジ――
〈時〉のもたらす忘却に抗い続ける歴史的巨石群――を効果的に用いながら

提示している。

　物語の最期の場面は、テスの死刑が執行された日であるが、刑場の見える
丘のうえで、テスの死を示す黒い旗が昇るのを見届けるエンジェルとライザ
＝ルーとともに、やはり太陽が描かれている。その日差しは「無慈悲にも
(pitilessly)」世界を明るく照らしているという（Ch. 59, 419［下 352］）。太陽も
また〈時〉の証人としてテスの最期を見届けつつ、新たな夫婦の行く末も同
じように見届けるのである。再び手を取り合って歩き出す一組の男女の描写
が示唆しているのは、よい結末でも悪い結末でもない。それは、これからも
途絶えることなく続いてゆく人の営みである。

付記　この研究は JSPS 科学研究費補助金（18K12326）の助成を受けたものである。

1) 「妥協したロマン主義」とは、もともとはマイケル・E・ハセット（Michael E.
　　Hassett）の言葉であり、『日陰者ジュード（*Jude the Obscure*)』(1895) の主人公
　　ジュードのように、現実のつらさを想像の世界で補うような存在のあり方を意
　　味している。

2) 文中の〔　〕はすべて筆者によるものである。

3) 以下シェリーの詩の引用はすべて Penguin 版によるものである。

4) 『エピサイキディオン』における天上と地上のヴィーナスについては、松浦
　　(129-30, 140)、Kitani (233-79) を参照。『エピサイキディオン』のテーマを継
　　承している「ジェイン詩篇」における天上のヴィーナスのイメージについては
　　木谷 (29-43) を参照されたい。

5) F・B・ピニオン（F. B. Pinion）もスーを天上のヴィーナス、アラベラを地上
　　のヴィーナスとみなしているが、その具体的な理由について説明を省かれてい
　　る (56)。

6) 『ジュード』執筆時のハーディ自身もまた、友人であったフローレンス・ヘニ
　　カー（Florence Henniker）を『エピサイキディオン』のエミリーのように理想
　　化していたと思しき内容の書簡（1893 年 7 月 16 日付）が遺されている（Hardy
　　1972, 14-15)。

7) *Tess of the d'Urbervilles* からの引用は、原則として井出弘之による日本語訳を
　　用いる（なお、議論の文脈に合わせて訳文に変更を加えた箇所もある）。Oxford
　　版の頁番号とともに筑摩書房（ちくま文庫）版（上下巻）の頁番号を［　　］内

に記す。

8)　なお、ミラーの議論を先行する研究として、『テス』における赤色も含む色彩にかんするトニー・タナー（Tony Tanner）による論考がある。

9)　この論文のプロトタイプともいえる論考において、ブリンは『テス』の風景描写について、ターナーの風景画法ならびにアポロとしての太陽のイメージと関連させて論じている（Bullen 1986, 191-222）。

10)　『テス』を異教的要素にもとづいて解釈することは、シャーリー・A・ステイヴ（Shirley A. Stave）やアンドルー・D・ラドフォード（Andrew D. Radford）の実践するようなキリスト教以前の太古の女神ケレス（デメーテル）のイメージとともに読むことも可能にする（Stave 1995, 2000; Radford 2007, 87-137）。たとえば、テスが乙女（プロセルピナあるいはペルセポネ）から母（ケレス）となり、そして命を落とした後もライザ＝ルー（プロセルピナ）として復活するというように、マーロットの五月祭あるいは女神祭（Celeia）の起源であるケレス信仰をなぞるような解釈もできることだろう。しかし、本稿ではこのようなシンボリックな解釈は避け、別のアプローチを取る。

11)　以下、ド・マンの引用部の日本語訳は、宮﨑・木内訳を参考にした（258-60頁）。

12)　晩年の著作『ロマン主義のレトリック（*The Rhetoric of Romanticism*）』（1984）において、ド・マンはシェリーを主眼に置いた論考を発表している。そこでは比喩言語に内在する全体性と断片化の運動をめぐる理論的考察に主眼が置かれているが、そうした理論的探究の原点にあるのが、ここで紹介しているロマン主義における文学的自己と歴史性あるいはモダニティの問題である。

　　このようなロマン主義のモダニティと歴史という問題に取り組んでいる最近の研究としては、エミリー・ローバック（Emily Rohrbach）の著作を挙げることができる。ただし、本稿で論じているような（中期）ド・マンの時間性と死をめぐる（ならびシェリーとハーディの詩や小説についての）議論は、その研究対象にはなっていないようである。

13)　ハーディもまたこの小説を「印象」にもとづく情景とともにと、『テス』の序文において公言している（Hardy 2005, "Preface to the Fifth and the Later Editions," 4）。

14)　テスとエンジェルの理想郷的な描写はシェリーの『エピサイキディオン』の詩行を思わせる（ll. 425-434）。

15)　詩の原文は Longman 版を参照し、詩の翻訳は森松健介訳を引用するが、議論の文脈に応じて訳語に多少の変更を加えている。

16)　シェリーによる愛と記憶のテーマについては、別の小詩「ある人へ―（To ―）」を参照することで、理解がより深まることだろう。

音楽は　やさしい歌声が消えても
追憶のなかに響いている――
芳香は　かぐわしいすみれがしおれても
そこから甦える感覚のなかに生きている――

薔薇の花片は　薔薇が枯れても
愛する人のベッドに敷きつめられる――
だから　あなたへの想いのうえで　あなたが去ってしまっても
愛はひとりまどろみ続けることでしょう……　　　　　　　(ll. 1-8)

17)　本稿では扱わないが、行動様式の文化的遺伝、あるいはミーム（meme）とい
　　った、いわゆるポストダーウィニズム的読解を、この生命のリレーに接続し考
　　察することも可能かもしれない。

引 用 文 献

Bloom, Harold. *A Map of Misreading.* Oxford UP, [1975,] 2003.

Bullen, J.B. *The Expressive Eye: Fiction and Perception in the Work of Thomas Hardy.* Clarendon P, 1986.

――. "The God in Wessex Exile: Thomas Hardy and Mythology." *The Sun is God: Painting, Literature, and Mythology in the Nineteenth Century*, edited by J. B. Bullen, Clarendon P, 1989, pp. 181-98.

――. "Thomas Hardy's Tess of the d'Urbervilles, Apollo, Dionysus, and Stonehenge." *Fathom: A French E-journal of Thomas Hardy Studies*, vol. 6, October 2019, pp. 1-15. https://doi.org/10.4000/fathom.888.

de Man, Paul. "Literary History and Literary Modernity." *Blindness and Insight.* 2nd revised ed., edited by Wlad Godzich, U of Minnesota P, [1971,] 1983, pp. 142-86 〔ド・マン、ポール「文学史と文学のモダニティ」『盲目と洞察―現代批評の修辞学における試論』、宮﨑裕助・木内久美子訳、東京都：月曜社、2012 年、249-89 頁〕.

――. *Romanticism and Contemporary Criticism: The Gauss Seminar and Other Papers*, edited by E. S. Burt, Kevin Newmark, Andrzej Warminski, Johns Hopkins UP, 1993.

――. "Shelley Disfigured." *The Rhetoric of Romanticism.* Columbia UP, 1984, pp. 93-123.

Hardy, Thomas. *One Rare Fair Woman: Thomas Hardy's Letters to Florence Henniker 1893-1922,* edited by Evelyn Hardy and F. B. Pinion, Palgrave, 1972.

――. *Selected Poems* (Longman Annotated Text). Revised ed., edited by Tim Armstrong, Pearson, 2009.

――. *Tess of the d'Urbervilles: A Pure Woman*, edited by Juliet Grindle and Simon Gatrell, Oxford UP, 2005 〔ハーディ、トマス『テス』上下巻、井出弘之訳、東京：筑摩書房、2004 年〕.

――. *The Literary Notebooks of Thomas Hardy* edited by Lennart A. Björk, Macmillan, 1985, 2 vols.

――. *The Woodlanders*, edited by Dale Krammer, Oxford UP, 2005.

Hassett, Michael E. "Compromised Romanticism in *Jude the Obscure*." *Nineteenth-Century Fiction*, vol. 25, no. 4, Mar. 1971: 432-43.

Higgins, Lesley. "'Strange Webs of Melancholy': Shelleyan Echoes in *The Woodlanders*." *Thomas Hardy Annual*, no. 5, edited by Norman Page, Macmillan, 1987, pp. 38-46.

Horne, Lewis B., "The Darkening Sun of Tess Durbeyfield." *Texas Studies in Literature and Language*, vol. 13, no. 2, Summer 1971, pp. 299-311.

Kitani, Itsuki. "The Pleasure of the Senses: The Art of Sensation in Shelley's Poetics of Sensibility." Doctoral Thesis. Durham University, 2011.

Mickelson, Anne Z. *Thomas Hardy's Women and Men: The Defeat of Nature.* Scarecrow P, 1976.

Miller, J. Hillis. *Fiction and Repetition: Seven English Novels.* Harvard UP, 1982.

Notopoulos, James A. "Shelley and the *Symposium* of Plato." *The Classical Weekly*, vol. 42, no. 7, Jan. 1949, pp. 98-102.

Paulin, Tom. *Thomas Hardy: The Poetry of Perception.* 2nd ed., Macmillan, [1975,] 1986.

Pinion, F. B. *A Hardy Companion: A Guide to the Works of Thomas Hardy.* Palgrave, 1968.

Plato. *The Banquet Translated from Plato.* Translated by Percy Bysshe Shelley and edited by James A. Notopoulos. *The Platonism of Shelley: A Study of Platonism and the Poetic Mind.* James A. Notopoulos. Octagon, [1949,] 1969, pp. 414-61.

Radford, Andrew. "'Fallen Angels': Hardy's Shelleyan Critique in the Final Wessex Novels." *Romantic Echoes in the Victorian Era*, edited by Andrew Radford and Mark Sandy, Routledge, 2008, pp. 116-18.

――. *The Lost Girls: Demeter-Persephone and the Literary Imagination, 1850-1930.* Rodopi, 2007.

Rohrbach, Emily. *Modernity's Mist: British Romanticism and the Poetics of Anticipation.* Forham UP, 2016.

Shelley, Percy Bysshe. *Selected Poems and Prose*, edited by Jack Donovan and Cian Duffy, Penguin, 2016.

Stave, Shirley A. "Tess as a Pagan Goddess." *Reading on Tess of the D'Urbervilles*, edited by Bonnie Szumski, Greenhaven, 2000, pp. 191‑200.

―――. *The Decline of Goddess: Nature, Culture, and Women in Thomas Hardy's Fiction*. Greenwood P, 1995.

Tanner, Tony. "Colour and Movement in *Tess of the D'Urbervilles*." *Critical Quarterly*, vol. 10, Autumn 1968, pp. 219‑39.

White, Newman Ivey. *Shelley*. Alfred. A. Knop, 1940, 2 vols.

木谷厳「聖愛と俗愛のあわい―シェリーのジェイン詩篇にみられる天上のヴィーナスと知性的エロティシズム」『イギリス・ロマン派研究』42 号、2018 年、29‑43 頁。

ハーディ・トマス『トマス・ハーディ全詩集 Ⅱ』森松健介訳、中央大学出版部、1995 年、全 2 巻。

松浦暢『宿命の女―イギリス・ロマン派の底流』増補改訂版、アーツアンドクラフツ、〔1987 年〕2004 年。

森松健介『テクストたちの交響詩―トマス・ハーディ 14 の長編小説』中央大学出版部、2006 年。

あ と が き

　この「近代英文学の基盤」チームの活動は 2016 年に始まった。活動は、もっぱらそのメンバーによって担われ、ほぼ定期的に、たゆまず続いてきたといえると思う。それぞれの回の担当者によって、いわゆる研究発表の形で調査、考察、分析の結果が開陳される場合もあれば、関心が寄せられているテクストの精読が読書会的なスタイルでなされる場合もあり、やり方は各人各様だが、いつも熱心な集まりであったし、今もあることは、その司会進行の役をつとめている者として確言できる。

　ひと区切りとなる 5 年目に、それらの発表や精読の成果を、それぞれが生かしもし、またそこからさらに展開（必要なら跳躍か「逸脱」）もして、人文科学研究所研究叢書にまとめようとの話になった。それが本書である。

　（チーム名に劣らず）ちょっと大袈裟に響きかねない書名であるかもしれないが、近代の英文学あるいは英文学の近代についてのケーススタディ集を目指して、というねらいである。

　「近代」も、「英文学」も、広い意味で考えたいのであるが、「編む」も同様だ。なるべく広い範囲をカバーしたかった。編集、編纂、校訂、校閲、アップデート、刊本、選集やアンソロジーなど、多様な問題が含まれうるだろう。さらにまた、「言葉を編む（編んで作る）」という面からすれば、創作について、創作行為全般、創作意識、また創作された物つまり作品、そして作家についての考察も、この本のなかに位置を占めることが可能になるはずだし、そうなってほしい、と考えた。

　建築家の大島健二が、『建築ツウへの道』（エクスナレッジ、2005 年）の中でこんなことを書いている。

　そのデザインに特徴があるかと言われれば、これまた誰もが口を閉ざしてしまう。イギリスとは昔からそんな国なのだ。編集の国、すべての情報が頭の中でなく外在化している国、理解はしやすいが、説明はしにくい。

　イギリスは 18、9 世紀から、音楽や絵画、建築の世界においてもそれほど新しいものを生み出すことなく、大陸側から発信される秀逸な文化に対し、その価値を高く認め、収集し、鑑賞の場を設け、保存しまた消費する事に長けていた。

　もちろん建築のことが念頭に置かれていて、いささか挑発的な調子は、その先でネオゴシック建築関係の日本への影響のことを持ち出すための戦略的な物言い（どころか、異論百出を誘いそう）であるし、また、文学のことを直接いっているわけではないのだが、興味深い指摘ではある。すべてが外在化している編集の国、とはなるほどいい得て妙だと感じられる。英国がそれ、評価、収集、保存、鑑賞、消費、つまり「編集」に、長けていた、ということも。

　edit 自体のもともとの意味に「集める」意はないようだが、辞書によっては、「作り出す」、「作り変える」の定義は載っている。その謂は、すでに在る物から取捨選択して（集めて）、あらたな形にする（編む）、ということだろう。

　すべてが外在化している編集、と今口にしてみて、私が思い浮かべるのは近代的な全書、エンサイクロペディア（*OED* によれば英語の encyclopedia の事典的な意味の登場は 17 世紀半ばから、網羅的な百科事典の意味では 19 世紀初めから）だが、そこで英文学で名前が挙がるのが、誰を措いてもまずジョンソン博士だろう。つまりは編集の国イングランドを代表する者がサミュエル・ジョンソンなのである。それに異論を唱える者はいないだろう。一つの言語の総体・全体、そして一人の作家の作品総体・全集、それらへの志向・視線はほとんど重なりあい、それらの構成要素としての語・語句への網羅的追求・関

心もまた同様だろう。国民言語（国語）とか、国民（的）作家といったもの
の意識や概念、イメージ、の誕生との連動もそこで生じていたのだろうか。
少なくとも、ジョンソン博士が近代的英語辞書と近代的集注版シェイクスピ
ア全集の両方において、その領域を拓いた編纂者であることは明らかに偶然
ではない。そして、そのジョンソン版全集のことから本書の第1論考は始ま
る。

　少し筆を急ぎすぎた。英文学と近代と編む、からどんな本が実際に生まれ
たのか、にまず触れたい。

　全体は4部から成り、各部2つの論考から構成されている。以下に一般読
者向けガイド役を目指して簡単な紹介を試みる。もっとも、客観的というよ
り個人的な読書メモのようなものにしかなりそうもない（チーム研究発表を聞
いたおかげで、つまり他力によって門前の小僧になっていればいいのだけれど）。

　第Ⅰ部は、まさしく「編集」が主題的、題材的に扱われる。「編んで集め
る」、あるいは「集めて編む」ことが問題となっている。また、集成に関す
ることがらの中でも、体系性・網羅性の筆頭といえるエンサイクロペディア
的志向が考察されている。

　紹介の筆をつい急いでしまったのは、巻頭論文が、まさしく近代的編集を
めぐる本書全体のコア、近代の近代らしさに関わっているからだ。その第1
章金子論文は、そのような集成編集の志向に関わって、シェイクスピア全集
というもの自体、また集注版というアイデアやもの自体が、近代になって生
まれたひとつの「理念」である次第を語り、そのような理想（実現不可能な
理念）を追求する倫理が、「集注版」として具体化される経緯（ジョンソン版
を嚆矢とし、マロウン版で一応の完成を見る展開）を、諸全集版を丹念に追って
行く。さらに、マロウン版という定評の決まった全集と比較してのケイペル
版の意義を（再）検討し評価する。堅固確実に証拠づけられた論証であるが、
それは同時に、全集、さらには集注版という、近代的なもの・こと（考え方）
への敢然たる問い直しにもなっている。

　第2章宮丸論文は、ディケンズの作品世界（主には登場人物）を項目化する

事典について、その特徴や性格を調べる。作家事典は、近代の概念としての「作家」に関わる、近代の産物である「百科」という、近代性を二重に帯びている。その次第、またその事典の変遷が世の人々との関わりと密接に結びついていること、つまり一方に教養化（その中にも一般読者向けと研究者向けの二方向がある）があり、他方関心が広範化するにつれてディケンズ作品を読むこと自体の空洞化が生じるという、必然というか皮肉な事態が指摘される。そこからは、「文学」の支配的なあり方の変化（伝記主義の終焉）も姿をあらわす。

　第Ⅱ部は、集成を読むことに何よりポイントがある。一人の人間が集めまとめた大部のテクストが、その者がいた時代・社会のある本質を看取させてくれる。それは読むことによって可能になる。また一方、一つの時期・時代や社会において生み出された多様なテクスト群を読み込むことから分かる相もある。両方とも、精読によってこそそれらがはじめて可能になる。

　第3章の上坪論文は、ロバート・バートンの浩瀚な『メランコリーの解剖』の丹念で精密な読解を行う。その書は3つのパート（Partitions）から成っているが、脱線をそれぞれのパート内構成要素として位置づけ組み込んだパート1とパート2に対し、パート3に至って、前の2つとはいささか異なるスタンスになることに注目がなされる。そこでは、パート自体、パート全体が脱線と位置づけられている。いわば、構成（＝編集）原理が作品になる、作品として具体化しているのであり、つまり脱線・逸脱が本文を編集する。そのような書き方が、すべてが宗教に侵されているというバートンの社会観・時代観のゆえの固有のあり方である次第が、本文の精読によって浮かび上がる。

　第4章の里麻論文では、王政復古期の言説地図を作り、人々の〈動揺〉を実態として捉えようとの試みがなされる。そのために、状況の全体像を示すものとしての集成を読むことが適切な方法として選択され、風刺詩が主な対象となる。互いを誹謗中傷しあうその言説空間において、自称他称の「真実」、「事実」が林立し覇を争う。絶対的真実である聖書すら、敵対する双方

いずれの拠りどころとされる。錯綜は必至であり、その錯綜を読み解くのが同論文の目指すところといえるだろう。

　第Ⅲ部と第Ⅳ部は、個人の書いた、いわゆる作品を読む試みである。個人、主体という近代的なものを作ってきた、それぞれ強い固有性をもった具体的事例が対象となっている。

　初期とその後に分けたのは、ごく普通の時期的区分にしたがったのでもあるが、要するに、現代的な内面などの表象が分節的に確立していない頃と、それ以後ということである。

　その内面の表象が、政治的なありようと不可分あるいは表裏の関係かもしれないことを示すのが第5章米谷論文であり、その意味でそれは第Ⅱ部にも入り得る性格を有している。同論文は、権力関係の中において、「忠告・アドバイス」が持っていた「きわどい」力をシェイクスピア作品において探る。忠告のありよう、真実をいかに言うのか、が問題となるのである。忠告として発せられるcommonplace（決まり文句、格言）の、狂気による転化・変容が、そして、そのような転化（真実の言葉を発する果敢さ）を実行する（出来る）主体としてのオフィーリア、が問題化される。

　第6章秋山論文にも、同じくcommonplace——アドバイス、格言という点では通底しつつ、大変異なるありようにあるそれ——が多少とも関わる。友人に宛てた手紙とされるトマス・ブラウンの小作品（そもそもそれは作品なのか）が同時代のまた近現代の編集によっていかなる姿をあらわすのかを、作品をめぐる事柄や作品の読解などさまざまな面から探ろうとする。定説への疑問がひとつのきっかけとなっているが、テキストを読むことの多重な相を明らかにすることが目指されている。

　第Ⅳ部は、第Ⅲ部からすれば後期版であるが、これこそ近代、個人や内的自己、の本領ないし本場に踏み込むことでもある。

　第7章井上論文は、ロマン主義的な詩的創造のケースを扱う。ワーズワースの創作意図をめぐって考察が進められ、他者の旅行記や博物誌的文章に材をとったことを指摘して「事実（ファクツ）が証す科学的真理の作品化」と

しての創作過程が分析されている。その解明に肯きつつ一方で私には、イングランド版遠野物語的エピソードの趣も感じられ、奇譚の再生をもたらす不思議の力の証しでもあるようにも思われた。編集としての作品という文脈で見るならば、超事実ともいえそうな源泉が露わになっているのではないか。

　第8章木谷論文は、シェリーの「暗黒の父」としてハーディをとらえようとする。あえて一種の転倒を生じさせて、「夭折しなかったシェリーの晩年」としてハーディを見るわけである。シェリーのロマン主義を経由してのハーディ読解であり、シェリーの、理想主義（憧れ）と一体であるその懐疑主義・現実主義（痛み）に、ハーディとの共有項を見る。自己の葛藤という「揺れ動き」、伝統と革新のあいだの、歴史とモダニティ（新）のあいだの揺れ動き、そのダイナミズムに触れようとする試論である。

　木谷氏がその論の重要なポイントの一つで、庭を物語的象徴ではなく主観としての世界描写ととらえる見事な逆転の解釈を提示した先行論者として森松健介氏の名前を挙げている。実は、森松氏もこのチームに当初加わってくださるはずであったのだが、諸事情で、チームとしては残念なことにかなわなかった。執筆活動に専念され、論集や翻訳などで質量ともに多大なお仕事を仕上げ、残念ながら2019年秋に帰らぬ人となられた。その中に種々の訳詩選があり、少なくとも選集という意味で今回の企画にきっと関心を持ってくださったのではないかと個人的に望み偲ぶ気持ちをここに記すことをおゆるしいただければと思う。

　チームの手前味噌的楽屋話は好まれないかもしれないが、カバーの画像についてひと言。この書が扱う時間面や領域面における広がりもあって画像のことで思案に暮れていたところに、メンバーの金子雄司氏から差し伸べられた助けの手について触れておきたい。ご覧になってお分かりの通りだが、辞書という編纂物を構成する項目である点で、画像として表象的にふさわしいだけでなく、イングランドの同語源語として内容的にも、この企画に響き合う素敵なアイデアと喜んだ次第であった。実際の画像選定でも同氏に大きな

力をいただいた。

　人文研の事務室スタッフと出版部のスタッフへの感謝を仕舞いに記さないわけにいかない。その適切で丁寧な助けと配慮なしでは到底刊行の運びにはいたれなかった。

　そして、とさらなる付記に走るのだが蛇足にあらず。研究会や叢書企画の段階で参加してくださっていたものの、諸般の事情で残念ながら今回の叢書には執筆いただくことがかなわなかったチームメンバーがいらっしゃる。その方々の参加がなければ本チームの活動も、したがって本書も生まれなかった。その活動の記録という意味でお名前を、順不同でここに掲げる。海老根宏氏、住本規子氏、土屋繁子氏、山本恭子氏、清水ちか子氏、坂川雅子氏、渡辺福實氏、市川泰男氏、安斎恵子氏、長島佐恵子氏、石原直美氏、大田美和氏、兼武道子氏、大石和欣氏、中川敏氏、笠原順路氏。その方々にチームの責任者として心からの感謝を本書に記す私のわがままも、読者の皆様にぜひおゆるしいただきたい。

　2021 年初春

「近代英文学の基盤」チーム

主査　秋 山　嘉

索　引

主な人名と作品名を項目とした。作品名およびエディション名は、作者ないし編者である人名のもとにまとめたが、作者名不詳のものは作品名で項目を設けた。

執筆者紹介（執筆順）

金子　雄司（かねこ　ゆうじ）　客員研究員　中央大学名誉教授

宮丸　裕二（みやまる　ゆうじ）　研究員　中央大学法学部教授

上坪　正徳（かみつぼ　まさのり）　客員研究員　中央大学名誉教授

里麻　静夫（さとま　しずお）　研究員　中央大学法学部教授

米谷　郁子（こめたに　いくこ）　客員研究員　清泉女子大学文学部准教授

秋山　嘉（あき やま　よしみ）　研究員　中央大学法学部教授

井上　美沙子（いのうえ　みさこ）　客員研究員　大妻女子大学副学長

木谷　厳（きたに　いつき）　客員研究員　帝京大学教育学部教授、中央大学文学部兼任講師

近代を編む　英文学のアプローチ

中央大学人文科学研究所研究叢書　76

2021 年 3 月 22 日　初版第 1 刷発行

編著者　秋　山　　　嘉

発行者　中 央 大 学 出 版 部

代表者　松 本 雄一郎

〒 192-0393　東京都八王子市東中野 742-1

発行所　中 央 大 学 出 版 部

電話 042（674）2351　FAX 042（674）2354

https://www2.chuo-u.ac.jp/up/

© 秋山嘉　2021　ISBN978-4-8057-5360-6　　㈱ TOP 印刷

65 アメリカ文化研究の現代的諸相

A 5 判 316頁
3,400円

転形期にある現在世界において、いまだ圧倒的な存在感を示すアメリカ合衆国。その多面性を文化・言語・文学の視点から解明する。

66 地域史研究の今日的課題

A 5 判 200頁
2,200円

近世〜近代の地域社会について、庭場・用水・寺子屋・市場・軍功記録・橋梁・地域意識など、多様な視角に立って研究を進めた成果。

67 モダニズムを俯瞰する

A 5 判 336頁
3,600円

複数形のモダニズムという視野のもと、いかに芸術は近代という時代に応答したのか、世界各地の取り組みを様々な観点から読み解く。

68 英国ミドルブラウ文化研究の挑戦

A 5 判 464頁
5,100円

正統文化の境界領域にあるミドルブラウ文化。その大衆教養主義から、もう一つの〈イギリス文化〉、もう一つの〈教養〉が見えてくる。

69 英文学と映画

A 5 判 268頁
2,900円

イギリス文学の研究者たちが、文学研究で培われた経験と知見を活かし、映画、映像作品、映像アダプテーション、映像文化について考察した研究論文集。

70 読むことのクィア　続 愛の技法

A 5 判 252頁
2,700円

ジェンダー、セクシュアリティ、クィア研究によって、文学と社会を架橋し、より良い社会を夢見て、生き延びるための文学批評実践集。

71 アーサー王伝説研究　中世から現代まで

A 5 判 484頁
5,300円

2016年刊行『アーサー王物語研究』の姉妹編。中世から現代までの「アーサー王伝説」の諸相に迫った、独創的な論文集。

72 芸術のリノベーション
オペラ・文学・映画

A 5 判 200頁
2,200円

歌曲「菩提樹」、オペラ《こびと》《影のない女》《班女》、小説『そんな日の雨傘に』、「食」と映画などを現代の批評的視点から。

73 考古学と歴史学

A 5 判 248頁
2,700円

考古学と歴史学の両面から、日本列島の土器や漆、文字の使用といった文化のはじまりや、地域の開発、信仰の成り立ちを探る論文集。

74 アフロ・ユーラシア大陸の都市と社会

A 5 判 728頁
8,000円

地球人口の大半が都市に住む今、都市と社会の問題は歴史研究の最前線に躍り出た。都市と社会の関係史をユーラシア規模で論じる。

75 ルソー論集
ルソーを知る、ルソーから知る

A 5 判 392頁
4,300円

2012年のルソー生誕300年から 9 年。共同研究チーム「ルソー研究」の10年を締め括る論集。文学、教育、政治分野の13名が結集。

＊価格は本体価格です。別途消費税がかかります。近刊本のみ表示しています。